La guerre sainte
n'aura pas lieu

Avec la collaboration de Frédéric Ploquin

Brahim Chikhi

La guerre sainte n'aura pas lieu

roman

Radicalisation, République, Jeunesse
Saint-Denis Yassine.
Jadis nécropole des rois de France
Aujourd'hui chaudron des maux de
notre société et de nos banlieues

PLON
www.plon.fr

92, avenue de France
75013 Paris
Tél. : 01 44 16 09 00
Fax : 01 44 16 09 01
www.plon.fr
www.lisez.com

Mise en pages : Facompo
Dépôt légal : mai 2022
ISBN : 978-2-259-31203-5

1

La matinée était bien avancée, mais la lumière peinait à se frayer un chemin dans cette chambre logée au sixième étage du bâtiment 4 de la cité Gaston-Dourdin. Les rayons lumineux avaient parcouru 150 millions de kilomètres dans le vide et traversé l'atmosphère terrestre pour s'écraser dans la chambre obscure d'un adolescent qui ne trouvait aucune bonne raison de s'éveiller. On pouvait néanmoins distinguer dans un coin de la pièce des boîtes en carton de différentes couleurs et aux différents logos renfermant des baskets de marque qui étaient les nouvelles reliques d'une foi inébranlable dans les dieux de la consommation. Elles étaient exposées là, tels des trophées. Les chausser, ç'aurait été leur faire perdre de leur valeur. Près de la fenêtre, un secrétaire bon marché, déserté par les livres et les cahiers et sur lequel étaient entassés des emballages vides de biscuits et un bol avec des restes de céréales en décomposition encore collés depuis la veille.

Sophiane était allongé sur son lit. Il n'avait pas eu le temps de le défaire avant de s'y laisser tomber de fatigue à demi nu. Il luisait dans la chaleur étouffante de sa chambre, des gouttes de transpiration roulaient sur sa peau mate et dessinaient merveilleusement un corps athlétique presque adulte qui contrastait avec son visage d'enfant imberbe aux pommettes saillantes. Âge ingrat de l'adolescence, où la beauté vous couvre dans le sommeil de l'innocence.

Comme à son habitude il avait veillé tard, et le téléphone posé à proximité de son oreille n'y était pas étranger. Il ne le quittait jamais, il l'accompagnait dans tous les instants de sa vie quotidienne et même dans son intimité. Il était son confident, là où étaient entreposés ses SMS, ses snaps, ses photos, ses mots de passe et ses pseudos dont il n'avait plus le souvenir. La séparation était impossible, ne pas le sentir dans la poche provoquait une crise de panique, une angoisse qui l'avait souvent conduit à sécher les cours et à rebrousser chemin. Son téléphone se mit à vibrer, un snap venait de tomber comme une dépêche AFP, une photo s'afficha où il reconnut la jeune fille au décolleté généreux qu'il avait rencontrée la veille. En dessous en guise de légende une seule question : « Tu l'as gérée ? »

Il avait abandonné ses amis pour la raccompagner, il ne se souvenait plus de son nom, cela n'avait pas d'importance, pour lui c'était juste une fille à chicha. Une de ces filles qui s'exposait dans ces lieux et qui pouvait rester assise des heures sur une banquette avec des copines pour se faire voir et être vue, mais qui n'avait pas un sou en poche pour s'offrir une crêpe. Elles étaient lycéennes, et avaient le droit de sortir le soir à condition de rentrer à une heure raisonnable ; une permission de minuit pour se débaucher.

Jamais de devoirs à rendre le lendemain, la coiffeuse avait remplacé le bureau, et la trousse à maquillage la trousse de stylos. Habillées sobrement en adolescentes de leur âge, elles prétextaient une soirée cinéma entre copines en promettant d'être bien sages. Mais à peine avaient-elles tourné au coin de la rue qu'elles se métamorphosaient en nymphes irrésistibles, une dernière touche de gloss en s'admirant dans le rétroviseur d'une voiture quelconque et elles se retrouvaient assises sur la banquette d'un bar à chicha parisien.

Gloussant comme des gamines entre les vapeurs et les fumées, elles espéraient attirer l'oiseau rare par un sourire ou un regard, le mec avec du fric qui pourrait les accompagner faire du shopping chez Zara ou H & M en échange de ce qu'elles avaient, c'est-à-dire pas grand-chose de précieux, si ce n'est la jeunesse et leurs courbes. Quand l'une d'elles arrivait à mettre en cage l'un de ces pigeons déplumés par les années, elle s'en vantait dans la cour de récréation en exhibant fièrement un nouveau sac à main ou une nouvelle paire d'escarpins. Les escarpins, c'était pour les filles qui avaient de l'ambition et qui savaient monnayer leurs atouts, alors que les autres acceptaient de sucer pour un téléphone, un kebab, ou simplement pour chasser l'ennui. Pour elle, la première pipe avait remplacé le premier baiser.

Il se rappelait l'avoir raccompagnée chez elle, à Bobigny, dans la Fiat 500 qu'il conduisait sans permis. Il se souvenait qu'elle lui avait dit qu'elle le trouvait plutôt mignon, qu'elle aurait aimé faire avec lui un peu de shopping au centre commercial Rosny 2. Il se souvenait surtout de s'être arrêté sur un parking désert donnant sur le canal de l'Ourcq pour lui demander une fellation qu'elle avait exécuté sans broncher et sans plaisir.

Sophiane, toujours allongé sur son lit, se remémorait cette soirée et éprouvait de l'excitation et du dégoût. Il finit par se lever d'un bond en criant à voix haute cette sentence inscrite dans toutes les cages d'escalier des cités de France et de Navarre : « Toutes des putes ».

Il se dépêcha d'enfiler le survêtement de la veille qu'il avait lancé dans un coin de sa chambre avant de se coucher, puis changea de tee-shirt après s'être passé de l'eau sur le visage comme pour effacer les dernières réminiscences de la soirée. L'appartement était désert et silencieux, assez silencieux pour entendre le voisin du dessus pisser au beau milieu de la cuvette pendant d'interminables secondes avant de mettre fin au supplice en tirant la chasse. Cela faisait partie des joies des appartements de cette cité-dortoir construite aux débuts des années soixante-dix, le bruit se propageait dans toutes les directions et à tous les étages. Quand un nouveau voisin s'installait au-dessus ou en dessous, c'était l'angoisse, chacun espérait qu'il ne soit pas l'un de ces mélomanes persuadés que l'amour de la musique était proportionnel au volume de la sono. Mais il y avait pire que le voisin mélomane : le voisin qui faisait valser sa femme à travers l'appartement avec les poings. La règle était de ne pas s'en mêler avant deux heures du matin, puis venait la médiation de ceux qui n'arrivaient pas à fermer l'œil et qui travaillaient le lendemain. Quand la médiation devenait inutile parce que le voisin ouvrait sa porte en slip et en marcel avec une lame à la main, les policiers étaient invités au bal pour que la valseuse arrête de prendre des pains. Mais le mari rentrait du commissariat le lendemain, car il rentrait toujours le lendemain. Et elle continuait à valser jusqu'à deux heures du matin.

Sophiane termina de se préparer et descendit nonchalamment les six étages par l'escalier en colimaçon dont trois paliers étaient totalement dans l'obscurité depuis quelques semaines, le temps suffisant pour que la rétine s'habitue à vivre sans lumière et les locataires sans bailleur.

C'était jour d'école, mais l'adolescent n'était pas pressé. Au pied de la cité, la chaleur était étouffante, pas de circulation d'air dans le quartier, les vents tout comme les services publics n'osaient plus y pénétrer. En ce début d'après-midi, les rues étaient désertes et le collège Fabien inanimé, on aurait pu le croire fermé sans les véhicules des enseignants stationnés sur le parking. Face au collège, le square du même nom, l'arène des gladiateurs collégiens, la zone de non-droit où les adolescents pouvaient venir se battre en sortant de l'établissement sans risquer que des adultes viennent les raisonner. Dans les années quatre-vingt, il était le seul poumon vert du quartier, une oasis de verdure dans un désert de béton. Un endroit où les familles venaient l'été se réfugier à l'ombre d'un saule pleureur en dressant une nappe sur une pelouse rafraîchissante. L'entrée principale ouvrait sur un large sentier bordé de peupliers sur lequel les enfants apprenaient à faire du vélo avec un père ou, à défaut, avec un frère. Aux quatre coins, des buissons formant des alcôves et des cavités servaient le temps d'un après-midi de château fort à des enfants qui demandaient comme droit de passage un code secret à chaque adulte qui se trouvait à proximité.

Comme tous les enfants de sa génération, Sophiane n'avait pas connu cette époque et ce square verdoyant. Jugés inutiles pour cette population, les châtaigniers et les saules pleureurs furent abattus au début des années quatre-vingt-dix. Les buissons qui abritaient les rêveries des enfants furent arrachés et remplacés par des jeux de plein air indestructibles : des tables de ping-pong au filet métallique tranchant, des cages de foot aux mailles rigides et des toboggans en plastique anti-graffitis sur lesquels il était impossible de glisser. La pelouse avait fait place à l'asphalte, bien moins cher à entretenir. Aux désordres aléatoires et créatifs de la nature, les politiques et les technocrates préféraient le béton et le mobilier urbain indestructible et sans âme qui allait féconder l'individualisme des habitants du quartier.

Ils étaient tous là, disséminés aux quatre coins de ce havre de violence, entre la table de ping-pong en fer, le toboggan en papier de verre et les cages de foot aux câbles d'acier. Les sécheurs étaient tous présents, alors que le collège et l'autorité étaient de l'autre côté de la rue, à quelques mètres à peine, assez proches pour que leurs enseignants postés aux fenêtres de leurs salles de cours les contemplent avec soulagement et désolation. Ces adolescents se prélassaient au soleil, certains jouant à se battre sous le regard des adultes heureux de ne pas avoir à faire la leçon à des élèves dissipés. Un marché de dupes qui se résumait ainsi : « Ne viens pas en classe et nous ne dirons rien à tes parents. »

Sophiane et ses amis étaient assis sur la célèbre table de ping-pong, c'était leur coin à eux, car ils l'aimaient bien cette table qui était le « mur » du quartier bien avant l'invention des réseaux sociaux et de Facebook par Mark Zuckerberg. Elle était tapissée de commentaires, de noms et de dessins sans équivoque. Avec les générations qui passaient, le plateau de jeu avait disparu sous des strates de marqueurs noirs indélébiles. Cette table avait anéanti la vie de plus d'une jeune fille, dès lors que son nom était inscrit, sa réputation était ternie. Un « J'ai vu son nom sur la table de ping-pong » suffisait, et les sentences étaient terribles, car inexplicables et sans appel, tels des oracles. Essayer de les effacer ou de les nier, c'était les confirmer.

Les adolescents étaient assis bien sagement à attendre leur bédo, comme des enfants leurs goûters. Au collège, on apprend à fumer du cannabis comme on apprend à faire du vélo en primaire, et Sophiane n'avait pas fait exception. Impossible d'y échapper, le cannabis faisait partie de l'environnement de cette jeunesse, on en vivait sûrement et l'on en mourait parfois. Le bédo tournait tranquillement, offrant à chacun sa bouffée de détente et d'évasion, une bouffée contre les maux de la société et les maux liés à l'adolescence.

Il paraît que le cannabis est prescrit aux personnes atteintes de maladies incurables, un antalgique qui redonnerait de l'appétit et un peu de joie de vivre à ceux qui n'ont plus d'espoir de guérison. C'était peut-être ce qu'étaient Sophiane et ses amis sans le savoir, des malades sociaux incurables vivant dans des banlieues qui étaient les services de soins palliatifs d'une République à l'agonie. L'ennui qui succédait au bédo était son effet secondaire, la dernière bouffée était angoissante, car elle renvoyait à la réalité et à l'après qui n'engendrait rien de bon ou de créatif. Il était rare d'entreprendre une partie de foot ou de se lancer dans la lecture d'un roman après un bédo. Après un bédo, on traîne, on reste assis des heures à discuter de complots des Illuminati ou à échafauder un plan pour une arnaque, un vol ou une connerie. À chaque jour sa connerie, et aujourd'hui le plan était d'utiliser un scooter volé qui tournait dans le quartier afin d'arracher un sac à main en centre-ville. Sophiane n'aimait pas arracher les sacs, ce qu'il aimait c'était piloter un scoot, sentir son cœur battre assez fort au point de le croire capable de se frayer un chemin à travers sa cage thoracique. Il voulait son shoot d'adrénaline, vivre ce sentiment d'invulnérabilité qui pouvait le pousser à prendre des risques insensés et lui faire rencontrer la mort à chaque virage. Sur son scoot il se muait en prédateur urbain, il était rapide et capable de se camoufler dans les rues de la ville, ses victimes ne le voyaient jamais venir et les flics étaient incapables de le rattraper. Sophiane avait choisi son complice, il allait faire équipe avec Abdenour, un copain du quartier sans scrupule lorsqu'il s'agissait de détrousser des femmes.

2

Ils remontaient la rue Gabriel-Péri à allure modérée afin de se fondre dans le chaos de l'artère de Saint-Denis, la seule ville où deux jeunes déambulant en scooter et sans casque n'éveillaient pas les soupçons. Au croisement de la rue de la République, ils se mirent à ralentir et à regarder dans toutes les directions. La rue de la République était pour Sophiane ce qu'était un point d'eau dans la savane pour un prédateur : le lieu inévitable où venaient se désaltérer ses proies. La rue de la République, avec ses boutiques de vêtements et de chaussures, était le point de rassemblement de toutes les gazelles aux cheveux peroxydés en pantalon moulant et talons hauts. Sophiane n'avait qu'à attendre que l'une d'elles se sépare du troupeau, et l'occasion se présenta rapidement lorsqu'une imprudente s'engagea dans une rue adjacente en prenant soin de ranger son vrai iPhone dans son faux sac Louis Vuitton. Il donna alors un coup d'accélérateur, le bruit des gaz d'échappement ne révéla leur présence qu'au dernier moment. La victime n'avait aucune chance, une fraction de seconde sépara le bruit de l'engin lancé à vive allure et la capture violente du sac qui provoqua la chute de la victime qui goûta l'asphalte.

Il remonta la rue de la Boulangerie en se faufilant entre les voitures stationnées, et tourna brusquement sur la rue de la Légion-d'Honneur qu'il remonta pleins gaz. Tout se passa comme prévu jusqu'au premier croisement, où une voiture de police surgit brusquement et coupa leur trajectoire. Sophiane sentit son pouls accélérer, il allait trop vite pour freiner ou faire demi-tour, il devait absolument monter sur le trottoir pour se faufiler entre la voiture de police et la vitrine d'une sandwicherie. La roue avant de l'engin heurta de plein fouet la bordure du trottoir, et Sophiane comprit alors que les lois de la gravitation et de la mécanique, contrairement aux lois de la République, s'appliquaient à Saint-Denis. Abdenour fut le premier à chuter, il bascula par-dessus la tête de Sophiane, vérifiant ainsi le principe du moment d'inertie et de la conservation de l'énergie mécanique. Son dos s'écrasa sur le pavé, la violence du choc lui fit perdre connaissance. Sophiane eut plus de chance, il fut éjecté de l'engin légèrement en biais, ce qui lui permit de tomber en roulant sur son épaule droite. Il se releva sans faire attention à la douleur, et se mit instinctivement à courir. Le prédateur était devenu la proie.

Il se retourna et constata qu'il avait un peu d'avance sur les policiers qui étaient encore occupés à menotter Abdenour qui gisait au sol, mais dans quelques minutes ils seraient sans doute des dizaines à ses trousses. Il ne voyait qu'une seule issue pour échapper à ses poursuivants : le parc de la Légion-d'Honneur était plein de promeneurs en cet après-midi d'été. Il y entra par la porte principale en essayant de marcher le plus naturellement possible tout en ôtant sa veste de survêtement déchirée à l'épaule et aux coudes, puis il s'en débarrassa discrètement dans un bosquet sans s'arrêter. Il déambula ainsi dans les allées du parc en direction des aires de jeux afin de se fondre dans la foule des familles agglutinées autour des toboggans et du bac à sable. Mais malgré ses efforts, il voyait bien dans le regard des promeneurs que son attitude et sa respiration haletante le trahissaient. Il monta alors sur une petite butte qui lui permit d'avoir un point de vue rapide sur les alentours et sa situation dramatique. La conclusion était sans appel : il était perdu, les policiers avaient investi le parc par toutes les entrées et fouillaient méticuleusement toutes les allées. Il descendit à toute vitesse de sa vigie pour reprendre sa marche désespérée, mais ne sachant pas où aller – il était convaincu de ne pas échapper cette fois-ci à la garde à vue et aux juges des enfants –, il accepta l'idée de se faire pincer.

Il s'assit sur un des bancs à proximité d'une fontaine à eau où des enfants venaient boire et jouer. Leurs rires ne réussirent pas à le tirer de ses sombres pensées où il imaginait le chagrin de sa mère lorsqu'elle apprendrait l'arrestation de son fils pour un vol crapuleux de sac à main. Il prit sa tête entre ses mains en se recroquevillant, et ferma les yeux. Il n'avait plus qu'à attendre l'arrivée des keufs.

« C'est à vous de commencer puisque vous jouez avec les blancs, entendit Sophiane qui releva brusquement la tête. Vous préférez peut-être jouer avec les noirs ? Mais cela me gêne, car c'est notre première rencontre », dit un vieil homme qui était assis près de lui et dont le sourire détendu ne faisait qu'accroître la confusion dans l'esprit du garçon. Des cheveux blancs, une moustache épaisse et grise qui mettait en valeur son teint hâlé, il était âgé approximativement d'une soixantaine d'années. Sophiane trouvait qu'il avait un air de ressemblance avec Omar Sharif ou Georges Brassens avec son pantalon en velours côtelé et sa chemise blanche en lin impeccable dont il avait retroussé les manches.

« T'es qui, et depuis combien temps t'es là, assis près de moi ? demanda Sophiane, intrigué.

— Depuis un moment, mais absorbé par vos pensées vous ne m'aviez pas remarqué. Voulez-vous jouer avec les blancs ? » demanda-t-il une nouvelle fois en désignant du doigt un plateau d'échecs disposé entre eux.

Sophiane regarda tout autour de lui pour bien être certain qu'il ne s'agissait pas d'un rêve ou d'un mauvais tour.

« Lâche-moi, c'est pas le moment de me prendre la tête ! répondit-il d'un ton agacé.

— Ne pensez pas à ce qui pourrait arriver dans quelques minutes, dans quelques heures ou dans quelques années, occupez-vous de l'instant présent. Et qu'avez-vous de mieux à faire que de jouer aux échecs avec moi sur ce banc ? Je vous en prie, jouez.

— Même si je le voulais, je ne pourrais pas : je ne sais pas jouer.

— Essayez ! » insista-t-il.

Sans grande conviction et certainement pour se défaire de cet importun, Sophiane déplaça un pion latéral d'une main hésitante.

« Vous venez de jouer un coup de maître ! » s'exclama le vieil homme. Incrédule, l'adolescent ne savait pas s'il se moquait de lui ou bien s'il avait affaire à l'un de ces fous que l'on pouvait croiser dans les rues de Saint-Denis.

Au même moment, deux policiers arrivèrent à leur hauteur et dévisagèrent Sophiane en se disant qu'il correspondait à la description de l'avis de recherche émis par leurs collègues. « Il est avec vous, ce jeune homme ? Vous le connaissez ? » demanda l'un des deux agents. Sophiane, tout tremblant, ne disait rien, il restait penché sur l'échiquier, faisant croire qu'il était absorbé par la partie qu'il disputait. Sa vie dépendait de cet homme qu'il ne connaissait pas.

« Veuillez accepter mes excuses, dit le vieil homme, je n'ai pas entendu votre question. Vous comprenez, il vient de jouer l'ouverture du *Fianchetto roi,* appelée également ouverture *Benko*, c'est une ouverture audacieuse pour un jeune élève ! Que disiez-vous ?

— Ce jeune, c'est votre élève ? interrogea plus brutalement l'autre agent.

— Demandez-le-lui ! ajouta le vieil homme.

— C'est évident, non ? » s'exclama Sophiane avec un brin d'insolence. Le vieil homme ne quitta pas du regard l'échiquier et demanda aux agents avec un ton condescendant ce qu'ils lui conseillaient de jouer.

Vexés, ils reprirent leur chemin, persuadés qu'ils avaient affaire à un jeune surdoué des échecs prétentieux et à son professeur méprisant, alors qu'ils cherchaient un Maghrébin voleur de sacs à main. Sophiane ne put s'empêcher de croire l'espace d'un instant que ce vieil homme était un miracle.

« Vous ne me demandez pas pourquoi la police me recherche ? l'interrogea Sophiane qui s'était mis à le vouvoyer, comme pour lui témoigner de la reconnaissance.

— Est-ce important, dit-il, pour la partie que nous disputons ? Ce que vous avez fait il y a une heure est-il plus important que ce que vous avez fait la semaine dernière ou il y a un an ?

— Pourquoi m'avoir aidé à échapper à la police ? Je méritais de me faire arrêter.

— Je n'ai rien fait. C'est vous qui avez affirmé que vous étiez mon élève.

— Je ne voulais pas me faire arrêter, c'était une stratégie.

— Comme aux échecs, vous avez joué votre premier coup en affirmant être mon élève, dit le vieil homme. Et moi je joue mon premier coup en acceptant d'être votre professeur. Qu'allez-vous jouer pour votre deuxième coup ? Comme aux échecs, vous avez plusieurs options possibles : vous pouvez continuer à être mon élève ou bien décider que tout cela était un mensonge pour sauver votre peau et vous remettre à courir. »

Sans attendre sa réponse, le vieil homme se leva du banc et se dirigea vers la fontaine où une fillette essayait désespérément de remplir une bouteille d'eau pour se désaltérer et jouer. Les autres enfants autour de la fontaine la négligeaient, ils actionnaient chacun à leur tour la manivelle située sur la partie supérieure de la fontaine qu'ils faisaient tourner énergiquement afin de faire remonter le précieux liquide. Cette manivelle était magique pour ces enfants, il suffisait de la faire tourner le plus rapidement possible pour que de l'eau en jaillisse miraculeusement. Chaque enfant avait sa théorie, certains pensaient que la vitesse de rotation de la manivelle avait une influence sur la fraîcheur de l'eau, sur son goût et même sa transparence. Mais tous exprimaient le même étonnement de voir jaillir l'eau à la suite d'un mouvement circulaire. La fillette vers laquelle se dirigeait le vieil homme pouvait atteindre la manivelle en se soulevant sur la pointe des pieds, et lorsqu'elle actionnait celle-ci après d'âpres efforts, elle n'en récoltait que quelques gouttes. Elle recommençait ainsi, encore et encore, et chaque fois elle manquait de trébucher au même endroit. Le vieil homme s'approcha d'elle et se baissa délicatement en posant un genou à terre, comme s'il faisait une révérence. Il chuchota à l'oreille de l'enfant quelques mots qui lui permirent de gagner sa confiance et il s'ensuivit un échange ponctué de gestes et de mots dont seuls les enfants ont le secret pour se faire comprendre des adultes bienveillants. Après ces pourparlers, il se leva pour disparaître dans le sous-bois et revint avec deux grosses pierres qu'il disposa pour en faire un marchepied. Les autres enfants autour s'étaient arrêtés de jouer et observaient avec curiosité ce vieil homme qui se donnait tant de mal pour remplir une simple bouteille d'eau. La manivelle était maintenant accessible et manipulable par la fillette. Sous les yeux étonnés des autres enfants, et avec une assurance qu'elle ne se connaissait pas, elle confia sa bouteille vide au vieil homme en lui donnant des instructions précises afin que le goulot de la bouteille soit parfaitement à l'aplomb de l'exutoire. Elle escalada le marchepied de fortune le front haut et en adressant un sourire victorieux aux plus grands qui l'avaient tant de fois raillée. Enfin, elle était maintenant en mesure de saisir des deux mains la manivelle qui l'avait narguée.

Elle était prête et attendait le signal du vieil homme qui prit son temps pour faire silence, puis, à son hochement de tête, elle se mit à tourner la manivelle comme si elle allait arracher la fontaine de terre. Pour la première fois, elle remarqua les bruits des organes mécaniques et le claquement des bielles et des pistons annonçant le jaillissement de l'eau. Elle ne put retenir un rire éclatant qui traduisait sa jouissance à faire cracher de l'eau à cette bouche en acier qui avait été tant de fois avare à son égard. Son rire d'enfant victorieux éclaboussa tous ceux qui étaient autour d'elle, et ils reçurent tous quelques gouttes de sa joie de vivre. Une clameur retentit autour de la fontaine, on aurait pu croire que ces enfants avaient découvert du pétrole. La conquête de la fontaine terminée, il l'aida à redescendre et lui rendit sa précieuse bouteille dont le contenu servirait à construire un château de sable ou à étancher la soif d'une poupée. Elle reprit la direction du bac à sable et des toboggans en lui promettant de revenir jouer avec lui alors qu'il retournait à son banc pour ranger son jeu d'échecs dans sa besace.

« Si Dieu le veut, je serai sur ce même banc la semaine prochaine à dix-sept heures », dit-il avant de s'éloigner d'un pas tranquille sans se retourner. Sophiane resta assis en se demandant si tout cela était bien réel, et qui était ce vieil homme dont il ne connaissait pas le nom. Il réfléchit ainsi jusqu'à la fermeture du parc afin de se dissimuler dans la foule en désordre qui se dirigeait vers la sortie, et à son grand soulagement il ne croisa aucun fonctionnaire de police. Sophiane semblait hagard, il remonta la rue de la Légion-d'Honneur et passa devant la basilique, où il marqua une courte pause. Il se dit alors qu'il était passé une centaine de fois dans cette rue et devant la basilique en scooter, et qu'il aura fallu qu'il la suive à pied pour que des souvenirs de son enfance remontent à la surface. Il se souvenait soudain d'avoir pris ce chemin avec ses parents pour pique-niquer au parc de la Légion-d'Honneur. C'était il y a très longtemps, à une époque où il avait un père à la maison et une mère qui l'attendait à la sortie de l'école. Une époque où il n'avait pas ce sentiment étrange de vide et de colère qui l'accompagnait partout. Ces souvenirs étaient enfouis dans sa mémoire, d'ailleurs il ne les évoquait jamais avec sa mère, c'était l'une des règles implicites qui régissaient leurs relations, c'était leur secret de famille : ne jamais parler du père. Sophiane reprit son chemin, traversa la place Victor-Hugo, la galerie marchande et la place du 8-Mai-1945. Il arriva discrètement dans son quartier en évitant soigneusement les coins et les halls où il risquait de croiser ses copains de galère.

En rentrant ce soir-là, Fouzia fut surprise du silence qui régnait dans l'appartement. Les lumières étaient éteintes, tout comme la télé. Elle alla dans la cuisine et rangea dans le réfrigérateur les quelques courses qu'elle avait eu le temps de faire en sortant du travail. Elle suspendit dans l'entrée son manteau quatre saisons

– elle l'appelait ainsi car c'était son unique manteau, un manteau qui laissait passer le froid en hiver et gardait la transpiration en été. Elle remarqua alors les baskets de Sophiane alignées dans un coin. Il était donc à la maison, mais étrangement il n'était pas devant la télévision, contrairement à son habitude. Elle se dirigea vers sa chambre en allumant les lumières au fur et à mesure qu'elle avançait, et entra sans frapper. Elle entrait sans frapper par principe. Elle était chez elle, et si l'un de ses fils voulait de l'intimité, il n'avait qu'à prendre un appartement. Le message était clair : ses enfants vivaient sous son toit. La lumière surgit dans la chambre par l'entrebâillement de la porte et provoqua immédiatement chez Sophiane, qui était allongé sur son lit, un réflexe myotatique de changement de position afin de tourner le dos à la lumière. Comme toutes les mères, elle sentit instinctivement quelque chose d'inhabituel, et comme toutes les mères d'adolescent, Fouzia ne savait pas comment en parler, aussi elle referma la porte.

3

Fouzia faisait des ménages dans les bureaux de plusieurs grandes entreprises sur le boulevard Haussmann. Le secteur des condamnés au purgatoire du marché de l'emploi, travailleurs dont le seul péché était d'être isolés, sans formation ou sans papiers. Nulle vocation dans ces métiers jugés dévalorisants, on n'embrasse jamais la carrière d'agent d'entretien, c'est elle qui vous baise. On entre dans le secteur du nettoyage comme à la Légion étrangère, aucune question sur votre passé et nul ne vous interroge pour savoir si vous séjournez en France de manière régulière, du moment que vous avez des bras pour astiquer les sols et un dos assez solide pour supporter d'être courbé de longues heures à récurer. Une carrière dans ce secteur est courte et déterminée par la résistance mentale du travailleur et sa capacité à endurer des douleurs au dos qui mettraient à terre un cheval de trait. Pas de longs arrêts maladie pour reposer ce corps endolori. Les contrats sont précaires et au bout de quelque temps arrive la période de mi-traitement, et la moitié de rien ne fait pas grand-chose à la fin du mois. Travailleurs invisibles qui pouvaient disparaître du jour au lendemain sans émouvoir personne, travailleurs transparents pour ces cadres en cravate qui les enjambaient lorsqu'ils astiquaient les sols. Ils n'appartenaient pas à l'entreprise, ils travaillaient pour un sous-traitant, prétexte pour justifier cette indifférence et cette sous-traite d'êtres humains. En dix ans, Fouzia avait nettoyé plusieurs milliers de mètres carrés de bureaux dans le 8e arrondissement de Paris et connaissait les facettes les plus sordides de ce travail : les cadres dirigeants qui finissaient tard et commandaient pour le dîner des sushis et pour le dessert une escort ; des chefs qui lui proposaient des heures supplémentaires en échange de quelques faveurs sexuelles. Pour elle, le monde de l'entreprise était un monde d'hommes, brutal et sexué, où les managers étaient les nouveaux seigneurs n'ayant pas abandonné leur droit de cuissage. Ne dit-on pas de l'entreprise qu'elle doit séduire ses clients, pénétrer un marché, cracher du cash pour faire jouir la Bourse ?

Fouzia prenait le métro à cinq heures trente à Saint-Denis-Basilique pour embaucher à six heures. Elle commençait par nettoyer les postes de travail en faisant la poussière et en vidant chaque corbeille, ensuite les espaces collectifs où elle rangeait dans le lave-vaisselle les tasses de la veille qui traînaient encore dans l'évier. Elle passait l'aspirateur un peu avant sept heures, et terminait sa matinée par les sanitaires. Elle débauchait vers neuf heures trente, quand les privilégiés arrivaient un café à la main après avoir déposé leurs enfants à l'école alors qu'elle avait quitté les siens encore endormis. Faire carrière dans le secteur de la propreté impliquait quelques sacrifices. Le premier étant celui de négliger ses propres enfants, de ne pas les réveiller le matin et de ne pas les coucher le soir, d'être trop épuisée pour vérifier leurs devoirs ou s'intéresser à leur vie scolaire. Un cercle vicieux où les plus précaires engendrent une génération suivante encore plus précaire. Fouzia évitait soigneusement de prendre l'ascenseur avec les autres femmes de l'immeuble. Leurs parfums et leurs tailleurs ajustés la mettaient mal à l'aise, elle se sentait alors encore plus misérable et encore moins femme. Elles étaient respectées et séduisantes, tout ce qu'elle n'était plus. Oui, elle les enviait, elle qui venait travailler avec un bas de survêtement et une blouse tachée par les éclaboussures lorsqu'elle récurait les toilettes de ces dames. Ce travail dans les bureaux l'occupait le matin de six heures à neuf heures trente, et le soir de dix-huit heures à vingt et une heures. Et entre les deux elle faisait des heures de ménage ou de repassage chez des particuliers à Saint-Denis.

Elle se levait à quatre heures trente du matin et rentrait à la maison à vingt-deux heures tous les jours pour gagner 1 600 euros par mois. Pas de perspectives d'évolution ou de retraite dans cette carrière, le seul repos était le repos éternel.

Fouzia était tombée dans ce secteur lorsque son mari l'avait quittée et lui avait laissé deux garçons à nourrir, des dettes et un loyer à payer. Elle s'était mariée très jeune, sa vie amoureuse avait été aussi courte que sa vie scolaire. Ses parents avaient confiance en seulement deux institutions : l'école et le mariage. La première avait échoué à faire d'elle une femme libre ; restait donc à la confier à un mari qui réussirait à coup sûr à en faire une femme enchaînée. Elle se maria sans connaître son partenaire, cela ne se faisait pas d'épouser quelqu'un que l'on aimait. Sa mère lui avait expliqué que le mariage avait pour unique vocation de fonder une famille, et dans cette affaire, à chacun son rôle : à la femme l'obligation d'enfanter et de s'occuper du foyer, et à l'homme, s'il le veut, celle de subvenir aux besoins de la famille. À ses inquiétudes de compatibilité avec son partenaire et à sa crainte de solitude sa mère lui avait répondu ce que lui avait dit sa propre mère à cette même question : « Les enfants que tu auras combleront ce vide. » Les relations avec son mari étaient indescriptibles, d'ailleurs elle se demandait elle-même s'il s'agissait d'une relation vu la distance affective qui existait entre eux. À l'évidence, elle vivait avec un étranger qui ne souhaitait pas nécessairement la connaître. Pas de mots doux, pas de regards complices et encore moins de fleurs. Quand il rentrait le soir, elle n'ouvrait ses bras que pour recevoir les courses qu'elle devait ranger dans le réfrigérateur. Elle avait essayé, durant les premiers mois de leur vie conjugale, de se rapprocher, de parler et de l'écouter. Mais c'était peine perdue, il semblait se méfier de toutes ses tentatives ; elle lui offrait son affection et lui ne savait pas quoi en faire, il semblait totalement étranger au sentiment amoureux. Ils appartenaient à cette génération perdue ayant eu pour modèle leurs parents nés au pays. Elle avait néanmoins compris que leur relation était dissymétrique ; il avait des droits et elle des devoirs. Il donnait les ordres et elle obéissait. Il posait les questions et elle répondait. Il donnait des coups et elle encaissait. Mais le plus humiliant pour elle était de demander de l'argent pour faire des courses dans la journée, obligée d'exposer son intimité en expliquant qu'elle avait besoin d'acheter des serviettes hygiéniques et d'en discuter le prix avec lui. État d'infériorité ultime où l'autre exerçait un contrôle sur son hygiène. La naissance de ses deux garçons n'arrangea pas du tout sa situation conjugale, contrairement aux prédictions de sa mère. Le quotidien avec les enfants avait creusé davantage la distance qu'il y avait entre eux, la promiscuité de l'appartement et la proximité de la chambre des enfants ne permettaient même plus les quelques relations intimes qui maintenaient à flot leur vie de couple. Il rentrait de plus en plus tard, ne partageait plus les dîners et parfois désertait le lit conjugal. Ses mots devenaient durs et terribles, il ne parlait plus que de factures et de bouches à nourrir, sa seule présence était synonyme de disputes, de cris et de pleurs. Le foyer de Fouzia s'illuminait lorsque le père brillait par son absence. Fouzia aurait pu vivre ainsi le restant de ses jours en considérant que l'essentiel était d'avoir ses enfants près d'elle et un toit sur sa tête. Elle ne recherchait plus l'affection de cet homme qui était incapable d'aimer et qui ne voyait en elle qu'une femme au foyer déformée par ses grossesses et abîmée par des années de servitude. Elle était dans le renoncement et l'abandon de soi ; son physique, sa santé et sa tenue vestimentaire n'avaient plus aucune importance, elle n'existait plus pour elle-même, mais seulement pour ses enfants. Cela aurait pu continuer ainsi s'il n'y avait pas eu ces rumeurs qui la suivaient en permanence lorsqu'elle sortait faire ses courses au marché de Saint-Denis. Elle avait compris qu'il se passait quelque chose en surprenant une conversation à voix basse entre deux de ses amies de la communauté. Elle avait entendu un « misquitte », ce qui signifiait « la pauvre », en arabe. Ce « misquitte » était réservé à celle qui était frappée par un malheur ou un déshonneur, elle vivait une tragédie dont tout le quartier était spectateur. Pour en avoir le cœur net, elle décida un jour de se rendre chez sa voisine du dessous, Khadija la baveuse, en prétextant une visite de courtoisie. Elles prirent le café ensemble et Fouzia aborda la question de manière détournée en lui demandant des conseils pour l'aider dans sa vie de couple. Khadija ne se fit pas prier pour donner son avis : « Tu devrais le mettre à la porte dès ce soir en changeant les serrures », lui dit-elle. Fouzia fut surprise par ces mots et le ton sans gêne.

« Tu as bien du courage pour supporter une telle situation. Ça, tout le monde le reconnaît dans le quartier, ajouta Khadija.

— Et qu'est-ce qu'on t'a dit d'autre ? interrogea Fouzia.

— On n'avait pas besoin de me le dire, je l'ai vu de mes yeux avec cette pute la semaine dernière, rue de la République. Tu sais quoi, il m'a reconnue de loin et il a fait semblant de ne pas me voir. Il était là à se balader avec elle dans les boutiques de vêtements, sans honte et sans gêne. »

Fouzia sentit ses jambes trembler, une chaleur parcourait son visage et se répandait jusqu'à ses oreilles. Son regard se figea sur la surface lisse de son café comme si elle espérait fondre à l'intérieur, tel le morceau de sucre qu'elle venait de laisser glisser. Le poids de la honte et de l'humiliation lui faisait courber la tête, elle se retenait de lever les yeux afin de ne pas s'offrir en spectacle à cette voisine qui venait de lui voler le peu de naïveté qu'il lui restait pour faire ses courses au marché sans s'effondrer. Elle garda cette position sans bouger, on aurait pu croire à une statue de marbre si des larmes n'avaient pas coulé sur ses joues. Khadija cherchait son regard avec insistance, elle tenait à voir ce visage dévasté par son récit. Ce voyeurisme sordide ne la gênait pas, au contraire, elle aurait ainsi des exclusivités à raconter au prochain jour de marché. Fouzia prit une profonde respiration qui l'aida à se ressaisir et à se souvenir qu'elle n'était pas avec une amie, mais avec une commère sans vergogne. Elle essuya ses larmes discrètement et tenta tant bien que mal de montrer un visage impassible.

« Tu connais cette fille ? demanda Fouzia.

— Non. C'est une fille du Maroc, d'Oujda, je crois. Elle doit avoir à peine vingt ans, elle travaille dans un café rue de Strasbourg où va souvent traîner ton mari pour jouer aux cartes. »

Elle prit alors congé en formulant les remerciements d'usage à son hôtesse et remonta sans bruit à son appartement.

À vingt heures, après le dîner et la douche des enfants, elle demanda à l'aîné de six ans de bien vouloir surveiller son petit frère le temps de faire une course. Elle les mit devant la télévision en les rassurant et en promettant qu'elle serait de retour dans une heure. Demander à un enfant d'en surveiller un autre plus jeune, c'est les confier à Dieu. Fouzia ne prit pas l'ascenseur, de peur de croiser des voisins et d'alimenter ainsi les ragots circulant sur sa famille. Elle dévala l'escalier sombre et taché d'urine jusqu'au rez-de-chaussée et tomba nez à nez sur les guetteurs et les dealers en pleine transaction commerciale à cette heure de pointe. À leurs regards insistants, Fouzia dressa son voile et s'en couvrit le visage jusqu'aux yeux. Ce simple geste calma les ardeurs de ces jeunes loups enfermés dans des cages d'escalier et qui avaient encore quelques scrupules à harceler une femme voilée – c'était le dernier tabou religieux qu'ils respectaient.

Elle marchait d'un pas pressé dans les rues du centre-ville. Elle traversa la place du 8-Mai et la galerie marchande, et arriva enfin dans la rue de Strasbourg, à la recherche du père de ses enfants. Ce ne lui fut pas difficile de trouver l'endroit indiqué par sa voisine. La musique orientale se répandait dans tout le quartier, épuisant les vivants qui logeaient au-dessus du café et faisant se retourner les morts dans leurs tombes au cimetière situé à quelques mètres. Elle était maintenant assez proche pour apercevoir le triste spectacle d'hommes d'environ la cinquantaine, joyeux et riant à profusion, jouant aux cartes et aux dominos en frappant la table violemment à chaque tour de jeu. Comme des abeilles au milieu de plantes carnivores, des hôtesses en minijupe déambulaient en appelant chacun de ces hommes par son prénom. Ils étaient tous là pour elles, pour pouvoir poser une main baladeuse sur une croupe ou une cuisse d'à peine vingt ans. Néanmoins, elles étaient les véritables maîtresses de la salle, elles tenaient chaque homme présent dans cette pièce par un sourire, un haut de bas nylon qui se laissait découvrir par une jupe trop courte, ou un string qui dépassait légèrement du bas du dos. Voilà donc à quoi ressemblait l'odyssée de ces migrants ayant traversé mille péripéties pour venir en France et échouer dans ce bar à hôtesses sordide, se disait-elle. Elle aperçut son mari attablé au fond de la salle, jouant aux dominos et portant sur ses genoux une jeune fille qui haranguait les joueurs avec la désinvolture que pouvaient lui permettre son décolleté et sa jeunesse. Fouzia poussa la porte et fit son apparition sur le seuil, on aurait pu croire à un spectre ainsi emmitouflée dans son large manteau de laine noir et le visage éclairé par l'un des seuls spots qui fonctionnait encore. Seul son foulard aux couleurs de sa terre berbère, qui laissait dépasser quelques mèches de sa belle chevelure noire, trahissait sa condition de femme et ses origines. Dans sa précipitation, elle avait chaussé des sandales d'été, autant dire qu'elle était pieds nus au milieu d'un tapis de mégots et de tickets de jeux à gratter. Son entrée figea tous les occupants du lieu. Elle était habillée comme une indigente, mais la dignité et la pudeur qui émanaient de ce corps fragile les firent frémir. Les hôtesses arrêtèrent de rire et repoussèrent les mains posées sur leurs hanches, certaines se levèrent et essayèrent tant bien que mal de tirer sur une jupe trop courte ou de cacher un décolleté trop large afin de couvrir le peu de pudeur qui leur restait. Les hommes arrêtèrent leurs jeux et se turent. Ils étaient tous tétanisés devant cette femme qui à cet instant était la réincarnation de la mère universelle qu'ils avaient peut-être laissée au pays. Nul n'osa prononcer un mot, craignant d'entendre la sentence de cette femme venue du fond de leurs mémoires. Nul n'osa lui demander qui elle était et ce qu'elle voulait, car ils savaient tous qu'un jour une femme assez forte viendrait les trouver pour toutes celles qu'ils avaient humiliées. Elle fixait son mari du regard alors que lui osait à peine lever les yeux, tentant désespérément de se cacher derrière le jeu qu'il tenait entre les mains.

« Dis-lui de rentrer dans son foyer ! » osa l'un des joueurs attablés.

« Qui viendra me mettre à la porte ? Lequel d'entre vous se lèvera ? » dit-elle d'une voix ferme. Elle eut pour seule réponse un silence de lâcheté qu'elle rompit en s'adressant à son mari :

« Tu peux te cacher, je suis venue te dire que tu n'avais plus de foyer où rentrer, et plus de femme qui t'attendrait. » C'était la dernière fois qu'elle voyait cet homme qui l'avait exploitée et méprisée dès leur rencontre.

Le chemin du retour lui parut interminable, ses pensées se bousculaient. Elle avait honte, un sentiment d'échec la submergea, avant de laisser la place à la colère. Elle était en colère contre elle et sa naïveté, contre ses parents et leur éducation qui avaient fait d'elle un agneau dans un monde où les hommes étaient des loups, et enfin contre tous les hommes qui par le privilège de la naissance opprimaient les femmes. Elle en était convaincue : dominer la femme était dans leur nature, dans leur ADN, dans ce chromosome Y. Elle se fit alors la promesse que cela ne se reproduirait plus, que plus aucun homme ne la posséderait. Plongée dans ses pensées, elle n'avait pas réalisé qu'elle était arrivée au pied de son immeuble. Elle rentra dans son appartement où elle trouva ses deux anges endormis l'un contre l'autre face à la télévision qui les berçait encore. Elle les contempla silencieusement avant de les réveiller et de les coucher. Quand elle les embrassa en les bordant, ils répondirent par ce sourire de béatitude que les enfants réservent à leur mère. Mais sur leur père, ils ne posèrent aucune question.

Les jours suivants, les amis de son ex-mari se bousculaient devant sa porte et toujours aux horaires où les enfants étaient à l'école. Ils venaient proposer leur aide ou leur soutien, certains se présentaient avec des packs de lait et des bonbons pour les enfants, et d'autres proposaient directement de l'argent. Ils lui rendaient visite avec la même idée en tête, en faire leur maîtresse maintenant qu'elle était sans mari, une maîtresse d'un jour ou d'un soir contre quelques euros ou des produits alimentaires. Pour eux, une femme sans mari était une femme qui n'avait plus d'honneur à préserver. Telle Pénélope, elle se trouvait dans la situation de repousser quotidiennement les assauts de ses prétendants. La comparaison avec la reine d'Ithaque s'arrêtait là, car les prétendants de Fouzia étaient des princes de bars-tabac-PMU qui ne souhaitaient que la baiser. Elle ressentait un profond dégoût pour ces hommes qui ne voyaient dans sa vulnérabilité et sa détresse qu'une opportunité sexuelle. Tout s'arrêta le jour où elle décida de porter un voile et une abaya. La tenue des pieuses calma définitivement les hommes les plus entreprenants, elle était maintenant sous la protection de Dieu.

4

Poussé par la curiosité d'en savoir davantage sur le vieil homme qui l'avait tiré d'un si mauvais pas, Sophiane se rendit à la Légion-d'Honneur au jour et à l'heure dite. Il n'était plus recherché, mais il se montra méfiant et resta sur ses gardes lorsqu'il entra dans le parc. En chemin, il ne put s'empêcher de jeter furtivement des regards par-dessus son épaule afin de s'assurer qu'un flic ne l'avait pas reconnu et pris en filature. Avant d'arriver à l'aire de jeux, il ralentit et se mit à regarder en direction du banc où il avait fait cette étrange rencontre. Le vieil homme était déjà là, assis à discuter avec une femme âgée qui se tenait debout devant lui. Après un temps d'hésitation, Sophiane s'avança jusqu'à eux sans que cela ne perturbe leur discussion, ils paraissaient même ne prêter aucune attention à sa présence. Il renifla bruyamment pour se manifester, mais cela ne changea rien, il dut attendre patiemment que la conversation se termine par les salamalecs habituels et que la vieille dame s'éloigne lentement en s'appuyant sur sa canne. Sans dire bonjour à son maître, il s'assit à l'extrémité du banc, presque en équilibre. Sa position était inconfortable, mais il pensait ainsi être dans les meilleures dispositions pour battre en retraite.

« C'était qui la vieille ? demanda Sophiane sans même un salut.

— Je viens de faire sa connaissance, répondit simplement le maître en sortant de sa besace le plateau de jeu qu'il posa entre eux.

— En fait, vous êtes ami avec tout le monde ?

— "Si on vous fait une salutation, saluez d'une façon meilleure, ou bien rendez-la simplement." Ce premier précepte est tiré du Coran, poursuivit-il en essayant de positionner le plateau de façon que les pièces posées dessus soient en équilibre.

— Je ne vois pas le rapport avec ma question », rétorqua sèchement Sophiane.

Le vieil homme lui demanda de se rapprocher en lui faisant remarquer qu'il était difficile de jouer et de discuter s'il restait à cette distance. Sophiane n'avait pas pour habitude d'obéir aux adultes. Par esprit de contradiction, il avança prudemment en essayant de trouver la bonne distance sans donner l'impression de céder à la demande du maître d'échecs.

« Stop ! Tu es trop près maintenant ! Mais ce n'est pas grave, nous ferons ainsi », s'exclama le maître. Sophiane était déconcerté après tant de précautions pour désobéir.

« Comment comprends-tu “Saluez d'une façon meilleure” ? demanda-t-il à son élève alors qu'il posait chaque pièce du jeu.

— C'est simple, ça veut dire saluer avec plus de gentillesse celui que l'on rencontre.

— Ne trouves-tu pas cette injonction étonnante ? répliqua-t-il. Comment saluer d'une façon meilleure et en toutes circonstances celui que l'on rencontre ?

— Oui, c'est vrai, dit Sophiane qui avait compris la problématique. Je connais l'expression “rendre un salut”, mais jamais je n'avais entendu “de façon meilleure”… En fait, c'est impossible !

— Je n'ai jamais dit que cela était impossible. Il existe même une solution simple pour appliquer ce précepte. »

Sophiane s'était rapproché, de peur de ne pas entendre la réponse, comme si la largeur de l'échiquier qui les séparait était un vaste espace où les mots de son maître pouvaient se perdre.

« Eh bien alors ? Faut vous supplier ! s'exclama l'adolescent.

— Salue en premier et tu n'auras pas besoin de saluer d'une façon meilleure.

— C'est vrai que c'est malin comme solution… Je n'y avais pas pensé !

— C'est une invitation à aller vers l'autre, à aller à sa rencontre sans attendre qu'il vienne à vous », ajouta-t-il. Sophiane avait esquissé un sourire à l'écoute de la solution qui était d'une grande simplicité et qui, en même temps, mettait en relief toute la complexité et la profondeur de ce précepte. Le sourire de l'adolescent, même furtif, n'avait pas échappé au vieil homme malgré les efforts de Sophiane pour se dissimuler sous la visière de sa casquette.

« Bon, on commence quand à jouer aux échecs ? s'exclama Sophiane.

— La leçon est terminée, mon garçon.

— C'est quoi, cette arnaque ?

— Cette première leçon était sur l'empathie pour ton adversaire. Il est important d'entrer en relation avec lui quand on prépare le plateau de jeu, d'échanger quelques mots en posant chaque pièce à sa place. Mais avant de nous quitter, tu dois payer ta leçon.

— Ce n'était pas gratuit ? s'écria Sophiane.

— Gratuit ? Quelle drôle d'idée ! Je fais payer mes leçons vingt euros de l'heure. »

Sophiane fouilla dans ses poches et trouva un billet de dix euros froissé et quelques pièces de monnaie.

« J'ai dix euros et vingt-cinq centimes sur moi.

— Très bien, ça ira pour aujourd'hui, la prochaine fois tu me paieras avant la leçon.

— Qui vous dit que je reviendrai ? » déclara-t-il en se levant d'un bond et en lançant un « Allez, salut ! » sur un ton insolent, persuadé que cela irriterait le vieil homme comme cela irritait ses professeurs à l'école. Mais il n'observa aucune réaction, celui-ci resta impassible et continua à ranger ses pièces d'échecs sereinement avant de s'en aller dans la direction opposée.

Sophiane décida de rentrer chez lui en passant par le parvis de la basilique qui était bondé de familles venues tuer quelques heures en ce mercredi après-midi. Il s'arrêta un moment pour observer cette place prise d'assaut par des enfants qui l'avaient transformée en circuit de vélo sous le regard imperturbable du Christ sculpté sur le tympan du monument. Les enfants roulaient sans trajectoire dans un incessant mouvement brownien, braillant, pleurant, et ignorant celui qui était au-dessus de ce portail depuis neuf cents ans. Il était représenté jugeant les hommes le jour du Jugement dernier. Lui qui, sous la monarchie, avait vu passer les rois de France à genoux ou dans un linceul, devait maintenant, sous le règne de la République, souffrir du premier coup de pédale d'un Kamel ou écouter les sanglots d'une Binta.

Sophiane remarqua également qu'il n'y avait que des femmes autour du parvis. À Saint-Denis, les mères jouent avec leurs enfants pendant que les pères jouent aux courses dans les bars PMU. La situation sociale des mères isolées sans revenus était le premier fléau des quartiers populaires. À l'abandon succédaient la précarité, la culpabilité et la honte d'être substituées par le vice du jeu et de l'alcool. Aux vices des hommes, ces femmes avaient opposé la vertu de la foi qui s'incarnait dans ces multitudes de silhouettes sombres qui déambulaient dans les rues. Elles étaient nombreuses à avoir trouvé refuge dans la foi et la sécurité sous un jilbab à la suite d'une rupture ou d'un abandon.

Sophiane remonta la rue de la République, qui est pour Saint-Denis ce que sont les Champs-Élysées pour Paris. Mais la comparaison s'arrêtait là. Point de boutiques de luxe ou d'ambassades, mais une succession de magasins de fringues bon marché, de joueurs de bonneteau crapuleux et de vendeurs de jouets toxiques. On pouvait voir dans les rues adjacentes des consommateurs de crack hilares, des prostituées discrètes tentant désespérément d'attirer un client. Venues de toute l'Île-de-France, des bandes de filles hétéroclites se retrouvaient dans cette rue pour faire du shopping. Il n'était pas étonnant de voir une jeune femme portant le voile et une autre en jean moulant déambuler ensemble en quête des nouvelles tendances. Cette rue de la République était fascinante pour toute une jeunesse et source d'angoisse pour toute une bourgeoisie qui y voyait tout ce que dénonçaient les tenants d'une identité française éternelle, mais totalement imaginaire. Cette rue de la République n'était pas seulement une veine urbaine de la cité des rois de France. Elle était une artère du monde où circulaient des hommes et des femmes venant de continents infectés par la guerre, la misère et la faim. Remonter la rue de la République, c'était descendre dans les méandres des conflits qui embrasaient la planète, avec ses lots de réfugiés, que le hasard du destin réunissait maintenant épaule contre épaule, tentant de se frayer un chemin dans cette nouvelle cour des miracles. C'était par cette artère du monde que le cancer du terrorisme avait circulé en 2015. Telle une métastase, il s'était dissimulé dans le flux de ces réfugiés venus pleins d'espoir d'une nouvelle vie pour eux et leurs enfants. Il avait infecté les organes vitaux que sont la culture au Bataclan et la nation au Stade de France. Espérant ainsi un arrêt du cœur de la République, pour que cessent ses battements qui font vibrer l'humanité à travers les frontières et les âges depuis 1789. Leur projet, comme celui de tant d'autres avant eux, c'était que Marianne cesse de respirer, qu'elle cesse ses soupirs et ses murmures que l'on pouvait entendre aux quatre coins du globe et qui disaient « Liberté ».

5

« Rejoins-moi, je vais te présenter quelqu'un. Je t'envoie l'adresse par SMS, c'est près de la gare, à tout de suite. » L'appel prit fin avant qu'il eût le temps de glisser un mot dans ce qui n'était pas une conversation. Cela n'étonna pas Sophiane. Il avait appris à s'accommoder de ce grand frère directif qui n'avait pas toujours été ainsi. Youssef était de deux ans son aîné, la faible différence d'âge avait favorisé leur complicité et l'absence du père avait resserré leurs liens. Ils avaient les mêmes amis, et, enfants, ils avaient eu les mêmes vêtements. Ils étaient inséparables, les hobbies de Youssef devenaient ceux de Sophiane, ce qu'essayait l'aîné, le cadet y excellait par admiration. Tout avait basculé en quelques mois, le Youssef collectionneur de vinyles de funk avait laissé la place au Youssef religieux qui estimait que la musique corrompait le croyant et qu'elle était l'œuvre du diable. Petit à petit, la distance entre les deux frères s'était creusée, Youssef avait maintenant d'autres « frères », comme il les appelait, et Sophiane passait plus de temps en bas de la cité à tuer le temps ou à gagner un billet en faisant le guet. L'aîné voulait jouer son rôle. À présent il ne manquait jamais une occasion de corriger son petit frère dans les moindres actes de la vie quotidienne. Cela allait de la façon de manger à la position pour dormir, et, bien entendu, à grand renfort de citations des hadiths qui faisaient jurisprudence.

Ce brusque changement avait inquiété Fouzia, car cela allait à l'encontre de la tradition malikite de la famille : un islam apaisé ayant épousé les traditions berbères, centré sur la famille et ouvert sur l'extérieur. Elle découvrit la radicalité de ces nouvelles pratiques par un message du proviseur du lycée sur sa boîte vocale : « Bonjour, je suis le proviseur du lycée où est scolarisé Youssef. Pourriez-vous me rappeler rapidement ? Nous avons un petit souci avec lui : nous l'avons surpris avec deux de ses camarades à faire la prière du vendredi derrière le gymnase au lieu d'assister au cours de mathématiques. » Ce fut un choc, car Fouzia ne comprenait pas comment son fils aîné pouvait sécher un cours de mathématiques pour aller prier en cachette derrière un gymnase. Même au Maghreb, l'instruction et l'éducation n'avaient jamais souffert d'une remise en cause par le religieux. Les explications de Youssef furent plus dures à entendre que le message laissé par le proviseur. Car il ne regrettait rien, pour lui un cours de mathématiques pouvait se rattraper, mais pas une prière du vendredi, qui était un commandement. Certains l'avaient convaincu que l'office du vendredi était une obligation religieuse au-dessus de l'obligation scolaire et des lois de la République. Fouzia avait alors clos l'incident par une injonction dont tous les parents usent face à l'absence de rationalité : « Tant que tu vivras sous mon toit, tu iras à tous les cours sans exception. »

Sophiane arriva à l'adresse indiquée et trouva son frère pour l'accueillir. Ils étaient devant un immeuble délabré du quartier de la gare de Saint-Denis, en bordure du canal. Autour d'eux, des toxicomanes qui déambulaient et dont plus personne ne se souciait, des corps qui prenaient soin d'éviter la lumière en marchant à l'ombre des façades, des carcasses à la recherche d'une dose d'héroïne, de cocaïne ou de crack. Des sans-dents, des sans-regards, des sans-vie aux ordres de leurs pulsions et de leurs dealers. Un troupeau de zombies surveillés par des bergers armés jusqu'aux dents et circulant à vélo pour les nourrir contre monnaie sonnante et trébuchante. Ils étaient leurs vaches à lait, mais également la source de leurs divertissements, ils n'hésitaient pas à demander à une junkie de danser jusqu'à s'écrouler d'épuisement ou à un zombie de baisser son pantalon et à marcher le long du quai du canal la verge à l'air. Mais leur spectacle favori était le combat de rue entre toxicomanes, là ils pouvaient rire et parier. Le deal ne pouvait justifier ces comportements, leur motivation se trouvait dans la jouissance du pouvoir de vie et de mort sur leurs clients, la jouissance de torturer pour protéger un territoire ou pour se faire payer une dette, la jouissance lorsqu'ils ordonnaient à une cliente en manque de se mettre à genoux pour une fellation qui paierait une dose. Ils étaient les docteurs Mengele des ghettos, expérimentant sur leurs clients leurs théories sur l'absence d'humanité et de dignité des faibles tombés dans cette addiction mortelle.

La façade du bâtiment était en pierre de taille, et sur la porte cochère était punaisé un arrêté informant les occupants que l'immeuble était frappé de péril. Youssef poussa la lourde porte en bois sans tenir compte de l'avertissement, et Sophiane découvrit alors un porche aux murs de plâtre lézardés et éclairés par une faible lueur jaillissant de la cour intérieure qui leur faisait face. Les boîtes aux lettres étaient sans nom, ici les familles étaient des numéros. L'adolescent devinait le passé bourgeois de la bâtisse avant son présent insalubre en remarquant la hauteur inhabituelle du plafond voûté et ses moulures crasseuses. Dans la cour étaient entassés des sacs de gravats, des pièces de carrosserie automobile, des cadres de vélos et des conteneurs d'ordures dont les émanations attiraient des rats de la taille de teckels. Une femme d'origine indienne, qui tenait un enfant en bas âge dans ses bras, surgit dans la décharge de tri improvisée par des Roms, la traversa prudemment en évitant de se blesser avec des clous rouillés qui tapissaient le sol, puis déplia une poussette pour y installer son enfant avant de sortir de l'immeuble.

Il n'était pas étonnant de voir une mère de famille et un enfant en bas âge dans un tel endroit ; un immeuble géré au tantième de la misère où le président de la copropriété était celui qui cognait le plus fort. À Saint-Denis, les immeubles insalubres et frappés de péril étaient les chaudrons de la souffrance et de la misère sociale. Ici macéraient à feu doux des familles sans papiers, des travailleurs pauvres et des prostituées. Tous ces derniers de cordée payaient un loyer de deux cents euros par semaine à un homme qu'ils ne connaissaient pas, et qui passait dans chaque appartement le vendredi soir après dix-neuf heures pour relever les compteurs. Pas de quittance, pas de paiement par virement ou par chèque, tout se faisait de la main à la main ou du poing au visage s'il y avait une difficulté à régler le loyer.

Aucune plainte, aucune doléance n'étaient possibles alors que l'immeuble était un taudis : les murs étaient saturés de plomb, les moisissures colonisaient toutes les pièces d'eau, les eaux usées se déversaient dans une fosse septique débordante, et les rats circulaient librement et sans crainte parmi les guirlandes de câbles électriques qui serpentaient entre des branchements sauvages. L'arrêté de péril, censé protéger les locataires, les avait livrés aux mains d'un caïd du quartier qui avait très vite compris que l'arrêté valait permis d'extorquer. Tout le monde connaissait la situation de cet immeuble et des quelques familles qui y logeaient. La mairie, l'État, le conseil général et ses assistantes sociales, les enseignants des enfants qui habitaient les lieux, tous savaient le trou noir de civilisation qu'était cet immeuble insalubre, et tous étaient impuissants à les arracher à cet endroit. Pourtant, ils avaient tous fait leur travail consciencieusement. L'État avait diligenté une expertise judiciaire, la mairie avait pris l'arrêté de péril, les enseignants avaient signalé la souffrance des enfants, et les assistantes sociales avaient fait leurs visites domiciliaires pour constater l'état avancé de désespoir des locataires. De toute cette agitation administrative il n'était rien ressorti, si ce n'était la preuve de l'impuissance de l'État à faire appliquer les lois de la République dans un quartier de Saint-Denis. Le propriétaire, qui n'était pas inquiété vu la lenteur des procédures, attendait paisiblement et ne voyait pas d'un mauvais œil la prise en main du bien par un caïd-entrepreneur qui s'occuperait d'apprendre les bonnes manières du capitalisme à des locataires qui avaient eu l'indécence de le dénoncer à la préfecture comme un vulgaire délinquant. Dans cette affaire de péril, il s'estimait victime de sa bonté. Certes, il y avait des moisissures, les équipements sanitaires étaient hors d'usage et le réseau électrique était dangereux, mais n'était-ce pas mieux que d'être à la rue ou sous les bombes dans les rues de Raqqa ?

Une assistante sociale expérimentée et blasée par cette misère avait été d'une franchise brutale lors d'une visite aux locataires : « Effectivement, c'est insalubre, leur dit-elle, mais il y a pire à Saint-Denis. Certains dorment aux urgences de l'hôpital Delafontaine et d'autres dans les locaux des vide-ordures. » Il y a deux choses impossibles à Saint-Denis : faire pleurer une assistante sociale et faire rire une conseillère Pôle emploi qui souhaite absolument vous rayer pour faire son chiffre. Le problème quand on habite Saint-Denis, c'est qu'il y a toujours une situation pire que la vôtre. Vous êtes sans emploi ? Vous trouvez quelqu'un à Saint-Denis qui est sans emploi et handicapé. Vous êtes sans logement ? Vous trouvez quelqu'un qui est sous dialyse et qui dort dans une niche. Vous êtes sans espoir ? Vous trouverez un réfugié syrien qui a traversé la Méditerranée sur une bouée pour échouer sous un pont à Saint-Denis et sniffer de la colle afin d'oublier son malheur et son dégoût du genre humain.

L'immeuble était une arche dans un déluge de misère, chaque espèce de damnés avait trouvé une place dans cet endroit qui était organisé par strates : le premier étage et le rez-de-chaussée étaient occupés par des familles de réfugiés, le deuxième comptait un seul appartement où logeait une jeune prostituée, et enfin le troisième et dernier étage, où les deux frères se rendaient, était habité par un groupe de religieux. Ils prirent l'escalier qui grouillait d'enfants bondissant entre les paliers et slalomant parfois entre les jambes des clients qui rendaient visite à la fille publique. Ces gamins n'étaient enfants que par leur physionomie, car leurs regards trahissaient la perte de leur naïveté par les épreuves subies durant leur courte existence. L'instinct de survie s'était substitué à l'instinct de jeu en constatant que leurs parents étaient aussi vulnérables qu'eux. Voir les adultes censés les protéger être extorqués, parfois suppliant et pleurant pour une nuit d'hôtel ou un paquet de pâtes, les avait fait grandir spontanément. Ces enfants avaient compris que le monde se partageait entre les faibles et les forts, entre les agneaux et les loups. Et reconnaître un loup instantanément était une qualité que ces enfants devaient acquérir rapidement pour survivre dans ce milieu. Ils avaient compris que ces bourgeois masculins et blancs, faisant des va-et-vient incessants dans la cage d'escalier, étaient des loups. Agneaux dans leur monde policé, ils devenaient des loups aux instincts libérés entre les murs de l'immeuble. Ils étaient là pour la fille publique, pour acheter un être humain durant quelques minutes ou quelques heures. Démonstration ultime de la théorie du Capital, apothéose de la jouissance consumériste bourgeoise que de louer un corps comme on louerait une marchandise.

Les deux garçons avaient maintenant atteint le dernier étage qui était plus propre et plus soigné que les paliers inférieurs. Youssef retira ses chaussures et les posa dans le coin où étaient déjà rangées une dizaine de paires, puis alla frapper à la seule porte qui était étrangement trop bien blindée pour cet immeuble insalubre.

La porte s'entrebâilla une première fois pour laisser échapper un regard scrutateur, puis s'ouvrit partiellement pour laisser se faufiler les deux jeunes hommes. Ils s'avancèrent pieds nus dans un couloir recouvert de tapis épais, Sophiane suivait Youssef qui paraissait connaître les lieux et qui lui fit signe de garder le silence en ouvrant la porte de ce qui semblait être le séjour de l'appartement. À l'intérieur, une assemblée d'adolescents, tous assis en tailleur autour d'un homme qui captivait l'assistance par ses mots. Au premier rang, des garçons buvant ses paroles et hochant la tête mécaniquement. Et aux derniers rangs, des jeunes filles, tête baissée, mais levant parfois les yeux pour voir celui qu'elles admiraient tant. On fit place aux nouveaux arrivants qui s'installèrent devant, et reçurent de l'orateur un sourire envié par l'assemblée ce qui déclencha une succession de regards curieux dans leur direction.

Riad était le prêcheur charismatique qui subjuguait l'assemblée, le foyer vers lequel se dirigeaient les regards des adolescents qui voyaient le monde au travers de la lentille convergente de la foi, persuadés en l'écoutant de suivre un rayon de science. Le mouvement de ses mains et ses profondes respirations, les changements d'intonation de sa voix et le sourire imperturbable qu'il affichait en toutes circonstances, tout en lui attirait cette jeunesse qui cherchait un guide dans ce monde en mouvement perpétuel.

Riad avait à peine trente ans, mais la barbe noire en pagaille qu'il arborait lui servait d'accessoire pour le vieillir prématurément. Il était habillé en permanence d'une djellaba blanche impeccable qui accentuait le contraste de ses yeux soulignés au khôl d'un noir profond. Son regard en devenait hypnotique. Sa notoriété religieuse, il la tenait de son adolescence tumultueuse, il avait beaucoup fréquenté les tribunaux et les juges pour enfants avant de choisir une vie pieuse. Conséquence d'une révélation à seize ans après une discussion qui dura toute une nuit avec un prêcheur qui n'avait pas peur de lui, mais seulement de Dieu. Il en était sorti fatigué, mais ébloui par cette vérité. Sa vie de délinquant était le résultat de sa corruption morale et de son amnésie concernant ses origines, il n'était pas une victime, comme le disaient ses éducateurs, mais il était fautif d'avoir oublié Dieu dans l'équation de sa vie. Il était sauvé et il en pleura de joie.

Le changement fut fulgurant. La première chose qu'il fit dans sa nouvelle vie fut de raser ses cheveux pour effacer ses mèches blondes avant d'arrêter de fréquenter ses anciens amis et complices. Il passait maintenant ses journées à la mosquée à lire le Coran dans une traduction offerte par la Chambre de commerce d'Arabie saoudite. Sans s'en apercevoir, le pendule de sa vie venait de passer de la délinquance à l'intégrisme religieux. Les tuteurs dans sa nouvelle foi, constatant certainement son potentiel, lui dirent qu'il était sur la bonne voie mais qu'il lui manquait la maîtrise de la langue arabe, lui qui ne connaissait que le français. C'est là que l'on perdit sa trace et que naquit sa légende. Personne ne le revit pendant trois longues années. Les quelques informations qui circulaient évoquaient une madrasa en Égypte pour apprendre l'arabe auprès des meilleurs savants de la foi, et un voyage au Yémen où il se maria et eut un enfant.

La jeunesse qui était venue l'écouter aujourd'hui dans cet appartement voyait donc en lui un miraculé, son passé de débauche et de délinquance était la preuve qu'il était hors du commun.

« Je vous le dis, mes chers frères et mes chères sœurs. Dieu vous a choisis parmi toutes les communautés du monde pour l'adorer. C'est une bénédiction, car vous avez la foi, vous craignez Dieu et le jour de son jugement. Vous qui habitez en France, vous êtes au-dessus des autres communautés, car vous êtes une communauté opprimée. Nos sœurs ne peuvent plus aller à l'école et bientôt elles ne pourront plus aller à l'université, ils font des lois pour interdire à nos sœurs de sortir et ils ferment des associations et des mosquées. Vous êtes stigmatisés, car vous vous soumettez à Dieu, vous ne trouvez pas de travail ou de logement, car vous êtes musulmans. Vous êtes opprimés et persécutés comme l'ont été les premiers musulmans de notre communauté et comme le sont nos frères palestiniens, syriens, rohingyas et ouïghours. Entendez-vous parler de génocides de musulmans aux informations ? Non. Mais quand il s'agit d'un juif ou d'un Européen, vous en entendez parler pendant des jours. Quelle injustice ! Mais Dieu aime les endurants et vous êtes endurants. Vous êtes endurants, car vous supportez ces humiliations avec patience et votre récompense sera dans l'autre monde. Mais il est également de votre devoir de rechercher toutes les voies pour vivre selon les vrais préceptes de notre religion, il est de votre devoir de vous organiser selon vos capacités pour que votre foi reste pure. Par exemple, vous ne devez pas avoir d'amis chrétiens, juifs ou athées, cela est un commandement. Vous devez rester entre gens de la communauté, entre musulmans à la foi pure. »

Le prêche se termina par une doua, puis les participants se levèrent au fur et à mesure, les uns s'en allant d'un pas pressé et les autres prenant le temps de discuter entre eux des thèses de l'orateur. « Riad, je te présente mon frère », dit Youssef avec beaucoup d'humilité. Riad prit alors la main de Sophiane entre les siennes, l'embrassa sur les joues et lui souhaita la bienvenue en lui demandant ce qu'il avait pensé du prêche qu'il venait d'entendre. Sophiane, intimidé et ne sachant trop quoi répondre, se contenta de hocher la tête en signe d'approbation. « Toutes les semaines, je fais un prêche et je donne des conseils à nos frères et à nos sœurs qui souhaitent préserver la pureté de leur foi. Tu es le bienvenu dans notre communauté », ajouta-t-il avant qu'une jeune fille désireuse de lui poser une question s'avance vers lui et l'interrompe.

« J'ai un problème et j'aimerais vous en parler », lui dit-elle. Il la rassura en lui promettant qu'elle pouvait parler sans crainte devant les deux frères. « Voilà, je suis en classe de première au lycée Paul-Éluard et je dois enlever mon voile tous les jours pour aller en cours. Je culpabilise de plus en plus, car je me demande si je ne m'écarte pas de ma foi et de Dieu. Je sais que c'est un péché de ne pas avoir les cheveux couverts, mais là je n'ai pas le choix. C'est l'école qui ne veut pas que je me couvre les cheveux et je n'y peux rien. Est-ce que Dieu me pardonnera de ne pas porter le foulard si c'est pour l'école ? » interrogea-t-elle d'une voix étouffée par les sanglots. La détresse de cette lycéenne toucha Sophiane qui imaginait les angoisses qui la traversaient lorsqu'elle prenait son sac tous les matins pour aller en cours.

En revanche, Riad ne montra aucune compassion à son endroit. Elle attendait un conseil pour la soulager, mais elle eut droit à la place à une sentence sans appel : « Ma sœur, la réponse est dans ta question. Tu sais que tu dois couvrir tes cheveux pour satisfaire Dieu et tu as raison de culpabiliser. Penses-tu pouvoir dire à Dieu le jour du Jugement dernier que tu ne portais pas le foulard à cause de l'école ? Non, tu n'auras pas d'excuse », affirma-t-il. Dans un sanglot, elle supplia Riad de l'aider à sortir de cette situation, et promit qu'elle était disposée à arrêter ses études si elle n'avait d'autre choix.

« Il y a d'autres solutions que l'école de la République. Tu peux suivre des cours à distance par le CNED. Ainsi, tu pourras rester chez toi.

— Mais je suis en première avec option mathématique et sciences physiques, l'année prochaine je passe le baccalauréat, Inch Allah. J'ai des travaux pratiques de chimie à faire, et à distance ce n'est pas possible.

— Ma sœur, je te conseille de te réorienter en filière professionnelle pour que tu puisses avoir dans le futur un travail qui soit compatible avec ta foi. Fais à distance un CAP Petite enfance qui est facile à réussir. Après tu pourras être assistante maternelle pour garder des enfants à la maison. Toutes les sœurs qui ont fait ça sont heureuses, elles travaillent à leur domicile et peuvent ainsi garder leur voile. »

L'adolescente remercia chaleureusement Riad, elle allait enfin retrouver le chemin de la foi en arrêtant de prendre tous les matins celui de l'école. Il lui parla du mariage avant de la laisser partir, insistant sur cette nécessité pour une jeune musulmane, surtout à son âge, à l'âge des tentations. Sophiane fut impressionné par le pouvoir de persuasion de Riad, il le trouvait extrêmement convaincant dans ses arguments qui étaient toujours prononcés d'une voix calme et posée. Ils se séparèrent par une étreinte et Sophiane promit de revenir la semaine prochaine avec Youssef.

Quand les deux frères arrivèrent au deuxième étage, la porte de l'unique appartement occupé s'ouvrit à leur passage. Dans l'entrebâillement, une jeune fille en peignoir de soie coloré apparut aux deux adolescents. Elle jeta un œil de part et d'autre s'assurant que le chemin était libre pour son client qui se faufila discrètement. Cela dura quelques secondes, mais ce fut suffisant pour que Sophiane reconnût Lydia.

6

Lydia avait quitté le 20e arrondissement de Paris pour s'installer à Saint-Denis lorsqu'elle n'avait que six ans. La séparation de ses parents avait eu pour conséquence de la reléguer dans la banlieue nord. Elle pensait que cette double séparation avec son père et Paris était temporaire, mais rarement un père ne revient sur ses pas, tout comme il est rare de revenir à Paris après un exode économique.

Lydia et sa mère n'avaient pas réussi leur intégration au sein de leur nouvelle cité-dortoir. Non natives de Saint-Denis, elles étaient considérées comme des éléments extérieurs. Les choses eussent été différentes si elles étaient arrivées directement du bled, elles auraient sans doute bénéficié de la solidarité de la communauté si elles n'avaient pas coupé tous les ponts avec la culture du pays d'origine. À Paris, elles étaient un modèle d'intégration, mais de ce côté du périphérique, elles étaient isolées.

Loin de ses repères parisiens, sans emploi et entre les murs de béton gris de la cité, la mère de Lydia ne tarda pas à sombrer dans la dépression. Elle ne sortait presque jamais, sauf à de rares exceptions : honorer ses rendez-vous à Pôle emploi ou avec l'assistante sociale de la mairie. Leur relation commença à se distendre au fur et à mesure que Lydia devenait une jeune fille : aucune question sur l'école et ses projets, ni sur ses amis et encore moins sur ses sorties tardives et les endroits qu'elle fréquentait. Les amarres de l'autorité s'étaient rompues, l'adolescente se croyait libre alors qu'elle dérivait sans parents pour ses premiers pas dans le monde des adultes.

Lydia essaya de se faire une place dans ce modèle français de mixité de misères sociales. Contrairement à son ancienne école parisienne, elle fréquentait maintenant une école de la République où étaient rassemblés les derniers de cordée, ceux qui n'avaient ni mousqueton ni baudrier et qui n'arriveraient jamais au sommet pour contempler la vue. Plus morveux qu'écoliers, ils étaient les enfants des minima sociaux dont les parents restaient bloqués sur le seuil de pauvreté. Les politiques et les économistes représentaient la misère par des graphiques, des moyennes et des statistiques, eux la vivaient avec leurs caries sur chaque molaire et leurs vêtements portés par leurs aînés à la saison dernière. Lydia fut accueillie à bras ouverts par ses camarades dès lors qu'ils surent qu'elle n'avait plus de père, sa souffrance était son droit d'entrée dans la cour de récréation.

Sa scolarité au collège fut le tournant qui la fit sortir de sa trajectoire. C'était un lieu bien étrange sans ordre apparent où régnait un brouhaha permanent mêlant des cris de préadolescents aux hurlements d'enseignants désespérés. On n'y apprenait pas grand-chose à part l'essentiel : survivre. Et pour cela, on éduquait à ne pas baisser les yeux, surtout devant un adulte. Rien ne servait de connaître ses leçons ou d'écouter des théorèmes que seul l'enseignant comprenait en jubilant, car ici la popularité d'un élève était inversement proportionnelle aux connaissances acquises. Ainsi, le plus populaire n'était pas celui qui savait se servir d'un rapporteur ou d'une règle, mais celui qui savait se servir de ses pieds et de ses poings. Tout cela concourait à créer une atmosphère étrange et pesante dans le collège. La tristesse des locaux et le défaitisme du corps enseignant entraient en résonance avec la mélancolie de ces adolescents qui déambulaient entre des salles de cours où les attendaient des séances d'ennui.

Lydia entra en sixième avec un sac à dos qui se transforma en sac à main en classe de troisième. Que se passa-t-il durant cette période qui séparait la petite fille sortant de l'école élémentaire et l'adolescente entrant par effraction dans la vie adulte ? Sa curiosité et son enthousiasme d'enfant s'étaient dilués dans la forte concentration de décrocheurs aux parcours scolaires jalonnés d'échecs. Elle avait des camarades de classe qui ne savaient ni lire une phrase sans s'essouffler ni faire une addition sans une céphalée. Assis au fond de la classe, ils attendaient. Ils attendaient, tout comme l'institution, le prochain aiguillage du train de l'orientation scolaire qui aboutirait pour beaucoup à une voie de garage. Mais en attendant cet aiguillage de fin de troisième, tout le monde les laissait voyager en paix en dernière classe côté fenêtre.

Lydia ne le savait pas à l'époque, mais son année de troisième était la dernière de son instruction scolaire. Elle avait traversé les classes précédentes comme un météore, sans s'attarder sur ses leçons et les savoirs académiques nécessaires à sa vie d'adulte. Le système solaire ou la photosynthèse ne lui disaient rien, son univers tournait autour de Sephora et de la dernière collection Zara.

Sa beauté inhabituelle marquait tous ceux qui posaient le regard sur elle. Ses yeux étaient d'un vert émeraude, son teint était blanc comme l'ivoire et ses cheveux châtains laissaient apparaître à certains endroits des reflets blonds les journées d'été ensoleillées. Les traits de son visage étaient droits et fins, tout était harmonieux, jusqu'à ses sourcils qui étaient parfaitement dessinés sans qu'elle n'ait besoin d'y toucher, elle dégageait une beauté antique qui rappelait ses origines carthaginoises. Elle allait sur ses seize ans, elle était belle et tout le monde le lui disait, surtout les grands de la cité qui ne manquaient pas une occasion de l'inviter à aller faire un tour en voiture ou à la déshabiller du regard lorsqu'elle passait devant eux. Lydia s'en méfiait, on lui avait raconté tellement d'anecdotes de filles qui avaient perdu leur honneur en suivant bêtement un garçon, mais cela ne lui arriverait jamais, elle en était persuadée. Elle parlait parfois à certains garçons de la cité puisque, comme eux, elle partageait les mêmes espaces, toutefois elle prenait garde de n'être jamais la seule fille au milieu de la meute. Mais il y avait ce garçon, car il y a toujours un garçon que les filles croient différent, et pour elle c'était Rayan. Lui, il l'ignorait, il n'essayait pas de la draguer lourdement en lui proposant un tour en scooter ou un kebab. Elle le trouvait beau avec ses yeux bleus impossibles à ignorer parmi les autres regards prédateurs. Il était différent, car il était peu bavard et ne criait jamais, pourtant les autres garçons le craignaient. Il était son idéal de prince voyou, capable de l'aimer et de défendre son honneur à coups de poing. Sans le savoir, elle aimait secrètement le pire d'entre eux, son regard bleu cachait une âme noire, nul besoin de parler ou de crier pour celui qui est reconnu pour son absence d'humanité. Malheureusement pour Lydia, Rayan avait jeté son dévolu sur elle. Et pour réussir dans son entreprise il pouvait compter sur la complicité de filles du quartier jalouses de sa beauté précoce et de sa parure de naïveté qui lui donnaient une aura de vertu insupportable dans cet environnement de crasse et de violence.

Elles pensaient qu'il fallait la remettre à sa place, et elles n'attendaient qu'une occasion.

Celle-ci se présenta un dimanche après-midi ensoleillé où Lydia reçut un étrange snap : « Rayan te kiffe. Il veut qu'on vienne le voir sur la dalle. » Le message était inhabituel, mais la curiosité l'emporta sur la prudence. Elle se fit belle, car elle voulait lui plaire : elle mit pour l'occasion sa petite jupe noire qu'elle réservait pour les grandes occasions, et un petit top blanc qui mettait en valeur sa poitrine naissante. Une légère touche de gloss, un peu de parfum, et elle était fin prête. Avant de franchir le seuil, elle regarda sa mère affalée sur le canapé du salon, les yeux rivés sur l'écran plat. Le grincement de la porte de l'appartement n'avait provoqué en elle aucune réaction, elle était plongée dans l'une de ses séries où jaillissaient toutes les quinze secondes des éclats de rire enregistrés. Elle avait sombré dans son monde de séries romantiques, loin de la cité, du chômage, de sa solitude et de sa fille qui pouvait entrer et sortir comme bon lui semblait. Ses dernières hésitations s'évanouirent en contemplant ainsi sa mère. Celle qui aurait pu encore l'empêcher de sortir ce dimanche après-midi en lui demandant où elle allait ainsi vêtue ne se souciait plus d'elle. À cet instant, Lydia voulait être partout sauf chez elle.

La dalle était extraordinairement calme pour un beau dimanche, les groupes d'adolescents qui habituellement déambulaient et discutaient dans chaque coin s'étaient volatilisés. Rayan était là, il l'attendait assis seul sur un banc en béton blanc. Lydia s'approcha de lui d'un pas hésitant, cherchant désespérément du regard une fille du quartier qui serait garante de sa réputation.

« Ça va ? T'as l'air stressée, lui dit-il lorsqu'elle arriva près de lui.

— Un peu. Je ne voulais pas être toute seule avec un garçon sur la dalle, tu sais... Les commérages de la cité... Ils sont où, les autres ? C'est bizarre, il n'y a personne.

— Il y a un match cet après-midi, ils sont tous au terrain de foot. »

Le terrain de foot était au cœur de la cité, il accueillait la seule animation du quartier le week-end, lorsque l'équipe adversaire se présentait, car souvent elle préférait déclarer forfait plutôt que de venir dans ce chaudron où ils ressortiraient vaincus ou sur un brancard. La Fédération de football fermait les yeux sur ce club de quartier et son sens de l'hospitalité et du fair-play qui s'exprimait parfois par le caillassage du bus des adversaires ou les tentatives de fauchage de l'arbitre au coup de sifflet final. Les suspensions de matchs, les radiations de joueurs n'avaient eu aucun effet, et la dissolution du club était impossible pour le maire de la commune qui préférait ces incivilités au chaos. Ce dimanche après-midi était donc un événement puisque le quartier recevait une équipe adverse qui ne savait pas ce qui l'attendait.

« T'es mignonne, tu sais, tu fais des jalouses dans le coin. Viens par ici, approche », lui murmura Rayan en prenant sa main et en l'attirant à lui. Elle ne résista pas, elle se disait même qu'elle n'avait jamais vu des yeux aussi beaux. « Tes yeux sont magnifiques. Ils sont bleus comme le ciel, je les kiffe. Il paraît que les yeux sont le reflet de l'âme », dit-elle en minaudant. « Viens, suis-moi », lui ordonna-t-il sans lui lâcher la main.

Il la conduisit devant la salle associative de la cité qui était désaffectée depuis la fuite de la dernière association de soutien scolaire face aux cancres devenus guetteurs. Aucune structure éducative ne voulait reprendre le lieu, c'est-à-dire être parachutée derrière les lignes ennemies de cette guerre perdue contre l'ignorance et le trafic.

Lydia résista un peu, elle savait ce qu'il avait derrière la tête en l'emmenant dans ce cloaque. Elle avait déjà violé la première règle du code de survie d'une jeune fille de cité en étant seule avec lui, et la voilà sur le point de récidiver en étant dans un lieu clos avec un garçon. Son instinct lui disait de fuir, mais envoûtée par ce regard bleu et cette main chaude dans la sienne, elle n'opposa qu'une faible résistance. Malheureusement pour elle, c'était la première fois qu'un garçon lui tenait la main, la tragédie du destin voulut qu'elle fasse son éducation sentimentale auprès d'un monstre.

« Fais-moi confiance, il n'y a personne, juste toi et moi, on se pose tranquilles », lui dit-il pour la convaincre. Et effectivement il n'y avait personne et rien à l'intérieur, si ce n'est un canapé usé sentant l'humidité. Ils s'assirent malgré les réticences de Lydia qui était en jupe et qui montrait une certaine aversion à l'idée de voir ses beaux vêtements entrés en contact avec ce mobilier crasseux. Elle fit un effort pour Rayan qui s'était affalé dessus sans se soucier de quoi que ce soit, et qui commençait à rouler un joint. Il l'alluma, tira une bouffée et le donna à Lydia sans savoir qu'elle n'avait jamais fumé. Elle tira dessus naturellement, de peur de paraître coincée. Sa première bouffée était légère par précaution, mais les suivantes furent plus profondes quand elle constata ne pas être incommodée par la fumée. Le joint tournait, Lydia était détendue et déballait sa vie, ses souvenirs d'enfance à Paris et de son père qui avait laissé un vide dans sa vie. Rayan semblait l'écouter d'un air détaché alors qu'il s'en moquait. Lydia était bien, elle se réchauffait contre lui, elle commençait même à trouver romantique cet endroit sordide en se disant qu'elle ne serait plus jamais seule. C'est à cet instant précis que Rayan lui demanda une fellation qui la fit redescendre de son nuage et la ramena à la réalité glauque du lieu. Le guide de survie d'une jeune fille de la cité disait vrai : tomber amoureuse, c'était parfois tomber dans un piège.

« T'es pas sérieux ! » s'exclama-t-elle en se levant précipitamment du canapé qui lui apparut maintenant dans toute sa crasse. Rayan l'attrapa par le bras et la fit asseoir en lui demandant de se calmer. « Sucer, ce n'est rien. Pour toi c'est la première fois, mais beaucoup de filles le font, mais ça reste secret. Certaines de tes copines avec qui tu traînes l'ont déjà fait plusieurs fois », ajouta-t-il pour la convaincre. Lydia resta silencieuse quelques secondes, elle ne savait pas comment réagir, entre sa peur et sa curiosité d'une nouvelle expérience. « Si j'essaie, tu diras à tout le monde que je l'ai fait, toute la cité le saura et l'on me traitera de pute », lui dit-elle. Voyant qu'elle s'était calmée et qu'elle hésitait, sans un mot il se mit debout devant elle et descendit son bas de survêtement jusqu'aux genoux, puis il posa ses mains crasseuses sur le brushing parfait de l'adolescente. Elle remonta légèrement sa jupe pour ne pas que celle-ci touche le sol, et elle fit ce qu'il attendait d'elle pour lui faire plaisir. Elle ne savait pas comment s'y prendre malgré les encouragements de son Roméo qui lui intimait : « Vas-y, salope ! » par intermittence. Elle ferma les yeux pour oublier le décor sordide, et lorsqu'elle les rouvrit au bout de quelques secondes pour retrouver le regard bleu de son partenaire, elle se trouva face à l'objectif vingt mégapixels d'un smartphone. « Qu'est-ce que tu fais ? Ça va pas ! T'es en train de me filmer… » Elle n'eut pas le temps de terminer sa phrase qu'une violente gifle lui coupa définitivement la parole.

« Continue, sale pute, lui lança-t-il d'un ton menaçant. Si tu ne fais pas ce que je te dis, j'envoie la vidéo à tout le monde dans le quartier. » Elle continua alors en sanglotant, pendant que lui la filmait en jubilant.

« Tu te croyais mieux que les autres ? » lui dit-il cruellement. Elle ne le savait pas encore, mais Rayan avait envoyé à ses amis une photo d'elle dans cette position sur Snapchat avec ce commentaire : « Je me fais pomper par Lydia dans le local. Une vraie chienne. » Et quelques minutes plus tard, d'autres garçons de tous âges surgirent dans le local en criant et en tapant dans leurs mains, certains étaient en tenue de foot, et d'autres riaient. Lydia continuait à sangloter plus fort, elle faisait l'amère expérience du syndrome de Stockholm, espérant que Rayan l'aimât un peu pour la protéger de cette meute alors que c'était lui qui l'avait livrée. « Lydia se fait tourner dans le local » se répandit comme une traînée de poudre dans la cité, et en quelques minutes le local s'était rempli de garçons qui attendaient leur tour pour la violer. Ils ignoraient ses pleurs et ses suppliques. Le pantalon baissé, ils discutaient du dernier match du PSG et ne se manifestaient que pour informer ceux qui tentaient d'entrer qu'il n'y avait plus de place, ou pour presser ceux qui la violaient. Lydia avait quitté ce corps qui ne lui appartenait plus, elle était spectatrice des atrocités qu'elle subissait. Son supplice s'arrêta à l'heure du coup d'envoi du match de foot pour la bonne raison que ses violeurs jouaient dans l'équipe du quartier. Elle attendit d'être seule pour ramasser ses vêtements du dimanche souillés et se rhabiller. Elle sortit du local en titubant, le visage tuméfié ; ses jambes étaient écorchées aux genoux et la portaient difficilement. La tête baissée et les yeux perdus dans le bitume, elle tentait de se frayer un chemin avec ce qu'elle pouvait percevoir dans son champ de vision périphérique. Elle croisa des gens sur son chemin de croix : des adultes, des enfants, tous contemplaient en silence cette fille surgie de ce local comme un cadavre de son caveau. Contrainte de passer près du terrain de foot, elle put voir ses bourreaux disputer sans crainte et sans mauvaise conscience leur match de foot. Le malheur voulut que la balle du match roulât à ses pieds, elle entendit alors l'un de ces barbares lui crier : « Envoie le ballon ! Dépêche-toi, sale pute ! » Elle se baissa, ramassa le ballon et le renvoya en direction de celui qui avait prophétiquement annoncé ce qu'elle serait à partir de ce jour aux yeux des hommes.

7

À partir de ce dimanche funeste, la vie de Lydia devint un enfer, le viol dont elle avait été victime n'était en fait que le prélude d'une vie d'esclave sexuelle. Rayan la faisait chanter avec la vidéo, elle était à lui, elle était à sa disposition, quel que soit le moment. Parfois, il l'attendait en bas de chez elle ou bien à la sortie du collège pour la récupérer et la prêter à un ami. Un jour où elle pensait lui avoir échappé en montant rapidement dans le bus, Rayan et ses amis la rattrapèrent et montèrent à bord pour la sortir par les cheveux, sous le regard des voyageurs tétanisés par la peur. La pauvre fille ne se sentait en sécurité nulle part. Se présentaient chez elle des hommes qui se prévalaient auprès de sa mère de la connaître. Ironiquement, son seul refuge était le collège. Dernier sanctuaire que ses bourreaux et prédateurs craignaient de violer, car derrière ces hautes grilles se trouvaient l'État et ses institutions qui pouvaient les enfermer après un passage devant une cour d'assises. Au collège, la rumeur ne cessait d'enfler,

Lydia entendait à son passage les chuchotements et les rires à peine voilés ; les mots qui la poursuivaient dans les couloirs ne montraient pas de compassions : « Elle l'a bien cherché », « C'est une allumeuse » ou « Elle devrait avoir honte ». Rares étaient les amis qui osaient lui adresser la parole en public, elle était devenue une pestiférée, surtout depuis qu'une de ses camarades avait crié haut et fort dans la cour de récréation afin que chacun puisse entendre : « Ne lui faites pas la bise, on ne sait pas où elle a laissé traîner sa bouche ! » Ce fut la seule et unique fois qu'elle pleura dans les toilettes du collège. En classe, les allusions devenaient de plus en plus explicites, les langues commençaient à se délier et les adultes devinaient ce qui avait pu lui arriver. Mais aucun enseignant n'était formé à encaisser ça, aucun centre de formation ne les préparait à entendre des récits d'actes de barbarie, ils préféraient donc feindre de ne rien entendre et ne rien voir. Lydia cherchait de l'aide et elle en reçut, mais pas de la façon qu'elle espérait.

Ce jour-là, elle se sentit nauséeuse, son odeur corporelle même l'indisposait. Elle essaya tant bien que mal de garder ce qu'elle avait avalé au petit déjeuner, mais malgré tous ses efforts elle vomit en classe. « C'est dégueulasse, j'en ai reçu sur mes chaussures, je vais choper le sida ! » hurla son voisin de table. Sa professeure arrêta son cours le temps qu'un personnel de service nettoie la salle et demanda à Lydia de descendre à l'infirmerie. Confuse, elle ramassa ses affaires et quitta la classe, sous le regard dédaigneux de ses camarades.

L'infirmerie était une pièce exiguë où se trouvaient une table de repos et un petit bureau derrière lequel était assise Madame Rondo, l'infirmière scolaire. Lydia entra en prenant soin de refermer la porte derrière elle, et attendit debout que l'infirmière daigne détacher ses yeux de son smartphone et lui demande enfin les raisons de sa présence.

« J'ai vomi en classe, madame.

— Installe-toi sur la table de repos, et si tu te sens mieux, alors tu retourneras en classe. Dans le cas contraire, j'appellerai tes parents pour qu'ils viennent te chercher.

— Non, s'il vous plaît, n'appelez pas ma mère », s'exclama Lydia qui s'était installée sur la table de repos.

Madame Rondo n'était pas très compétente, mais elle avait une intuition infaillible pour repérer les situations problématiques qui lui donneraient un travail administratif supplémentaire. Il faut dire qu'elle n'était pas infirmière scolaire par vocation, et elle le revendiquait sans complexe ; elle était là parce qu'elle s'ennuyait dans sa vie de femme au foyer. Ancienne infirmière à l'hôpital public, mariée à un ophtalmologue sur qui elle avait mis le grappin lorsque celui-ci était en internat, son expérience se limitait aux quelques années avant qu'elle ne tombe enceinte de son premier enfant, et maintenant que tous ses enfants étaient à l'université, elle souffrait de solitude chronique dans sa belle demeure bourgeoise avec vue sur le lac d'Enghien-les-Bains. Elle trouva un remède à sa mélancolie de femme proche de la cinquantaine dans le métier d'infirmière scolaire : des heures fixes et aucun soin à prodiguer à des malades. Ce poste dans un collège de Saint-Denis lui convenait parfaitement, elle savait que dans ce type d'établissement difficile où les candidats ne se bousculaient pas, la seule chose que l'Éducation nationale exigerait d'elle était d'être présente et si possible à l'heure. Son air détaché donnait à ses collègues l'impression d'une professionnelle aguerrie alors qu'elle était en réalité une dilettante cherchant à fuir son ennui et son âge, et pour cela, quoi de mieux qu'un établissement scolaire où les équipes enseignantes se renouvelaient chaque année pour éprouver son pouvoir de séduction malgré ses quelques rides au coin des yeux. Elle se sentait irrésistible, comparée aux jeunes enseignantes d'une vingtaine d'années : « Elles sont mignonnes, mais elles s'habillent comme des sacs », disait-elle sans complexe. Et de complexes, elle n'en avait pas un atome, car elle avait les moyens de s'habiller pour séduire : jupe au-dessus des genoux, assez courte pour attirer l'œil sans être vulgaire. Bas couture en nylon qui pouvaient, à la grande joie des jeunes enseignants stagiaires sortant de l'institut de formation et de la puberté, se laissaient voir jusqu'à la jarretière en dentelle. Maquillage soigné et manucure parfaite, la concurrence était déloyale pour les professeures qui avaient certes l'avantage d'être jeunes, mais qui vivaient à la limite du seuil de pauvreté et qui ne dépensaient pas autant dans leurs toilettes. Madame Rondo ne laissait pas insensible le corps enseignant, elle s'en vantait auprès de ses amies d'Enghien-les-Bains qui parfois la jalousaient lorsqu'elle narrait ses ébats avec un jeune professeur d'EPS antillais. Alors les problèmes de Lydia… elle n'en voulait pas, et pour être certaine que cela ne gâcherait pas sa journée ou sa semaine, elle était bien décidée à ne poser aucune question à la jeune fille.

« Il a fallu que tu vomisses le jour où je suis présente dans l'établissement. Je ne peux rien te donner à part un verre d'eau et un sucre.

— Juste un verre d'eau s'il vous plaît », répondit Lydia, intimidée par le ton agacé de l'infirmière.

Elle but une gorgée, et sans en comprendre la raison, elle sentit une irrépressible envie de vomir une nouvelle fois, mais cette fois-ci des mots, pour raconter son drame alors que tout dans l'attitude de l'infirmière l'en défendait : « J'ai été violée, madame », murmura-t-elle avant de fondre en larmes.

L'infirmière resta figée et à bonne distance de Lydia, elle n'osait s'approcher pour la consoler, au risque que la collégienne voie dans son geste un encouragement à se confier. Ces quelques secondes parurent interminables à l'infirmière qui trouvait ces gémissements gênants et déplacés ; elle était révoltée par cette gamine qui prenait son infirmerie pour un commissariat. « Reste ici, allonge-toi, je vais chercher quelqu'un qui saura quoi faire. » Madame Rondo sortit en trombe de l'infirmerie mais revint sur ses pas au bout de quelques secondes lorsqu'elle prit conscience qu'elle avait oublié son smartphone sur son bureau. Elle le saisit et le rangea dans sa blouse blanche en affichant un sourire pincé qui faisait office d'excuses et repartit aussitôt. Elle revint au bout d'une demi-heure accompagnée de Madame Yacouben, l'assistante sociale du collège. Elles chuchotèrent en aparté mais Lydia put tout entendre de là où elle était allongée.

« Je te laisse avec elle, ces histoires de cité me dépassent.

— Elle t'a dit quoi, la gamine ? demanda l'assistante sociale.

— Rien ! Juste qu'on l'a violée. Et je t'avoue que je n'ai pas voulu en savoir plus. Bon, je vais aller prendre un café dans la salle des profs », dit-elle en attrapant son sac à main et sans un regard en direction de Lydia.

Madame Yacouben était une petite femme ronde, proche de la cinquantaine, elle portait tous les jours le même pantalon en velours noir et déambulait enroulée en permanence dans un châle bariolé, prétextant qu'il faisait toujours froid dans l'établissement. Ses cheveux tirés en chignon et ses lunettes d'un autre âge lui donnaient un air sévère, elle écoutait rarement les élèves, mais les jugeait constamment par des sentences cyniques qu'ils ne supportaient plus. Elle avait trouvé la paix ainsi, les élèves modestes préféraient rester le ventre vide plutôt que d'entendre ses diatribes sur les parents étrangers incapables de nourrir leurs enfants. À ses supérieurs étonnés du peu de demandes d'aides financières pour la cantine, elle répondait que cette population était composée majoritairement de femmes au foyer disponibles pour cuisiner à leurs enfants à la pause méridienne.

Tous les collégiens étaient d'accord : Madame Yacouben avait la haine contre les élèves, et spécialement contre les élèves d'origine étrangère. Ils ne pouvaient pas le savoir, mais c'était une haine qui couvait depuis qu'elle était arrivée en France au milieu des années quatre-vingt-dix, fuyant une Algérie en proie à la guerre civile. Elle était venue avec un visa étudiant pour tenter de reprendre ses études de médecine interrompues par l'extrémisme religieux. Elle était une élève brillante en Algérie, mais en France elle avait dû refaire ses preuves, quatre années d'études de médecine en Algérie étaient l'équivalent de rien en France, elle avait été contrainte de recommencer, et cela elle ne pouvait l'accepter, humiliation supplémentaire après celle d'avoir le statut social d'« immigrée ». Issue d'une famille bourgeoise algéroise vivant sur les hauteurs d'Hydra, le quartier huppé d'Alger, elle avait tout laissé là-bas : la maison familiale avec piscine, ses invitations au club des Pins, les soirées entre copines filles d'officiers. Elle était bourgeoise avant d'être algérienne, et cela lui répugnait d'être ainsi confondue avec ces « immigrés » qu'elle moquait. Elle méprisait ces familles nombreuses de banlieusards qui revenaient au pays pendant la période estivale et qui prenaient l'avion comme on prenait le bus.

Elle reprit ses études, mais abandonna la médecine. Et sans grande conviction, elle s'engagea dans une licence Santé et sciences sociales à l'université de Villetaneuse en se disant que ce serait facile, comparé à ses années de médecine. Ses parents, qui étaient aisés, l'aidèrent financièrement, mais cela était insuffisant pour une vie d'étudiante sans frustration. Elle trouva un emploi comme caissière dans une supérette de quartier, et celui qui lui donnait des ordres, son patron, était un Algérien sans diplôme, mais ayant un sens inné du commerce. Elle enrageait : dans l'Algérie où elle avait grandi, on réussissait par piston ; il fallait être le fils ou la fille de quelqu'un pour que les portes s'ouvrent à vous. Paradoxalement, son patron l'avait engagée par solidarité, il estimait qu'il était de son devoir de tendre la main à cette jeunesse algérienne qui avait fui. Parfois, il allait à sa caisse pour échanger quelques mots en algérois, il pensait que cela faisait du bien à cette étudiante loin de chez elle. Mais ces moments de discussion en algérois la faisaient bouillonner. Elle souriait alors qu'elle aurait voulu lui dire de la fermer parce qu'il était un bouseux comme ceux qu'elle enjambait dans les rues d'Alger. Sa dernière année universitaire fut consacrée à acquérir une carte de séjour permanente ou la nationalité française, et pour cela, elle fit comme toutes les étudiantes algériennes en dernière année, elle chercha un mari français. Elle le trouva à la supérette, un de ses clients réguliers qui avait la cinquantaine alors qu'elle n'avait pas encore trente ans. Il était gentil, fonctionnaire et divorcé, elle jeta donc son dévolu sur lui et il n'offrit pas une grande résistance face à la jeunesse de la caissière orientale. Le mariage lui donna une carte de séjour permanente, mais le Saint-Graal de la nationalité française, elle ne l'eut qu'à la naissance de son enfant, peu de temps après. S'embarrasser d'un compagnon était maintenant inutile, et elle s'en sépara rapidement.

Il s'était écoulé dix ans entre son arrivée en France et l'acquisition de la nationalité française. Ce fut pour elle dix ans de lutte, loin de la vie qu'elle s'était imaginée en Algérie où elle se voyait médecin, mariée à un officier de carrière, évoluant dans le monde des nantis d'Alger. Les élèves du collège avaient raison : elle avait la haine, mais une haine sociale ; elle haïssait les pauvres sans doute parce qu'elle-même n'avait jamais été aidée.

Madame Yacouben s'avança vers Lydia qui était restée allongée. Le regard de la jeune fille s'était perdu dans le néon suspendu au plafond, elle ne disait plus rien, elle semblait apaisée maintenant qu'elle s'était confiée sur ses malheurs. L'assistante sociale se racla la gorge pour manifester sa présence et interrogea Lydia sans précaution : « Tu as dit à l'infirmière qu'on t'avait violée.

Peux-tu me raconter plus en détail ? » Lydia pencha légèrement sa tête de côté pour regarder cette petite femme qui l'interrogeait. « Plus en détail ? » s'exclama-t-elle, la gorge nouée et les poings serrés. En parler, c'était pour elle revoir les mêmes images, se remémorer les mêmes bruits et les mêmes odeurs, c'était se sentir une nouvelle fois souillée et humiliée, c'était une nouvelle fois ressentir dans sa chair les douleurs physiques et l'impuissance à se protéger, c'était enfin renouer avec cette envie de mourir. Les quelques chaudes larmes qui ruisselèrent sur ses joues et qui s'écrasèrent sur son oreiller laissèrent de marbre l'assistante sociale qui répondit à sa détresse par un soupir ostensible d'impatience.

« Ça a commencé il y a trois semaines à la cité. J'étais seule avec Rayan dans le local de la cité, on discutait et tout d'un coup il m'a demandé… C'est difficile à dire…

— Continue, rétorqua l'assistante sociale. J'en ai entendu d'autres depuis que je travaille dans ce collège.

— Il m'a demandé de le sucer. J'ai refusé, mais il a quand même baissé son pantalon et il s'est approché de moi.

— Que je comprenne bien. Il ne t'a pas forcée à le suivre dans le local et il ne t'a pas forcée à lui faire une fellation ?

— Ça ne s'est pas passé comme ça… Je ne sais pas comment vous expliquer… Je n'avais pas le choix, vous comprenez ! répondit Lydia en colère et qui maintenant s'était relevée de son lit. Je ne sais pas comment il a fait au début, mais après, quand j'ai voulu arrêter, il m'a frappée au visage pour m'obliger à continuer. Et ensuite il a appelé ses copains du quartier qui m'ont également violée avant d'aller jouer au foot.

— Ce n'est quand même pas très clair, ton histoire, rétorqua sèchement l'assistante sociale.

— Comment ça "pas très clair"… J'ai été victime d'un viol, je vous dis ! »

L'assistante sociale resta impassible face à la colère de Lydia qu'elle jugea simulée, certaine que l'histoire de la jeune fille était cousue de fil blanc. Et si ce n'était pas le cas, se disait-elle, elle l'avait bien cherché. Elle poursuivit alors l'entretien.

« Tout le monde connaît Rayan dans le quartier, c'est un ancien du collège et à l'époque c'était déjà de la graine de délinquant. Pourquoi l'avoir suivi dans ce local à l'abri des regards ? Tu t'attendais à quoi, enfermée avec ce genre de garçon ? Tu vas me dire que tu étais amoureuse de lui, c'est ça ? C'est un peu le papillon amoureux de l'araignée et qui finit dans sa toile, dit-elle. Je vais te dire ce que je crois, continua-t-elle. Je crois que tu as eu une relation sexuelle consentie avec ce garçon. C'est la seule raison logique qui explique que tu te sois retrouvée seule avec lui dans ce local. Et maintenant que tout le monde parle de toi comme d'une traînée, tu inventes cette histoire de viol. C'est à cause de filles comme toi que les Maghrébines ont la réputation de filles faciles, tu sais les fameuses “beurettes de cité”. Une musulmane ne devrait pas se comporter comme toi, à traîner avec des garçons, respecte-toi un peu, et surtout, respecte ta mère. D'ailleurs, je l'ai appelée, elle ne devrait plus tarder maintenant. »

8

Sophiane remontait d'un pas pressé la rue de la Légion-d'Honneur pour son deuxième cours d'échecs, dans sa poche les vingt euros qui serviraient à payer la séance et qui avaient nécessité de vendre une paire de baskets de sa collection. Cela n'avait pas été évident de se séparer de l'une de ses reliques, car il avait investi beaucoup d'argent et de patience dans cette collection qui faisait sa réputation dans le quartier. Dans le domaine de la basket et des tendances, Sophiane était la référence, d'ailleurs il trouva facilement preneur pour la paire d'Air Jordan qu'il vendit à contrecœur. Il avait maintenant assez d'argent pour la séance d'aujourd'hui et les suivantes.

Il salua les deux gardiens qu'il croisa en entrant dans le parc, d'abord surpris par ce geste de politesse spontanée, ils hochèrent simplement la tête d'un air médusé pour le lui rendre. L'adolescent se remémora alors les mots de son maître : « Si on vous fait une salutation, saluez d'une façon meilleure, ou bien rendez-la simplement. »

Un peu plus loin, il aperçut son maître, déjà installé sur le même banc, la tête penchée en arrière, les mains croisées derrière la nuque et les paupières fermées. L'adolescent s'avança silencieusement et manifesta sa présence en coupant la trajectoire des rayons lumineux qui réchauffaient le visage de son maître.

« Tu es donc revenu, lui dit-il en se redressant. Je te demanderai d'avoir l'obligeance de bien vouloir me régler la séance avant de commencer. » Sophiane fouilla dans ses poches et donna son billet avant de s'asseoir. « J'espère qu'aujourd'hui ce sera une vraie leçon d'échecs », lança-t-il à son maître qui sortit le plateau de jeu et un sablier de sa besace.

« Bien. L'espace et le temps font partie du jeu d'échecs. Il est difficile de comprendre ce que sont l'espace et le temps, en revanche nous pouvons les mesurer et les voir. Tu vois ce sablier, le sable qu'il contient représente du temps, n'est-ce pas fascinant ! Ce sable représente une heure de notre temps lorsqu'il se met en mouvement pour tomber. » Le maître joignit le geste à la parole et retourna brusquement le sablier dont les grains de sable de la chambre supérieure se mirent à glisser dans la chambre inférieure. Sophiane n'arrivait pas à détacher son regard du sablier, il était comme hypnotisé par ce mouvement de chute irréversible, il voyait du temps pour la première fois. « Le mouvement… la matière… le temps… Peut-être que tout cela est en fait la même chose. Si tu regardes attentivement ce sablier, tu pourras apercevoir chaque grain tomber l'un après l'autre. Combien y en a-t-il ? Des milliers, des millions, des centaines de millions ? En attendant que le dernier grain de sable ne tombe, tu peux te détendre et te concentrer sur notre leçon d'aujourd'hui. Lorsque le dernier grain de sable sera tombé, notre séance sera terminée. » Il posa alors sa main sur l'épaule de Sophiane qui parut sortir d'un état de transe, il était maintenant calme et concentré tout en gardant un œil sur le sablier.

« Commençons par le commencement, dit le maître. Le plateau de jeu contient soixante-quatre cases, trente-deux sont de couleur blanche et trente-deux sont noires. » Sophiane écoutait religieusement même s'il n'avait que faire de la taille du plateau.

« Connais-tu le but du jeu d'échecs, Sophiane ?

— Non.

— Capturer le roi que je tiens dans ma main. »

Sophiane examina la pièce que le vieil homme lui tendait.

« C'est le boss, c'est forcément la pièce la plus puissante du jeu !

— Non, la pièce la plus puissante du jeu est la reine, qui est près du roi. Elle peut se déplacer dans toutes les directions.

— Quoi, la meuf du roi est plus puissante que lui ! C'est n'importe quoi.

— Pourquoi ? Ta mère est bien le pilier de ton foyer, ne fais-tu pas ce qu'elle te demande ?

— C'est pas faux, concéda Sophiane.

— Avant d'arriver en Europe, le jeu d'échecs n'avait pas de reine. Dans les premiers jeux d'échecs transmis au Moyen Âge par les Arabes, la reine était un vizir.

— Un quoi ?

— Un vizir, un conseiller du roi, un ministre.

— Je ne savais pas que c'étaient les Arabes qui avaient apporté le jeu d'échecs en Europe. J'ai toujours pensé que c'était un jeu inventé en Occident, s'exclama Sophiane.

— C'est extraordinaire, n'est-ce pas ! Les échecs sont nés en Inde avant l'ère chrétienne. Puis ce jeu s'est diffusé en suivant la route de la soie, des caravanes et des conquêtes arabes. C'est une fois arrivé dans l'Espagne musulmane qu'il passa clandestinement dans les cours européennes, nous sommes alors au XIe siècle. En ce temps-là, les meilleurs joueurs d'échecs se trouvaient à Bagdad, Damas et Alexandrie.

— Je comprends pas. Vous dites que ce sont les musulmans qui ont apporté les échecs en Europe au Moyen Âge, pourtant, on m'a toujours assuré que la religion interdisait de jouer aux échecs.

— Et pourquoi ?

— Parce que c'est un jeu de hasard. Et les jeux de hasard, c'est interdit pour les muslims !

— Mais toi, qu'en penses-tu, mon garçon ?

— À mon avis, c'est vrai. Tous les vrais musulmans que je connais disent que c'est interdit. »

Le vieil homme esquissa un léger sourire avant de l'interroger à nouveau.

« Qu'appelles-tu "hasard" ? Car il faut nous mettre d'accord sur ce qu'est le hasard avant d'aller plus loin.

— Le hasard, c'est comme la chance, j'chais pas... c'est comme jouer au Loto ou aux dés par exemple.

— Alors, le mot "hasard" ne s'applique pas à notre jeu, répondit son maître, car dans ce jeu les joueurs élaborent des stratégies en fonction de celles de l'adversaire. Aux échecs on parle plus de "probabilités". Tu te souviendras de ce mot, mon garçon ?

— Oui. Mais c'est quoi, les probabilités ? demanda-t-il.

— Regarde, il y a sur l'échiquier en première ligne huit pions, et juste derrière deux tours, deux cavaliers, deux fous, un roi et une reine. À ton avis, combien de parties d'échecs différentes peut-on disputer ?

— Je ne sais pas, je dirai des milliers.

— Il y a approximativement 10 puissance 123 parties différentes possibles. C'est-à-dire que ce simple plateau de jeu de soixante-quatre cases nous permet de disputer un nombre de parties supérieures au nombre d'atomes qu'il y a dans l'univers. »

Sophiane était stupéfait, il ne pouvait croire que ce simple carré en bois exotique pouvait avoir, dans un certain sens, une dimension plus grande que l'univers.

« Tu comprends ce que cela implique, Sophiane ?

— Qu'il y a trop de parties possibles et qu'il n'est donc pas possible de gagner au hasard.

— Excellent, Sophiane, tu as compris le raisonnement. Mais revenons à notre joueur d'échecs ; s'il veut gagner, il devra à chaque fois calculer ses probabilités de réussite, mais aussi celles de son adversaire. Cela veut dire qu'il devra établir une stratégie pour gagner, et cette stratégie doit prendre en considération toutes les possibilités offertes par le jeu de l'adversaire.

— Je crois comprendre ce que vous voulez dire par probabilités.

— Prenons un autre exemple : le business dans ton quartier.

— Sérieux ! s'exclama Sophiane.

— Dis-moi, mon garçon, sur dix personnes que tu connais et qui sont dans le business, combien ont connu la détention ou ont eu affaire à la justice ?

— Je dirais huit.

— Très bien. Et sur ces dix personnes, combien ont réussi à s'enrichir et à sortir du quartier pour changer de vie ?

— Peut-être une seule.

— Et enfin, ma dernière question, combien sont décédées ?

— Une.

— Faisons maintenant un peu de probabilités, comme de vrais joueurs d'échecs. En simplifiant un peu et en considérant les données tirées de ton expérience personnelle, on peut affirmer qu'en faisant du business, tu as une probabilité de 80 % de finir en prison, 10 %

de t'enrichir et d'améliorer ta situation et 10 % de mourir d'une mort violente. Que penses-tu d'une stratégie qui te donne perdant à 90 % ?

— Que ce n'est pas une bonne stratégie !

— Ne nous arrêtons pas en si bon chemin, dit son maître. Observe toutes ces pièces posées sur notre plateau : elles ne peuvent en sortir et sont contraintes de se déplacer selon des règles bien déterminées. D'ailleurs, cela me rappelle un poème d'Omar Khayyâm.

Voici la seule vérité.
Nous sommes les pions de la mystérieuse partie d'échecs jouée par Allah,
Il nous déplace, nous arrête, nous pousse encore,
Puis nous lance, un à un, dans la boîte du néant.

— Vous voulez dire que le jeu d'échecs c'est comme la vie ?

— En quelque sorte. Sais-tu que les pièces n'ont pas toutes la même espérance de vie sur l'échiquier ?

— Sérieux ? s'exclama Sophiane en se redressant subitement.

— Les pièces que tu vois sur ce plateau ont chacune une probabilité différente de finir la partie. Le roi, par exemple, a une probabilité de 100 % d'aller au bout de la partie, mais il n'en va pas de même pour les autres pièces. Sachant cela, continua son maître, quelle place choisirais-tu pour avoir la meilleure probabilité de terminer la partie ? »

Sophiane se pencha sur le plateau d'échecs et regarda attentivement chacune des pièces. Sa main survolait le plateau et s'arrêtait parfois au-dessus d'une pièce avec hésitation, alors il observait son maître, espérant y déceler une réaction ou un indice qui l'aiderait à faire son choix. Il se décida après quelques minutes à saisir la reine.

« Je choisis la reine. Comme vous avez dit, elle peut se déplacer dans toutes les directions et faire la misère à tout le monde.

— Effectivement, la reine est une pièce puissante, sans doute la plus puissante de l'échiquier. Néanmoins, sa probabilité de finir la partie sur l'échiquier n'est que de 50 %.

— Non, impossible, je ne vous crois pas ! Si c'est la pièce la plus balaise, alors forcément c'est elle qui a le plus de chances de survivre ! Du moins, c'est comme ça que ça se passe là d'où je viens.

— Tu vois le pion qui se trouve au bout de l'échiquier à ta droite, celui qui est devant la tour ? Eh bien, sa probabilité de terminer la partie est de 73 %. Il est discret sur sa case au bord du plateau, n'est-ce pas ? Ce n'est pas une pièce noble et ses déplacements sont restreints, pourtant sa probabilité de survie est supérieure à celle d'une reine, d'un cavalier ou d'un fou.

— Et donc la morale de l'histoire est que pour survivre il vaut mieux se cacher au bord de l'échiquier ?

— On peut voir les choses autrement en se disant que ce n'est pas le plus puissant qui a la meilleure place.

— Genre, on imagine que le roi c'est le boss du business, la dame c'est le trafiquant, les fous s'occupent des go-fast, les cavaliers c'est les dealers. Et vous me dites que celui qui a le plus de chances de survivre, c'est celui qui est sur le côté, pépère avec son plan d'épargne logement. C'est ça que vous voulez me dire, que je devrais dans la vie réelle être comme le gentil pion sur le bord de l'échiquier ? C'est la pire morale que nous ayons entendue.

— Il n'y a pas de place pour la morale dans les probabilités, répondit sereinement son maître. Chaque pièce a un rôle à jouer dès qu'elle est posée sur l'échiquier. En réalité, il y avait une meilleure place à laquelle tu n'as pas pensé, ajouta-t-il.

— Laquelle ? demanda Sophiane, intrigué et curieux d'entendre la réponse.

— Souviens-toi de ma question. Je t'avais demandé quelle place tu choisirais pour avoir les meilleures chances de terminer la partie.

— Oui, je me souviens. Et alors ?

— Tu aurais pu choisir d'être le joueur, celui qui est en dehors de l'échiquier et des règles imposées. Celui qui est au-dessus des pièces et qui voit l'ensemble du jeu et sa finalité. Le plus fort n'est-il pas celui qui sait à quel jeu il joue ? N'est-ce pas celui qui peut s'émanciper des règles établies en sortant du cadre ? Pour toutes ces pièces, que ce soit la reine, le roi ou le simple pion, leur monde est un carré découpé en soixante-quatre cases noires et blanches, ils ne sauront jamais qu'ils sont condamnés à jouer les mêmes parties indéfiniment, et que le monde est plus grand que le damier sur lequel ils se déplacent. Autorise-toi à sortir du cadre, tu verras que le monde est différent de ta réalité. »

Sophiane fixa le plateau d'échecs quelques secondes sans rien dire et se redressa en poussant un profond soupir car il comprenait l'allégorie de son maître.

« Je peux te poser une question, Sophiane ?

— Oui.

— Pourquoi est-ce si important pour toi de savoir si le jeu d'échecs est interdit pour les musulmans ? Pourquoi ne te poses-tu pas la même question sur le trafic, le vol ou la violence ? Par exemple, le vol est interdit dans toutes les religions monothéistes, et pourtant tu ne te poses pas autant de questions sur la violation de ce commandement. Cela veut-il dire qu'il est plus répréhensible de jouer aux échecs que de voler ou de dealer ? » demanda-t-il.

Sophiane avait conscience de cette absurdité, où un joueur d'échecs était plus blâmable qu'un voleur de portable ou un dealer. Dans son univers, les braqueurs étaient des héros, des hommes capables de dealer le matin et de prier Dieu le soir.

« Je ne sais pas, répondit-il. Sans doute parce que le vol ou le deal, c'est du business, c'est les affaires, il n'y a rien de personnel.

— Je ne connaissais pas ce commandement : “Tu ne voleras point. À part si c'est pour le business”, ajouta le maître.

— C'est très drôle. Mais là d'où je viens, c'est comme ça.

— Il nous reste un peu de temps pour que je t'apprenne ta première ouverture. Le premier pion que tu vas déplacer peut te faire perdre ou gagner la partie. Prends le pion en d2 et avance-le jusqu'en d4, cette première ouverture te donne une probabilité de 38,9 % de gagner. Si tu pousses le pion situé en e2 jusqu'en e4, alors ta probabilité de gagner est de 38,5 %. Ces deux positions te permettent de développer tes pièces nobles tout en maîtrisant les cases centrales.

— C'est dingue. Pour moi, c'est juste des pions qui avancent. »

Le dernier grain sable tomba dans la chambre inférieure du sablier et le maître commença à ranger les pièces du jeu, mais Sophiane ne pouvait détacher son regard du plateau. Il essayait tant bien que mal de mémoriser les déplacements qu'il avait vus lors de cette leçon.

« Il te faut un cahier et un stylo pour noter ce que je t'enseigne.

— Quoi ? Comme à l'école ? Impossible, je ne peux pas me balader avec un cahier et un stylo dans les rues de Saint-Denis, j'ai une réputation. Vous voulez ma mort ? Hors de question que j'aille à Carrefour Basilique pour acheter des fournitures scolaires.

— On ne peut pas étudier sans écrire, la main est la sage-femme de la pensée. Tu trouveras ce qu'il te faut à la librairie située place du Caquet. Et précise bien que tu viens de ma part.

— De la part de qui ?

— De Gabriel », lâcha-t-il en s'éloignant nonchalamment.

9

« La main est la sage-femme de la pensée. » Que voulait-il dire par là ? se demanda Sophiane alors qu'il se rendait à la librairie indiquée par Gabriel. Il savait la situer approximativement, il faut dire que c'était l'un des derniers commerces de Saint-Denis à ne pas vendre de kebabs ou de vêtements. Il était plus difficile de trouver un livre pour se remplir l'esprit qu'un sandwich et des frites suintantes de gras pour se remplir le ventre et les artères. Il traversa la place Victor-Hugo pour s'engager sur la place du Caquet, salua un guetteur qui épiait sa future victime à la sortie du métro, fit un signe à des animateurs de la mairie attablés à la terrasse du Café de France avant d'entrer dans la librairie qui lui était mitoyenne. À l'intérieur, l'espace était étroit entre les présentoirs et les rayons, les quelques lecteurs qui circulaient se livraient à des circonvolutions autour des ouvrages mis à l'honneur.

Sophiane était perdu, il ignorait comment se diriger dans ce lieu, il saisissait au hasard sur son passage des ouvrages qu'il feuilletait quelques instants avant de les reposer. Il continua ainsi son chemin pour arriver au comptoir de la libraire occupée à trouver un titre pour un client qui attendait patiemment. C'est en regardant tout autour de lui pour se donner une contenance en ce lieu inhabituel qu'il croisa son regard. Cela dura une fraction de seconde, mais ce temps fut suffisant pour allumer le feu du désir entre ces deux adolescents. Les jambes jointes et légèrement en biais, elle était assise avec grâce sur un marchepied qui lui servait de trône. Elle regardait Sophiane furtivement en se contentant de lever légèrement les paupières sans détacher son regard de son livre, elle paraissait imperturbable et fragile. Le coup de grâce arriva lorsqu'elle replaça une mèche de cheveux derrière son oreille, geste sensuel exécuté d'un air si détaché qu'il fit mouche dans le cœur du jeune homme qui découvrit alors de belles taches de rousseur sur ses pommettes saillantes. Dans un autre lieu, il l'aurait jugée mignonne, mais à cet instant précis elle était belle, et il était bouleversé. Il en oublia de remarquer ses vêtements austères d'un autre âge : une robe bleu marine au tissu épais par-dessus un chemisier blanc impeccable.

« Que puis-je faire pour vous ? demanda la libraire qui était maintenant disponible pour l'aider à revenir sur terre.

— Je voudrais un stylo et un cahier.

— Désolée, on ne fait pas de papeterie. Mais vous trouverez ce qu'il vous faut au supermarché qui est juste en face.

— Pourquoi j'ai écouté ce vieux dingue avec son jeu d'échecs…

— C'est Gabriel qui vous envoie ?

— Euh… Oui, c'est ça. Il m'a demandé de venir ici pour…

— Ne m'en dites pas davantage », le coupa-t-elle avant de s'éclipser dans sa réserve quelques secondes et de revenir en tenant à la main un carnet souple avec une fermeture élastique et un crayon. « Voilà, un cahier Moleskine et un crayon 2H », lui annonça-t-elle très solennellement. Sophiane écarta l'élastique pour ouvrir le carnet de notes qu'il trouva beau avec sa couverture noire rigide et ses pages légèrement jaunies. Il sentit une irrépressible envie d'écrire quelques mots et peut-être même quelques phrases. En feuilletant le carnet, il découvrit deux citations calligraphiées sur la deuxième de couverture.

Lis, au nom du Dieu Créateur.
Il forma l'homme en réunissant les sexes.
Lis au nom du Dieu Adorable.
Il apprit à l'homme à se servir de la plume ;
Il mit dans son âme le rayon de la science.

Quand bien même tous les arbres de la terre se changeraient en plumes,
Quand bien même l'océan serait un océan d'encre où conflueraient sept autres océans,
Les paroles d'Allah ne s'épuiseraient pas.
Car Allah est Puissant et Sage.

Les deux citations bouleversèrent Sophiane. Comment, se disait-il, ces paroles de sagesse rappelant l'importance de la science, de la lecture et de l'écriture restaient-elles méconnues de tous les prêcheurs sillonnant le 9-3 ?

« Un problème avec le carnet de notes ? » s'enquit la libraire, et elle lui prit délicatement des mains l'objet afin de comprendre ce qui pouvait perturber ainsi le jeune homme. « Ce sont de très belles citations », lui dit-elle en lui rendant le carnet qu'il rangea dans la poche intérieure de sa veste.

« Combien je vous dois ? demanda-t-il à la libraire en mettant la main à la poche.

— Rien. Tout est arrangé avec Gabriel. »

Sophiane fut surpris, mais il n'eut pas le temps de la questionner davantage sur cet arrangement. Elle s'excusa auprès de lui avant de l'abandonner pour s'occuper d'un autre lecteur.

Il remarqua que la jeune fille à la jupe bleu marine n'avait pas cessé de l'épier et sentit qu'elle n'avait rien manqué de son échange avec la libraire. Il était troublé, il brûlait d'envie de l'aborder, mais comment s'y prendre, se demandait-il, lui qui avait plus l'habitude des filles aux cheveux blonds peroxydés que de celles sentant la camomille. Elle avait l'air si paisible et si calme avec son livre à la main que lui-même avait des scrupules à la déranger. Il se disait que cela aurait été facile si elle avait fait des selfies avec son smartphone à la main, il l'aurait baratinée comme il en avait baratiné tant d'autres avant elle ; il lui aurait demandé son Facebook ou son Insta, il aurait demandé à voir les photos sur ses différents profils et le tour aurait été joué. Mais avec elle, il ne savait pas comment faire pour entrer dans son univers. Il se résigna donc à partir sans lui adresser un mot. Il osa juste passer derrière elle en soupirant un « excusez-moi » alors qu'il se dirigeait vers la sortie. Il profita de l'occasion pour prendre une profonde inspiration au-dessus de sa chevelure et il n'eut pas de regrets : ses cheveux sentaient la camomille.

Maguelone regarda Sophiane sortir de la librairie. Elle connaissait les habitués du lieu, et lui n'en était pas un. Il lui avait semblé même perdu, feuilletant des livres sans les lire et regardant ses pieds et le plafond par intermittence. Il lui avait paru vulnérable et elle en avait été touchée.

Mais elle avait été plus intriguée encore lorsque la libraire lui avait apporté le carnet Moleskine et le crayon 2H. Elle avait brûlé d'envie de lui parler, de savoir comment il s'appelait et comment il connaissait Gabriel. Mais elle n'avait pas osé, elle se contenait maintenant, toujours cachée derrière son livre, de le regarder sortir de la librairie. Maguelone reposa le livre qu'elle feuilletait et s'empressa d'aller interroger la libraire qu'elle connaissait depuis qu'elle avait hérité du même cahier Moleskine et du même crayon 2H.

« Excusez-moi. Puis-je vous poser une question ? demanda Maguelone.

— Je t'écoute, répondit la libraire sans lever les yeux de son écran.

— Je n'ai pas pu m'empêcher d'observer, dit-elle en chuchotant, que vous aviez donné le même cahier et le même crayon que ceux que vous m'aviez donnés la première fois que nous nous sommes rencontrées. Si ce n'est pas trop indiscret, est-ce aussi un cadeau de Gabriel ?

— Tu es bien curieuse. Pourquoi ne pas lui avoir demandé ?

— Je n'ai pas osé.

— La réponse est oui, c'est bien un cadeau de Gabriel, comme pour toi. Mais je te crois plus intéressée par le garçon que par le carnet. »

Maguelone rougit et la libraire esquissa un sourire. « Il est temps pour moi de rentrer à la Légion, je crois voir Delphine qui m'attend sur le pas de la porte. Au revoir », dit-elle en se précipitant vers la sortie pour mettre fin à cette conversation gênante qu'elle avait elle-même provoquée.

Delphine était le chaperon de Maguelone pour ses visites à la librairie du centre-ville située à cinq cents mètres de la maison d'éducation de la Légion d'honneur. Delphine trouvait le trajet insupportable au milieu de tous ces gens qui déambulaient dans le désordre. Tout lui répugnait dans cette ville, tout sauf la basilique devant laquelle elle se signait machinalement en traversant son parvis. Alors, voir des étrangers tranquillement assis à discuter sur ses marches était pour elle intolérable, même une provocation.

« Voyez, mademoiselle, ces gens qui se saoulent et fument assis devant l'entrée de notre sainte basilique », chuchota Delphine. Maguelone garda le silence, elle était plongée dans ses pensées qui étaient toutes tournées vers Sophiane et son carnet, et puis elle connaissait les radotages de Delphine sur Saint-Denis, ses habitants et la « sainte » basilique ; elle n'y attachait plus aucune importance et se contentait de les supporter en silence. Delphine était un chaperon encombrant, mais nécessaire puisque sa sortie hebdomadaire à la librairie était conditionnée à sa présence. C'était un privilège pour une demoiselle de la Légion d'honneur que de pouvoir sortir de l'enceinte du pensionnat en dehors des mercredis après-midi et du week-end. Ce privilège, elle le tenait du prestige de sa famille qui comptait un officier décoré à chaque génération depuis la Grande Guerre, et surtout du fait que son père était rattaché à l'état-major des armées. L'institution ne refusait rien à ce père prestigieux, officier aux multiples décorations, qui avait connu tous les théâtres d'opérations extérieures :

de l'ex-Yougoslavie en passant par l'Afghanistan et le Mali. La maison d'éducation de la Légion d'honneur était juxtaposée à l'imposante basilique royale de Saint-Denis, l'institution républicaine cohabitait avec la maison de Dieu, gardienne de la monarchie et de l'histoire du royaume de France. Pied de nez que de voir l'ancien cloître des moines bénédictins occupé aujourd'hui par des jeunes filles de la République. Mais derrière cette contradiction évidente, il existait une continuité dans la filiation de la France : les pensionnaires de la République avaient remplacé les moines de l'abbaye, mais avaient gardé la même mission, préserver le lien entre la France et l'Église.

Robespierre et la Convention ne s'y étaient pas trompés en octobre 1793, lorsqu'il fut décidé de nettoyer la basilique des cendres des tyrans et d'effacer tous les insignes féodaux rappelant un millénaire de servitudes. Époque prodigieuse où l'esprit universel de la République s'était réincarné dans la Convention pour parler à l'humanité d'un idéal fondé sur la liberté et la science. Quelle insolence d'extraire les métaux des tombeaux des rois immortels pour confectionner les balles qui iraient se loger dans les poitrines des ennemis de la République et de la liberté ! Quelle audace de sortir ces puissants adoubés par Dieu lui-même et de les exposer ainsi sur le parvis ! Pour que la République voie le jour et que les despotes de l'univers tremblent, il était nécessaire d'exposer le corps en putréfaction de

Louis XIV sur le parvis de la basilique. Le mendiant, le vaurien, l'enfant crasseux pouvaient contempler ces représentants de Dieu sur terre qui étaient maintenant couchés à leurs pieds. L'histoire de France retiendrait une profanation de la nécropole alors qu'il s'était agi d'un exorcisme républicain pour chasser définitivement l'obscurantisme. Mais Napoléon jugula cette fièvre révolutionnaire, il restaura l'esclavage pour satisfaire la bourgeoisie et créa la maison d'éducation de la Légion-d'Honneur pour que vive la filiation entre la France et l'Église. Et depuis sa création jusqu'à aujourd'hui, la maison d'éducation de la Légion d'honneur et ses demoiselles vouaient un culte sans faille à l'Empereur. Oui, toutes les demoiselles vénéraient Napoléon, toutes sauf Maguelone.

Comme elles étaient arrivées devant l'imposante porte cochère de l'école, Delphine présenta son badge magnétique qui ouvrit une petite porte moins prestigieuse et bardée de caméras de vidéosurveillance. Elles s'y engouffrèrent, puis traversèrent la cour d'honneur et pénétrèrent enfin dans le vaste vestibule du bâtiment principal.

« Enfin ! s'exclama Delphine en soufflant.

— Pourquoi m'accompagner si cela vous est pénible ? rétorqua sèchement Maguelone.

— Tout d'abord, parce que mon père l'a promis au vôtre. Ensuite, parce que les rues de Saint-Denis ne sont pas faites pour une demoiselle comme vous. Ici tout est différent, les rues ne sont pas sûres.

— Je ne me suis jamais sentie en danger et figurez-vous que j'apprécie beaucoup cette ville. Je me sens plus libre dans les rues de Saint-Denis qu'entre les murs de ce pensionnat.

— C'est votre second foyer ici, vous vous y ferez, je peux vous l'assurer. Moi aussi, j'ai été comme vous, une demoiselle de la Légion d'honneur, et j'en ai gardé de merveilleux souvenirs. Vous vous ferez des amies, et peut-être des sœurs.

— J'arrive au bout de cette année scolaire et je ne partage pas votre enthousiasme. J'ai hâte que l'année se termine.

— Je ne vous comprends pas. Vous avez des devoirs vis-à-vis de cette institution vu le passé de votre famille et surtout la position de votre père. Certaines de vos camarades ont eu leur père blessé au combat ou mort au champ d'honneur en servant la France sous les ordres de votre père. Je pense que leur témoigner un peu de sentiments fraternels ne serait pas déplacé. »

Cette remontrance à peine voilée fit bouillonner intérieurement Maguelone qui se redressa et répondit sèchement : « Ce qui est déplacé, c'est d'évoquer mon père et ma famille devant moi sans que je vous le permette. Savez-vous ce que je partage avec mes camarades ? L'absence d'un père durant une enfance où les anniversaires se fêtaient au travers d'une webcam, car il était en mission au bout du monde pour la France. Je vous souhaite maintenant une bonne soirée. »

Maguelone tourna les talons et laissa Delphine plantée dans le hall, encore interloquée par ce recadrage d'une jeune fille de quinze ans.

C'était l'heure du dîner et Maguelone se dirigea vers le réfectoire. Murs en pierre de taille, carrelages anciens au sol et voûtes magistrales donnaient à ce lieu une atmosphère particulière. Situé dans l'ancien cloître, il était jadis le lieu où les moines prenaient leurs repas collectifs dans le silence. Beaucoup d'endroits avaient changé au cours de l'histoire de France, de nouvelles constructions avaient émergé pour accueillir davantage d'élèves et d'enseignants, mais ce réfectoire était immuable. Pour Maguelone, c'était le cœur de l'école, là où toutes les élèves se retrouvaient et où la parole était libre, où les demoiselles redevenaient des adolescentes semblables à toutes les adolescentes de France. Ces voûtes imposantes avaient jadis inspiré un profond sentiment d'humilité aux moines. Aujourd'hui, elles réfléchissaient et amplifiaient les rires et les chansons profanes d'adolescentes du XXIe siècle. Tout cela sous le regard de Napoléon dont l'imposant tableau était suspendu face à l'allée centrale. Sous son portrait en costume de sacre, une plaque commémorative rappelait sa venue dans ce même réfectoire, le 6 août 1811. Aux premiers jours de la rentrée scolaire, à une élève de seconde qui était enthousiaste à l'idée de savoir que Napoléon avait marché dans ce même réfectoire, Maguelone avait répondu cyniquement : « Le pain de la cantine est certainement de la même époque. »

10

Maguelone attendait sagement depuis un quart d'heure la surintendante de la maison d'éducation pour la commission de vie. Elle n'aimait pas ces réunions mais elle ne pouvait y échapper, en tant que déléguée des élèves de seconde. Comme elle, toutes les déléguées de l'école étaient présentes pour faire part de leurs doléances, mais surtout pour écouter les remontrances de la surintendante. La salle dite « des princes » où elles patientaient était immense et imposante : mobilier Louis XV, moulures et dorures au plafond, et toujours le portrait imposant de Napoléon trônant au-dessus de la cheminée en marbre. Les portraits de l'Empereur étaient omniprésents dans l'établissement, on pouvait sentir son regard pesant à chaque moment de la journée et lire sa devise « Honneur et Patrie » plusieurs fois par jour, jusqu'à la rendre subliminale.

« Honneur et Patrie », alors que la devise inscrite sur le fronton de chaque école de la République était « Liberté, Égalité, Fraternité ». À la Légion d'honneur, ce n'était pas la République qui était honorée, mais la France, celle de Napoléon : chrétienne, impérialiste et victorieuse par sa Grande Armée. Cette filiation avec l'Empereur et l'Empire s'entretenait chaque année par l'organisation d'une reconstitution de la bataille d'Austerlitz par les pensionnaires dans les jardins de l'école. À l'aube du jour anniversaire de la célèbre victoire, les jeunes filles se travestissaient en soldats prussiens et français, et rejouaient la bataille sous le regard émerveillé de la surintendante. Cette reconstitution se terminait par un « Vive l'Empereur, vive Napoléon » crié à tue-tête par cinq cents jeunes filles dans la ville ouvrière encore endormie à l'heure des premiers métros.

La laïcité républicaine était également mise à mal dans cette institution par la présence d'un prêtre dont le rôle était de guider les pensionnaires. Cyniquement, l'établissement élitiste de la République méprisait la loi de 1905 et c'étaient les enfants de Saint-Denis qui étaient perpétuellement montrés du doigt comme des séparatistes.

Maguelone ne se sentait pas à sa place dans cette institution, elle était loin de chez elle, de Sète, de sa mère. Elle était là parce que son père le souhaitait, il voyait dans les valeurs de ce pensionnat les valeurs de l'armée auxquelles il était attaché : la discipline, la rigueur et la fraternité qui s'imposaient dans une chambrée composée de jeunes filles de toutes origines et venant de tous les milieux sociaux.

Lorsque la surintendante entra dans la salle des princes, les demoiselles, bien éduquées, se levèrent et firent la révérence de rigueur dans une parfaite synchronisation. Elle inspecta chacune d'elles avant de prendre place, puis elle leur donna la permission de s'asseoir.

Elle présenta sans attendre l'ordre du jour en cette fin de troisième trimestre et se lança dans les différents rapports qui étaient remontés par les inspectrices et les maîtresses d'internat chargées de veiller à la discipline et au respect du règlement de la maison. Les déléguées notèrent scrupuleusement les désirs et les injonctions de la surintendante, le silence était de rigueur, on ne discutait pas avec la surintendante, on l'écoutait. Vint ensuite le moment des doléances des élèves. Chacune à leur tour, les déléguées prirent la parole pour soumettre différentes requêtes. Cela allait des fenêtres mal isolées au remplacement des pommeaux de douche. Maguelone était distraite, elle n'arrivait pas à se concentrer sur les propositions de ses camarades, elle ne voyait pas l'intérêt de faire des propositions pour améliorer son séjour entre les murs d'un lieu qu'elle considérait comme une prison dorée. Elle se disait qu'une prison restait une prison même après avoir changé les pommeaux de douche. Subitement, elle fut prise d'un fou rire incontrôlable à l'écoute d'une requête de l'une de ses camarades qui souhaitait que l'on mette les restes de côté pour les donner à la population de Saint-Denis. Elle essaya tant bien que mal d'étouffer son rire, mais cela n'arrangeait rien à l'affaire, et la situation devint assez gênante au point que la surintendante intervint pour recadrer la réunion.

« Pouvez-vous nous expliquer ce qui vous amuse, Maguelone ? demanda la surintendante.

— Je vous prie d'accepter mes excuses, madame. Mais c'est l'idée de donner nos restes à la population de Saint-Denis qui m'a amusée. Je souhaitais juste signaler à ma camarade Marie-Louise que le Moyen Âge était terminé et qu'il n'y avait pas de gueux à nos portes attendant une aumône. De plus, ce ne serait pas rendre service à la population que de leur donner ce qu'on nous sert ici. »

Un rire se fit entendre parmi les demoiselles assises autour de la table, son trait d'esprit avait fait mouche auprès de ses camarades. La surintendante ajusta ses lunettes et le silence s'installa de nouveau.

« Maguelone, lors de ces réunions de commission de vie, vous vous devez de respecter les opinions de vos camarades. Je vous prie donc à l'avenir de garder pour vous de telles remarques. Soyez davantage constructive dans vos interventions, avertit sèchement la surintendante avant d'ajouter que la réunion touchait à sa fin. Avant de nous quitter, mesdemoiselles, je souhaitais vous communiquer une information concernant le bal annuel de fin d'année. Nous avons arrêté une date, et comme chaque année nous inviterons les lycées Henri-IV, Stanislas et le lycée militaire de Saint-Cyr afin de favoriser les échanges entre nos établissements.

— Puis-je avoir la permission de poser une question, madame ? intervint Maguelone alors que toutes ses camarades s'impatientaient de prendre congé.

— Je vous écoute.

— Est-il possible cette année de convier également le lycée Paul-Éluard de Saint-Denis à notre bal ? demanda la jeune fille. Ce serait bien de créer des liens entre notre établissement et ce lycée de Saint-Denis. Qu'en pensez-vous ? »

Les jeunes filles autour de la table se mirent à glousser. Car toutes demoiselles qu'elles étaient, elles n'en demeuraient pas moins des adolescentes, et l'idée de danser avec des garçons du lycée dionysien ne leur déplaisait pas, bien au contraire.

« Votre question est pertinente Maguelone, et pour vous répondre simplement, le lycée Paul-Éluard ne correspond pas aux attentes de vos familles. Les lycées Henri-IV, Stanislas et Saint-Cyr se rapprochent davantage de l'éducation que nous dispensons ici, rencontrer des lycéens de ces établissements vous permettra d'enrichir vos relations personnelles et certainement vos futures relations professionnelles. Nous organisons ce bal à cette fin uniquement, conclut la surintendante.

— Vous voulez dire plus simplement que les élèves du lycée Paul-Éluard ne sont pas assez bien pour nous, lança Maguelone d'un ton ironique qui déplut fortement à la surintendante.

— Très bien, dit-elle à Maguelone. Je donne congé à vos camarades et je vous prie de bien vouloir rester quelques instants, car j'ai à vous parler. »

La surintendante était furieuse sans le montrer, toutes les demoiselles présentes l'avaient compris à l'intonation de sa voix. Elles s'empressèrent de quitter la salle en lançant un regard inquiet à Maguelone, puis le silence s'installa de nouveau dans la salle des princes lorsque la porte se referma.

« Mademoiselle, il est souvent arrivé à mes oreilles que vous vous déplaisiez dans notre institution, sachez bien que je le regrette. Si ce n'était le profond respect que j'attache à l'endroit de Monsieur votre père, vous auriez été congédiée. Néanmoins, la position de votre père auprès de l'état-major et du Président ne peut excuser votre impertinence qui n'a pour seul but, à l'évidence, que de semer le trouble chez vos camarades, et cela je ne le permettrai pas. Ma mission dans cette institution est de perpétuer nos valeurs qui sont la discipline, la rigueur et le service de la Patrie. Je vous prie à l'avenir de faire preuve de retenue dans vos propos, et si ce genre d'incident devait se reproduire, alors je me verrais contrainte de vous supprimer ce à quoi vous tenez le plus apparemment : vos autorisations de sortie exceptionnelles pour vous rendre à cette librairie du centre-ville en dehors des heures habituelles. »

Elle la congédia sans attendre une quelconque réponse de l'adolescente qui se leva et fit une dernière révérence qui parut plus obséquieuse que respectueuse. À peine avait-elle franchi la porte qu'elle tomba nez à nez sur ses camarades qui l'attendaient pour connaître la sentence.

« Alors, t'es virée ? interrogea l'une de ses camarades de dortoir avec empressement

— Non, malheureusement, elle ne veut pas déplaire à Monsieur mon père », soupira Maguelone.

De l'avis de toutes ses camarades, le cadre du pensionnat était agréable, mais pour elle tout était lugubre lorsqu'elle repensait à sa ville de Sète. Le jardin à la française conçu par Le Nôtre ne pouvait rivaliser avec son bord de mer, ses plages et son port. Pour elle, le pensionnat était une prison, elle ne voyait que les murs d'enceinte lorsqu'elle regardait au loin, et les journées étaient rythmées par les mêmes rituels : lever à 7 h 30 précises, toilette, rangement, cours, déjeuner, cours, étude, musique, dîner et extinction des feux à 21 h 30. À ses camarades qui lui disaient un jour qu'elle exagérait, elle demanda simplement qu'on lui montre l'horizon.

La surintendante ne voulait pas la renvoyer ? Très bien, se disait-elle, alors elle rentrerait à Sète toute seule en faisant le mur ce soir. Le premier train pour son pays partait à sept heures, il suffisait donc qu'elle s'échappe du pensionnat vers vingt-trois heures pour se rendre à la gare de Lyon qui était facilement accessible depuis Saint-Denis. Elle passerait la nuit sur place pour monter dans le premier TGV, et elle serait à l'heure pour déjeuner dans le jardin de la maison familiale auprès de sa mère.

À l'heure dite, quand le dortoir fut endormi et que les dernières veilleuses furent éteintes, elle sortit par les jardins pour rejoindre le parc dont elle escalada le mur d'enceinte en s'aidant d'une souche qu'elle avait repérée lors de ses promenades. De l'autre côté, il faisait nuit noire sans la belle lune suspendue dans un ciel d'été sans nuages. Elle prit sans tarder la direction de la sortie qui débouchait sur la rue Pinel pour rejoindre le centre-ville et son tramway qui la conduirait jusqu'à la gare, mais à mi-chemin elle s'inquiéta de savoir si elle n'avait pas perdu sa monnaie lors de son escalade. Elle s'assit alors sur un banc pour fouiller son sac, et c'est alors qu'elle l'entendit s'adresser à elle : « On devrait ouvrir plus souvent les parcs les nuits d'été, ne pensez-vous pas ? »

Surprise, elle releva brusquement la tête et aperçut alors Gabriel qui était assis tranquillement près d'elle. À aucun moment elle ne fut effrayée ou inquiète, sa voix posée et calme la rassura, et sans crainte elle lui demanda ce qu'il faisait dans le parc à cette heure tardive.

« Ce parc est magnifique les nuits d'été, lâcha-t-il après une profonde inspiration. Et vous, que faites-vous ici ?

— Je ne fais que passer. Je suis pensionnaire à la Légion d'honneur.

— Je vois. Vous êtes une demoiselle qui prend la tangente alors ? » dit-il en souriant.

Cela la fit sourire. Ils se présentèrent, et elle remarqua alors qu'il tenait dans ses mains un livre à la couverture épaisse en cuir rouge. Amoureuse des livres, et bien qu'elle soit en fuite, elle prit le temps de l'interroger.

« Ce sont mes notes, mes commentaires sur l'œuvre d'Omar Khayyâm. Vous connaissez ? Astronomie, mathématique, physique, philosophie, poésie… Une œuvre immense que je ne me lasse pas d'étudier.

— Et que dit-il, ce monsieur Omar Khayyâm ? » l'interrogea-t-elle, intriguée.

Quand tu chancelles sous le poids de la douleur,
Quand tu n'as plus de larmes, pense à la verdure qui miroite après la pluie.
Quand la splendeur du jour t'exaspère,
Quand tu souhaites qu'une nuit définitive s'abatte sur le monde.
Pense au réveil d'un enfant.

Ce poème avait ému l'adolescente, les vers déclamés entraient en résonance avec ses états d'âme. Assis l'un à côté de l'autre dans un silence religieux, ils semblaient méditer ensemble. La colère qui la rongeait et qui l'avait motivée à prendre la fuite s'estompait petit à petit. Elle pensait toujours à Sète, mais maintenant les images de bord de mer qu'elle se remémorait l'apaisaient. Son projet de rentrer chez elle, qui contrarierait certainement son père quand il l'apprendrait, lui parut moins judicieux.

« Merci pour le poème. Je pense que je vais rentrer au pensionnat dès que j'aurai trouvé une solution pour escalader le mur d'enceinte dans l'autre sens.

— Si vous souhaitez rentrer au pensionnat, je peux vous aider. Je connais un endroit bien caché où le mur d'enceinte s'est éventré sous les coups des rêves de plusieurs générations de demoiselles tombées amoureuses ou ayant soif de liberté. Rien n'arrête une jeune fille amoureuse, pas même un mur édifié par Napoléon. »

Il l'accompagna à l'endroit indiqué, une brèche dans le mur d'enceinte, caché derrière des thuyas et quelques ronces, permettait en effet de regagner sans risque les jardins du pensionnat. Avant qu'ils se séparent, Maguelone lui demanda s'il acceptait de lui enseigner ce qu'il savait d'Omar Khayyâm.

« Pourquoi pas ? » répondit-il, tout simplement.

11

Sophiane arriva un peu en avance au parc avec dans sa poche son carnet Moleskine et son crayon 2H. À sa grande surprise, Gabriel n'était pas seul, assise près de lui, la lectrice à la chevelure au parfum de camomille, celle qu'il n'avait pas osé aborder à la librairie et qui obsédait ses pensées depuis que leurs regards s'étaient croisés. Il la contemplait maintenant à la lumière d'un après-midi d'été : ses cheveux lâchés jusqu'à sa taille étaient d'un noir intense et contrastaient avec la pâleur de son visage parsemé de légères taches de rousseur. Elle laissait découvrir un cou gracieux et de nacre lorsqu'elle penchait légèrement sa tête pour écrire dans le carnet qu'elle tenait sur ses genoux croisés. Devant ce tableau que lui offrait la jeune fille, Sophiane fut frappé de découvrir pour la première fois toute la sensualité qu'il y avait dans le cou d'une femme. Et pour son plus grand bonheur, elle n'était plus habillée de son uniforme austère, elle avait remplacé cette horrible robe bleu marine par une belle jupe courte de couleur blanche au volant de dentelle, et dont la large ceinture lui dessinait une taille de guêpe. Elle ressemblait à une belle Andalouse aux yeux bleus, à une fille du Sud que l'on aurait pu rencontrer sur les deux rives de la Méditerranée.

« Tu es un peu en avance aujourd'hui. Je termine ma leçon et je suis à toi ! » dit-il à Sophiane qui était comme pétrifié lorsqu'elle leva les yeux pour voir à qui s'adressait Gabriel. Sans dire un mot, il alla s'asseoir sur un banc un peu plus loin, à une distance raisonnable, afin de contempler cette fille qui le rendait fou.

Sophiane pouvait entendre Gabriel déclamer des vers, et voir son élève prendre des notes dans un carnet Moleskine semblable au sien. Parfois, elle interrompait le maître qui pouvait à l'occasion saisir son carnet pour écrire de sa main un mot compliqué ou une citation. La leçon terminée, elle referma son carnet, le rangea soigneusement dans son sac et sortit un billet de vingt euros qu'elle tendit à Gabriel.

Elle se leva en laissant s'échapper un sourire qui troubla l'adolescent au point de lui faire baisser les yeux, lui qui ne le faisait en aucune circonstance. Mais là, c'était différent, pour la première fois, il se sentait amoureux.

« C'est qui cette meuf ? demanda Sophiane en prenant place près du professeur.

— Une élève comme toi, à qui j'enseigne ce que je sais sur Omar Khayyâm. Je la vois avant toi tous les mercredis.

— Et c'est qui, Omar Khayyâm ? l'interrogea Sophiane, heureux d'apprendre qu'il pourrait la revoir grâce à ses cours d'échecs avec son maître.

— Poète, mathématicien, philosophe, astronome… C'était un intellectuel perse et musulman du XIe siècle.

— Vous savez tout !

— Les échecs et les mathématiques sont liés, comme tu le sais maintenant. Et la philosophie… c'est un peu le mariage des deux.

— Et c'est quoi, son nom ? questionna Sophiane.

— À qui donc ?

— Vous le faites exprès ! À la fille qui était avec vous.

— Comment dit-on déjà dans ton quartier… Je ne suis pas une balance, c'est ça ?

— Vous êtes comique en plus d'être philosophe… Sérieusement, elle s'appelle comment ? insista Sophiane.

— Pourquoi ne lui as-tu pas demandé ?

— J'suis pas son genre. Vous voyez ce que je veux dire ?

— Je t'avoue que non.

— Bah ! On est différents… Elle, c'est une Française !

— N'es-tu pas français, toi-même ?

— Ouais, si on veut, mais pas comme elle. Elle, c'est une "vraie" Française, vous comprenez ! Et moi… moi, je suis comme les autres galériens de cette ville. »

Gabriel avait installé l'échiquier et sortait les pièces du jeu une à une, méthodiquement, ne laissant sur le plateau qu'un cavalier et un pion de chaque côté. Puis il expliqua à Sophiane l'exercice du jour qui consistait à couvrir le pion avec le cavalier. Ils travaillaient ainsi en silence et, profitant d'un temps mort pour changer d'exercice et substituer les pions par des rois, il interrogea son élève.

« Si je comprends bien, Maguelone est différente de toi, et tu penses que cette différence est un obstacle pour que vous deveniez des amis ?

— Même son prénom est trop différent, répondit l'adolescent. Moi, je connais des Karima, Malika ou Bintou. Mais Maguelone, ça vient d'une autre planète pour moi.

— Si tu veux mon avis, je pense que tu as simplement peur d'aller vers elle.

— Je n'ai peur de personne et surtout pas d'une fille, dit-il en se redressant maintenant qu'elle était partie.

— Tu m'as mal compris. Je disais que tu avais peur de toi-même. »

Ils continuèrent à jouer en silence, Sophiane pensait à Maguelone et à son sourire, et il réfléchissait à ce qu'entendait son maître en prétendant qu'il avait peur de lui-même. La seule chose qui lui faisait peur, se disait-il, c'était qu'elle ne l'aime pas parce qu'il s'appelait Sophiane, parce qu'il était de Saint-Denis, parce qu'il était musulman.

Le temps était écoulé, Gabriel rangea l'échiquier et les pièces du jeu dans sa besace avant de se lever et de souhaiter une bonne soirée à Sophiane, qui était resté assis sans rien dire.

« Attendez ! Je ne vous ai pas payé pour la leçon d'aujourd'hui », s'écria Sophiane en lui tendant un billet. Gabriel revint sur ses pas et prit le billet qu'il glissa dans sa poche. Sophiane ne put réprimer à cet instant une plainte qu'il glissa dans un soupir : « Elle m'a souri lorsqu'elle s'est levée tout à l'heure, mais j'ai baissé les yeux. Je ne sais pas pourquoi j'ai fait ça, pourquoi je n'ai pas souri aussi alors que je voulais. C'est bizarre, je n'arrête pas de penser à ça. »

Gabriel le regarda avec compassion, il aurait voulu le rassurer et lui dire que cet état de mélancolie annonçait un nouveau bonheur, qu'un sentiment d'euphorie prendrait prochainement la place de cette peur, qu'un orage de passion approchait et qu'il n'existait pas de paratonnerre pour se protéger de cette foudre qui allait le frapper. Il aurait voulu lui dire tout cela, mais le lui révéler c'était lui voler cette expérience que certains ne trouvaient jamais dans une vie.

« Connais-tu la légende de la belle Maguelone ? » lui dit-il comme pour le consoler. Sophiane se contenta de hocher la tête de droite à gauche. Gabriel prit la peine de se rasseoir.

« Tout commence dans le sud de la France au Moyen Âge, à l'époque des seigneurs et des châteaux forts, des chevaliers et des princesses. Pierre de Provence accompagnait le roi son père à des négociations diplomatiques et commerciales avec le souverain du royaume de Naples. Pendant que son père s'entretenait avec le roi de Naples à huis clos, Pierre rencontra la fille de celui-ci, Maguelone, et en tomba éperdument amoureux. Mais les négociations furent brèves, le dialogue entre les pères tourna court et la délégation dut immédiatement rentrer en Provence. Un mariage entre les deux adolescents était désormais impossible vu la haine entre les deux royaumes et les deux familles. Malgré tous les obstacles, les deux amoureux prirent la fuite à cheval, Pierre de Provence avait enlevé Maguelone sans le consentement de leurs parents. Ils galopèrent ainsi nuit et jour en longeant la côte méditerranéenne. Approchant du château de Pierre et se sentant en sécurité, ils décidèrent de se reposer et de passer la nuit ensemble sur la plage, à la belle étoile. Ce fut leur première nuit d'amour, leur première nuit de liberté. Au petit matin, alors que les deux amants étaient encore endormis, un corbeau vola le collier de Maguelone, la seule chose qu'elle avait pu emporter avec elle dans sa fuite, un cadeau de sa mère auquel elle tenait. Pierre se réveilla à l'instant où l'oiseau prenait son envol en direction de la mer, et sans réveiller sa belle encore endormie, il se lança à sa poursuite en empruntant une barque. Mais le courant l'emporta au large, où il fut capturé par des pirates maures qui l'emmenèrent à Alger. À son réveil, Maguelone ne trouva ni son collier ni son amant, elle était seule sur une plage déserte. N'ayant nulle part où aller, elle se dirigea vers une église qu'elle apercevait au loin et qui était celle où Pierre avait promis de l'épouser, et elle décida de l'y attendre. Elle y vécut pendant vingt ans, à soigner les malades et les plus démunis, jusqu'à ce que Pierre revienne un jour de captivité en terre musulmane et la reconnaisse dans l'église. Il n'avait jamais abandonné l'idée de la retrouver, il savait qu'elle l'attendrait, comme lui avait lutté pour se libérer.

« Les histoires d'amours impossibles fécondent les légendes », conclut Gabriel avant de lui révéler que Maguelone avait pour habitude, un peu avant le début de sa leçon d'échecs, de venir s'asseoir sur ce même banc pour lire au soleil.

Le mercredi suivant, jour d'armistice entre l'Éducation nationale et les enfants rêveurs, Sophiane était déterminé à aborder Maguelone, le conte de Gabriel l'avait tourmenté toute la semaine. Il voulait être Pierre de Provence, ce chevalier qui avait tout risqué par amour pour Maguelone. Il s'était fait beau pour la circonstance, il s'était rasé les quelques poils qu'il avait au menton et parfumé. Pour la tenue, un grand classique : le jean 501 avec un polo blanc Ralph Lauren, et pour les baskets il avait choisi une paire d'Air Max sorties de leur boîte spécialement pour cette occasion. Il était fin prêt, mais il lui restait à trouver une stratégie pour l'aborder, il ne se voyait pas s'asseoir tout simplement près d'elle sur le banc. Elle aimait lire et c'était donc par ce biais qu'il pourrait se rapprocher d'elle. Il se précipita dans son salon et se mit à chercher un livre, n'importe lequel, puisqu'il s'agissait d'un accessoire. Et il ne trouva rien, si ce n'est le livre de cuisine de sa mère intitulé *100 recettes de tajines marocains*. Cela fera l'affaire, se dit-il en glissant le livre volumineux dans son sac à dos avant de quitter l'appartement.

Il sortit du bâtiment en trombe, salua rapidement les copains qui animaient le hall et tous le regardèrent étonnés en le voyant ainsi endimanché. Peut-être se rendait-il à une convocation de la justice, pensèrent-ils, car tous avaient eu vent de sa mésaventure en scooter et de l'arrestation d'Abdenour son complice.

Il passa devant la poste principale et s'engagea sur la place du 8-Mai-1945 qu'il traversa comme une flèche en ne se préoccupant nullement des voitures qui auraient pu le renverser.

Son comportement imprudent attira l'attention de trois flics de la BAC qui circulaient en voiture banalisée et qui avaient reconnu Sophiane pour l'avoir contrôlé à de multiples reprises. Ils l'arrêtaient fréquemment parce qu'il traînait sur un point de deal de la cité, et souvent parce qu'il ne faisait rien. Son attitude les intriguait, son empressement et le sac à dos qu'il portait leur laissaient espérer une belle prise de stupéfiants, alors que l'adolescent volait à un rendez-vous galant.

Les policiers le suivirent jusqu'à la place Victor-Hugo bondée à cette heure, et ils le « tapèrent » lorsqu'il s'engagea dans la rue de la Légion-d'Honneur. Le véhicule de police lui barra la route en montant sur le trottoir et les flics sortirent du véhicule comme des diables de leurs boîtes. Sans avoir eu le temps de comprendre ce qu'il lui arrivait, Sophiane eut le visage collé au mur froid d'une façade, et les membres écartés.

« C'est quoi, le problème ? s'inquiéta Sophiane.

— Ferme ta grande gueule et regarde le mur sans te retourner », vociféra l'agent qui l'avait plaqué contre le mur. Il lui demanda s'il portait une arme ou un objet tranchant avant de procéder à la traditionnelle palpation de sécurité.

Pendant ce temps, les trois autres agents faisaient face à une foule qui s'était arrêtée pour regarder ou pour filmer l'intervention. Ils avaient beau crier de circuler en menaçant d'user de leurs bombes lacrymogènes, cela ne changeait rien, personne ne bougeait, par tradition populaire.

« On peut regarder ce qu'il y a dans ton sac à dos ? lança l'agent qui le contrôlait.

— Et si je veux pas ? rétorqua l'adolescent.

— On va quand même le faire, mais au commissariat et en garde à vue.

— Faites votre taf alors. »

Un rapide coup d'œil à l'intérieur fit déchanter le flic qui se voyait déjà serrer la main du préfet le félicitant pour cette belle prise. Perplexe, il fit signe à ses collègues qui tenaient la foule en respect de venir voir.

« Pourquoi tu te balades avec *100 recettes de tajines marocains* ? C'est quoi, ce bordel, tu te fous de notre gueule, petit con ?

— C'est à ma mère, c'est son livre de cuisine et je le lui ai emprunté. Ce n'est pas un délit que je sache d'avoir un livre de cuisine dans son sac », leur dit-il, amusé.

Les policiers, furieux et humiliés, laissèrent tomber le livre sur le trottoir et dirent à Sophiane de ramasser ses affaires avant de partir sans lui présenter d'excuses.

Il reprit son livre et la direction du parc où il trouva Maguelone plongée dans sa lecture et qui ne prêtait aucune attention au monde extérieur. Il s'installa près d'elle, et sortit discrètement son livre qu'il ouvrit en grand sur ses genoux afin de dissimuler la couverture. Il tournait les pages bruyamment pour attirer son attention, et faisait semblant de lire en s'attardant sur certaines recettes et photos des mets. Tajine au poulet, tajine d'abricots, tajine de poisson... Il leva les yeux et soudain il croisa son regard. Son cœur s'emballa et il ressentit une vive chaleur qui prenait naissance dans son ventre et se propageait jusqu'aux lobes de ses oreilles. Il avait assez de souffle pour respirer, mais pas suffisamment pour parler. La seule chose que son corps déréglé pouvait faire était un geste de la main qui n'exprimait rien et qui lui fit honte. Maguelone se rapprocha de lui et, soulevant la couverture de son livre, pencha gracieusement sa tête pour en lire le titre à voix haute :

« *100 recettes de tajines marocains*, c'est intéressant ? l'interrogea-t-elle avec malice.

— Oui. J'ai une passion pour les tajines, répondit-il en prenant un air sérieux, et comme tu peux voir, je suis plongé dans la recette du tajine au poulet. Un classique. »

Ils se mirent à rire ensemble et Sophiane fut soudainement libéré de ses inquiétudes.

« Je m'appelle Maguelone, lui dit-elle avec le plus charmant des sourires.

— Moi, c'est Sophiane, répondit-il, hésitant, au point de paraître chercher ses mots. Tu lis quoi ?

— Un classique aussi, *Cyrano de Bergerac*, lui dit-elle en lui montrant la couverture.

— Connais pas.

— C'est vrai ? Alors, tu as de la chance.

— Pourquoi, c'est chiant ?

— Non, pas du tout, au contraire ! J'aimerais revivre le même sentiment de joie lorsque je l'ai lu pour la première fois.

— Et ça parle de quoi ?

— D'un homme qui décide de vivre sa vie passionnément. Pour vivre heureux, il a besoin d'écrire, de se battre et d'aimer. Il se bat en duel pour l'honneur, par amitié et par amour.

— Tu m'as donné envie de le lire. Ce sera toujours mieux que ce livre de recettes de ma mère, dit-il en riant. Tu es de quel quartier ? Je ne t'avais jamais vue avant la librairie.

— Nous sommes chez moi ici, dans mon jardin.

— Tu veux pas m'dire de quel quartier tu viens, c'est ça ?

— Non, pas du tout, je vis à la maison d'éducation de la Légion d'honneur, de l'autre côté de cette grille, répondit-elle en lui indiquant du doigt l'ancienne abbaye de Saint-Denis dont ils pouvaient apercevoir le toit couvert d'ardoise.

— Au pensionnat ?

— Je mange là-bas et je dors là-bas du lundi au vendredi.

— C'est chaud. Impossible pour moi de dormir le soir au bahut avec les mêmes têtes. Tu habitais où avant d'arriver ici ?

— À Sète, dans le sud de la France.

— Ça te manque, Sète ?

— Oui, beaucoup. Je n'y retourne que pendant les vacances. Les week-ends, je vais chez mon père à Paris. On ne rentre à Sète que pour les congés ou les longs week-ends. Mon père est officier dans l'armée de terre en poste à Paris, et ma mère est restée à Sète avec mon petit frère, car pour elle vivre loin de Sète est impossible. Et toi ? demanda-t-elle.

— Moi, je suis né à Saint-Denis, je vis à Saint-Denis et je pense que je vais crever à Saint-Denis. J'habite à Dourdin et je vais au lycée Paul-Éluard quand je ne sèche pas les cours.

— Et tes parents ?

— Ma mère fait des ménages dans des bureaux et chez les gens. Elle est mortelle, ma mère, je la kiffe, c'est une lionne. Mon père, je ne l'ai pas vu depuis presque dix ans. Il traîne du côté des bars PMU de Péri, je pense qu'il se rappelle plus facilement la date de naissance d'une pouliche que la mienne. Pour qu'il m'aime, il aurait fallu que je sois un cheval. Il est parti de la maison quand j'étais petit. C'est drôle, je te connais à peine et je t'ai dit des choses que je n'avais jamais dites à qui que ce soit, même au quartier.

— Je suis désolée pour ta relation avec ton père.

— Désolée de quoi ? C'est le mektoub.

— C'est quoi, le mektoub ?

— Le destin, quelque chose que tu ne peux pas changer et que tu dois subir… Tu fais quoi, tu notes dans ton carnet ?

— Oui, je note la définition de mektoub, je ne connaissais pas ce mot.

— T'es sérieuse ? dit Sophiane, étonné de la voir écrire la définition dans son carnet.

— Oui, je découvre Saint-Denis et j'adore cette ville. Tout est différent ici : les visages, les attitudes, les odeurs, les couleurs, la musique et les mots.

— Tu sais, ici, les gens rêvent plutôt de se barrer. Tu ne le vois pas de la fenêtre de ton pensionnat, mais la vie à Saint-Denis n'est pas rose, elle est même *hard-core*. Au fait, comment tu connais Gabriel ? »

Maguelone garda le silence, elle hésitait à faire le récit de son étrange rencontre avec Gabriel. Mais elle ignorait que Sophiane avait rencontré le vieil homme dans des circonstances tout aussi étranges.

« Si je te le raconte, tu ne me croiras pas, confia-t-elle.

— Moi, je vais te raconter comment j'ai fait sa connaissance, même si je risque de ne plus te revoir, déclara Sophiane. Il m'a sauvé en me balançant pas aux flics qui me cherchaient dans ce parc alors que j'avais volé un sac. Il m'a évité la case justice en me présentant comme son élève, et je ne sais pas pourquoi j'ai accepté de revenir. Tu sais tout maintenant, et je comprendrais si tu voulais plus me parler. »

Maguelone se tut, mais ses yeux avaient gardé la même douceur.

« Tu dis rien ? s'inquiéta Sophiane.

— Et pourquoi as-tu fait cela, je veux dire voler un sac ?

— Je ne sais pas, peut-être parce que je m'ennuyais, dit-il avec un profond regret.

— Je crois qu'on peut tous commettre des erreurs », souffla-t-elle.

Le visage de Sophiane s'illumina d'un sourire en l'entendant prononcer ces mots, car elle ne le jugeait pas. Il se dit alors qu'elle devait l'aimer un peu pour agir ainsi, il ressentit alors à cet instant un sentiment de désir qui le poussa à un peu plus de témérité.

« Maguelone, tu vas me trouver un peu ouf, mais j'ai envie de t'embrasser.

— Où est le garçon timide de tout à l'heure ? lança-t-elle dans un éclat de rire. Mais on vient juste de se rencontrer, ajouta-t-elle.

— Je sais, insista Sophiane, mais je meurs d'envie de t'embrasser, là, maintenant. »

Un silence s'installa entre les deux adolescents, Maguelone réfléchissait en souriant et Sophiane souriait en espérant. La jeune prude amusée regarda le jeune audacieux qui attendait la sentence bien sagement et sans bouger. Elle se tourna face à lui et approcha son visage du sien, il était maintenant assez près pour admirer le rose naturel de ses lèvres qui ne firent qu'accroître son désir.

« Je te laisse le choix, dit-elle à Sophiane en souriant. Soit tu m'embrasses maintenant, et nous ne nous reverrons plus jamais, soit tu attends notre premier rendez-vous qui sera peut-être le début d'une belle histoire entre nous. Que décides-tu ? »

Sophiane resta médusé par le dilemme posé par Maguelone qui était à portée de bouche de la sienne, elle le regardait ainsi malicieusement se torturer en attendant sa réponse. La raison aurait voulu qu'il attendît ce premier rendez-vous, mais il céda, dévoré par la passion et l'excitation d'embrasser sur ce banc cette fille qu'il ne connaissait pas encore.

« Je choisis de t'embrasser maintenant.

— Sans regret ? insista-t-elle. Même si tu risques de ne plus jamais me revoir ?

— Oui, sans regret ! » assura-t-il, impatient de goûter ses lèvres.

Elle mit ses bras autour de son cou et pencha délicatement sa tête, comme pour l'embrasser. Elle était assez proche pour qu'il sente son souffle sur son visage, sa joue effleura la sienne et il sentit ses lèvres caresser le lobe de son oreille droite. « Si tu m'avais demandé ce que je voulais, tu aurais eu les deux. Comme je suis la plus sage, je vais choisir pour nous deux, et je choisis de te revoir », lui murmura-t-elle au creux de l'oreille.

Sophiane était battu, il abdiqua devant tant d'intelligence et de force de séduction.

« Regarde, Gabriel arrive, cela veut dire que c'est l'heure de ma leçon, je me demande ce qu'il me réserve aujourd'hui. Nous devons nous quitter », lui dit-elle en lui tendant son carnet Moleskine pour qu'il lui note son numéro de téléphone.

Gabriel fit un signe de la main à ses deux élèves en approchant du banc. Sophiane s'apprêta à partir et Maguelone se leva par politesse.

« Tu es en avance, Sophiane. Je vois que tu as fait la connaissance de Maguelone. »

Sophiane rougit et bredouilla quelques mots incompréhensibles avant de mettre fin à cette situation gênante en s'éloignant d'un pas rapide et en ajoutant qu'il reviendrait pour sa leçon dans une petite heure.

12

Maguelone était sagement assise près de Gabriel qui cherchait dans son livre la leçon du jour, elle brûlait de l'interroger sur Sophiane et profita de ce moment pour le faire.

« Puis-je vous poser une question ? demanda la jeune fille.

— Je t'écoute, répondit Gabriel qui continuait à feuilleter son livre en fredonnant.

— C'est à propos de Sophiane. Il m'a dit que vous l'aviez aidé alors qu'il avait volé un sac.

— C'est exact.

— Il m'a dit également qu'il était désolé de ce qu'il avait fait.

— Et je le crois sincère.

— Pourquoi ne l'avez-vous pas dénoncé ?

— Me permets-tu ? » Il referma son livre et sortit sa pipe en écume de mer de sa besace. Sans attendre sa permission, il la bourra et l'alluma pour en tirer une première bouffée. « Nous pouvons peut-être trouver un début de réponse dans l'un de mes contes favoris. Ça sera notre leçon d'aujourd'hui.

« C'est l'histoire d'un jeune voleur. Il avait également la réputation d'être une brute. Ceux qui le connaissaient voyaient en lui un garçon au cœur lourd et en souffrance, ses vols successifs ne comblaient jamais le vide qu'il ressentait et ne rassasiaient jamais cette envie irrépressible de posséder. Lui-même ne savait pas au fond ce qu'il recherchait et ce qui aurait pu l'apaiser. Un jour, il entra par effraction dans une maison qui lui sembla propice à un cambriolage. Il visita les chambres, le salon, le bureau, mais il ne trouva rien qui méritait d'être volé. Avant de s'en aller, il alla dans la cuisine où trônait une table en bois sur laquelle était posée une miche de pain bien ronde. Déçu de n'avoir rien trouvé à dérober, il s'apprêtait à sortir par la fenêtre lorsqu'il entendit une voix lui dire : “Que cherches-tu ?”

« Il eut peur, il se pensait surpris par les occupants de la maison rentrés prématurément. Il se retourna, mais personne dans la cuisine, hormis la miche de pain posée sur la table.

« “Qui est là ? demanda-t-il.

— C'est moi !” répondit la miche de pain.

« Surpris et un peu effrayé, il s'approcha et prit une chaise, comme l'y invitait la miche de pain.

“Es-tu bien réel ou est-ce mon imagination ? demanda le jeune voleur.

— Je suis bien réelle, et en t'apercevant dans cet état, le cœur vide et l'âme bercée par la mélancolie, j'ai eu la permission de m'adresser à toi. Tu voles, mais tu n'es jamais rassasié, tu prends, mais tu as le sentiment d'avoir toujours les mains vides. Je peux t'aider, mon garçon.

— Et comment ? répondit d'un ton moqueur le jeune voleur. Toi qui es posée sur cette table pour être mangée demain matin par ceux qui logent dans cette maison.

— Si tu m'écoutes attentivement, tu découvriras un secret qui comblera le vide que tu ressens au fond de ton cœur, et qui tarira à jamais ta soif de posséder. Je te ferai aimer la vie et les hommes comme jamais.

— Et aimes-tu également ceux qui te mangeront demain matin ?

— C'est parce que je les aime que je les nourris. Veux-tu prendre ce que j'ai à te donner ?

— Je prends sans hésitation tout ce qui peut m'enrichir, dit le jeune homme. Je t'écoute, tu as toute mon attention.

— Je fus un jour semé profondément dans la terre. Il faisait froid et sombre, les ténèbres partout autour de moi. Je ne sais pour quelle raison j'avais soif de lumière et de ciel bleu alors que je ne les avais jamais vus, mais sans pouvoir l'expliquer, je savais qu'ils existaient. Mille fois j'ai douté, mais à chaque fois cette envie de trouver ce ciel a été plus forte et m'a poussé à m'élever. Et un jour, sans savoir comment, je suis sorti de terre, j'étais un brin de blé chétif et j'étais ébloui du spectacle qui s'offrait à moi. Quelle chose incroyable : le soleil qui brillait, le vent qui s'agitait, la multitude d'insectes que je voyais et le chant des oiseaux qui tournoyaient au-dessus de moi, j'étais comblé. Dieu ne m'avait jamais oublié et il m'offrait un bonheur sublime et éternel. J'ai grandi ainsi, réchauffé par la lumière, bercé par le vent et arrosé par la pluie. J'étais devenu grand et beau, tout était parfait, j'étais le plus heureux, et je voulais que cela dure éternellement. Mais un jour d'été, l'homme est venu dans mon champ avec sa faux. Malgré mes lamentations et mes prières pour que les souffrances de cette épreuve me soient épargnées, je fus coupé, broyé, noyé, malaxé et jeté au feu pour ressortir dans l'état dans lequel tu me vois ce soir, transformé en un aliment bon pour les hommes. En les nourrissant comme je le fais, je suis en eux et je reste en eux. J'ai ce pouvoir incroyable d'aimer infiniment sans connaître l'inquiétude, de rassembler les hommes autour de moi, de faire naître l'amitié lorsqu'on me partage et de puiser en moi la force dont ils ont besoin quotidiennement. Veux-tu de ce même pouvoir, mon garçon ?

— Non, certainement pas. Je préfère encore vivre avec mes angoisses. Aimer me paraît trop difficile, la souffrance semble insurmontable, dit-il avant de s'échapper par la fenêtre." »

Maguelone nota scrupuleusement le récit alors que Gabriel tirait sur sa pipe les dernières bouffées de tabac.

« Tu sais, ce qui est formidable avec les contes comme celui-ci, c'est que leur interprétation varie dans le temps, selon notre âge, notre humeur, ou notre situation personnelle à certains moments de notre vie. Comme s'ils mûrissaient en même temps que nous grandissons. Comment comprends-tu ce conte ? demanda-t-il à sa jeune élève.

— Eh bien, répondit Maguelone un peu hésitante, je crois que le voleur de l'histoire souffre, car il ne sait pas ce qu'il recherche. Il vole pour remplir un vide qui ne peut pas être comblé par des choses matérielles. Et vous, Gabriel, quelle est votre interprétation ?

— Je pense que la graine a fait l'expérience du bonheur lorsqu'elle est sortie de terre après beaucoup d'efforts et après avoir traversé beaucoup d'angoisses. Elle a poussé en profitant de la chaleur du soleil et des bienfaits de la terre. Puis elle a connu le désespoir lorsqu'elle a eu le malheur d'être fauchée, broyée et malaxée pour être transformée en pain.

« La graine est la miche de pain, elle a juste changé de forme par des transformations qui ont été douloureuses à chaque étape de sa vie. Ses souffrances, qui étaient nécessaires à son évolution, ont pris un sens lorsqu'elle a compris que le pain qu'elle était devenue servait à réunir les hommes et à les nourrir. Elle l'ignorait, mais elle avait été plantée pour cela. Elle a ainsi découvert que les souffrances de la vie en valaient la peine, à condition d'aimer profondément, d'aimer d'un amour qui va jusqu'au don de soi, jusqu'à nourrir l'autre. Je crois que Sophiane est prêt à aimer, dit-il en rangeant sa pipe dans sa besace. Il est temps de nous quitter, Sophiane ne va plus tarder », lui dit-il pour clore la leçon.

Le sablier était renversé depuis quelques minutes. Sophiane était encore sous l'effet de sa rencontre avec Maguelone et de sa tentative de baiser qui avait échoué. Il n'arrivait pas à se concentrer sur le jeu, et Gabriel l'avait bien compris.

« Je peux vous poser une question ? demanda Sophiane qui essayait désespérément de saisir l'un des pions de son maître. C'est Maguelone. Je ne sais pas pourquoi, quand elle est là je perds les pédales, mon cœur bat à cent à l'heure. J'ai même l'impression que mes jambes vont me lâcher. C'est la première fois que ça m'arrive avec une fille.

— Tu n'as pas un grand frère à qui en parler ? interrogea Gabriel. Je ne sais pas si je suis le plus qualifié pour te répondre.

— Mon frère ? Jamais de la vie, il est hyper croyant, on ne se raconte pas ça entre nous. En plus, si je lui raconte que j'ai rencontré une Française et qu'il y a un truc entre nous, je suis foutu.

— Quel est le rapport avec la religion ?

— Vous le faites exprès, c'est ça ? Vous savez que ce n'est pas bien d'avoir une relation avec une fille et d'avoir des pensées impures…

— Des pensées impures ? reprit Gabriel, étonné.

— Oui, des pensées impures ! Vous le savez bien, penser à une fille, enfin on se comprend !

— Je t'avoue ne pas comprendre comment une pensée peut être impure.

— Vous le faites exprès, car c'est simple à comprendre, s'agaça Sophiane.

— Peux-tu définir une pensée ?

— Une pensée ? répéta Sophiane. C'est facile, c'est ce que vous avez dans la tête.

— Ce n'est pas suffisant, la définition des mots est extrêmement importante. Prends ton smartphone et cherche la définition de "pensée". Petite précision, je souhaite la définition qu'en donne Descartes. »

Sophiane sortit son smartphone de sa poche et tapota les mots-clés « pensée » *et* « Descartes » dans le moteur de recherche, et il se mit à lire à haute voix la définition qu'il avait trouvée.

> *Tout ce qui est tellement en nous que nous l'apercevons immédiatement par nous-mêmes et en avons une connaissance intérieure ; ainsi toutes les opérations de la volonté, de l'entendement, de l'imagination et des sens sont des pensées.*

Après quelques secondes de réflexion, il avoua être dans une impasse et ne pas comprendre ce que voulait dire Descartes. Il ne comprenait pas non plus le mot « entendement ».

« L'entendement est notre capacité à comprendre, expliqua Gabriel, mais le mot le plus important n'est pas celui-là. Ne vois-tu pas un autre mot étrange ?

— Peut-être "opérations", je ne comprends pas ce que vient faire ce mot dans la définition de la pensée.

— Une opération, dit-il avec satisfaction, est une action ou un processus qui peut être complexe en vue d'obtenir un résultat. Cela veut dire qu'une pensée se construit en utilisant des matériaux issus de nos sens, de notre raisonnement ou de notre imagination. »

Gabriel lui demanda alors de rechercher la définition du mot « émotions ».

> *Émotion : trouble subit, agitation passagère causée par un sentiment vif de peur, de surprise, de joie, de bonheur, de colère.*

« Je crois comprendre, dit le jeune homme. Une pensée est quelque chose que l'on construit, alors qu'une émotion, on ne peut que la subir sans pouvoir rien y faire. Vous voulez dire que des pensées impures ça n'existe pas, mais qu'il y a simplement des émotions qu'on n'arrive pas à contrôler.

— C'est excellent, Sophiane, mais ne nous arrêtons pas en si bon chemin. Allons jusqu'au bout de notre réflexion et intéressons-nous à l'étymologie du mot "émotion".

— Ça veut dire quoi "étymologie" ?

— L'étymologie, c'est un peu comme l'ADN d'un mot, il nous apprend son origine et souvent ce qu'il cache comme signification. "Émotion" a pour racine le mot latin *emoveo* qui fait référence au mouvement. Ainsi, les émotions sont intimement liées aux mouvements.

— Je comprends pas le rapport avec le mouvement, Gabriel.

— Peut-être que les émotions agitent nos âmes et nos cœurs. Sans la joie, la tristesse ou le désir, peut-être ne serions-nous pas humains, mais seulement des pantins ou un amas de cellules vivantes. Aimer, désirer, voilà ce qui nous entraîne et nous fait sentir vivants. »

Sophiane ne jouait plus aux échecs, mais notait ce que disait son maître dans son carnet Moleskine. Toutes ces choses nouvelles étaient à ses yeux assez précieuses pour être consignées.

« Gabriel, ça veut dire qu'y a rien à faire contre mes émotions quand je pense à Maguelone ?

— Pourquoi veux-tu faire quelque chose "contre" ? Les émotions te nourrissent et nourrissent ceux qui t'entourent. Tu devrais peut-être apprendre à les connaître, à distinguer celles qui t'aident à devenir meilleur et te font du bien, et à faire baisser d'intensité celles qui peuvent t'affliger toi ou tes proches.

— Vous savez, Gabriel, penser à elle me fait kiffer, car je sens de la joie, mais ça me fait aussi un peu flipper. En fin de compte, c'est une bonne émotion.

— Pourquoi culpabiliser alors, si ce que tu ressens te fait du bien et te procure de la joie ?

— Parce que c'est ce qu'on m'a toujours dit. Mon frère ne serait pas d'accord avec vous », ajouta-t-il comme pour conclure leur échange.

Le temps était maintenant écoulé, la chambre haute du sablier était vide et Gabriel rangea le plateau et les différentes pièces.

« Vous n'avez pas répondu à ma première question. Pourquoi je perds les pédales quand elle est près de moi ? Je suis en kiffe quand je pense à elle, et l'instant d'après j'ai la hess, et je ne sais pas pourquoi, insista-t-il auprès de son maître qui s'était levé pour partir.

— Omar Khayyâm disait : "L'amour qui ne ravage pas n'est pas l'amour" », énonça Gabriel en tournant les talons, alors que Sophiane, comme un écolier, avait gardé le doigt levé pour avoir une explication.

13

Ce soir-là, à la demande de son auditoire, Riad dissertait sur la notion de pudeur pour le vrai croyant et surtout pour la vraie croyante. La discussion était partie de la question d'une adolescente qui souhaitait savoir s'il était interdit de serrer la main d'une personne du sexe opposé.

À cette question de jeune fille torturée, la réponse du prêcheur fut catégorique et sans nuance : « Il est formellement interdit d'avoir un contact physique avec une personne du sexe opposé ou bien même de discuter avec elle, au risque d'éprouver du désir ou une excitation. »

Point de débat à cette vérité appuyée par des citations des différentes jurisprudences rendues par les savants musulmans. Et cela ne se limitait pas aux seuls contacts physiques, l'interdiction englobait également les contacts visuels et olfactifs, au prétexte que par son parfum la femme attisait le désir chez l'homme qui se trouvait malgré lui dans la situation de devoir contenir ses pulsions.

Par un syllogisme implacable, Riad en arriva à la conclusion qu'il était nécessaire de proscrire également les déodorants. Ce qui ne manqua pas de provoquer quelques regards inquiets parmi ces adolescents qui entrevoyaient les conséquences sur leur vie sociale. Mais cela était présenté comme nécessaire au nom de la pudeur, rempart qui préservait la pureté de la communauté.

« La pudeur est ce qui fait la différence entre notre communauté de croyants et la société française décadente dans laquelle malheureusement nous sommes contraints de vivre. Regardez la télévision, le cinéma, la publicité, il y a des filles nues et des scènes de sexe partout. Le métro est rempli de filles aux jupes trop courtes et qui se demandent pourquoi des hommes viennent les harceler. »

L'auditoire buvait les paroles de Riad, excepté Sophiane qui brûlait d'impatience de poser sa question pour comprendre comment ce qu'il ressentait pour Maguelone pouvait le condamner à l'enfer. Lui qui avait touché sa main et qui sentait tressaillir son cœur par le simple souvenir de la douceur de sa peau, ne pouvait croire un seul instant que ses émotions étaient blâmables. Alors que les jeunes tout autour de lui étaient conquis, Sophiane prit la parole.

« Y a une différence entre le désir et les émotions ? » lança-t-il brusquement. L'assistance trouva la question étrange, sauf Riad qui comprit immédiatement où voulait en venir le jeune homme.

« Les deux sont dangereuses pour le croyant ! répondit le prêcheur sans hésitation. Toutefois, son visage avait perdu l'air affable et amical que lui connaissaient ses adeptes.

— Mais les émotions sont partout, en écoutant de la musique par exemple, continua Sophiane.

— Alors, il faut bannir la musique !

— On ressent également des émotions lorsqu'on regarde un film au cinéma.

— Alors, il faut bannir le cinéma.

— Ou en lisant un livre.

— Il ne faut lire que les livres prescrits par la religion et qui sont utiles à la foi.

— Tomber amoureux, c'est aussi une émotion.

— L'amour est pour Dieu. Le couple a pour fonction de renforcer la foi et la communauté.

— Mais on ne choisit pas de qui on tombe amoureux !

— Si sa foi est sincère, le croyant s'unira à une croyante. Celui qui n'est pas croyant s'unira à une fornicatrice. »

De cet échange émergèrent des rumeurs réprobatrices parmi les adeptes, ce qui obligea Youssef à prendre la parole et à s'excuser pour l'attitude désinvolte de son cadet.

« Ne t'excuse pas pour ton frère, répondit Riad d'un ton bienveillant qu'il retrouva grâce à l'intervention de Youssef. C'est très bien qu'il nous fasse part de ses questions et de ses doutes afin que nous puissions l'aider à revenir sur le chemin de la vraie foi. Nous souhaitons tous qu'il soit un jour l'un des nôtres », et il invita Sophiane à expliquer son point de vue.

« On m'a dit que les émotions mettaient en mouvement nos âmes et nos cœurs, que sans elles, nous serions des êtres vides, des pantins. Il y a des émotions qui nous font du bien et qui nous rendent meilleurs, et d'autres que nous devons écouter avec prudence, comme la colère, la peur et la haine.

— Qui t'a parlé des émotions ? demanda Riad, intrigué.

— Mon maître d'échecs.

— Et que t'a-t-il dit d'autre, ton maître d'échecs ?

— Un truc étrange que je n'ai pas compris : “Que l'amour qui ne ravage pas n'est pas l'amour.”

— Omar Khayyâm… » reprit Riad d'une voix étouffée, comme s'il avait eu peur de prononcer ce nom, avant de se réfugier dans un silence inhabituel qui stupéfia l'assemblée.

Riad ne s'attendait pas à entendre ce nom ici, dans cet appartement d'un bâtiment insalubre en plein cœur de Saint-Denis, une zone blanche culturelle où le rayonnement des œuvres d'Omar Khayyâm était improbable, voire impossible. Ses maîtres en Égypte lui avaient parlé de cet homme exceptionnel, de ce savant musulman du XIe siècle qui était un danger pour la pureté de la foi, car il chantait dans ses quatrains les plaisirs du vin, de l'amour et de la liberté. Ses écrits et sa pensée avaient été effacés, et les voilà qu'ils ressurgissaient dans la bouche de cet adolescent dionysien dix siècles plus tard.

Constatant le malaise qu'avait provoqué son intervention, Sophiane décida de sortir et d'attendre la fin du sermon dans la petite cour intérieure où il rencontra Lydia qui fumait une cigarette dans un coin obscur.

« Sophiane, c'est ça ? dit-elle à la lueur de sa cigarette incandescente qui éclairait ses lèvres rouges par intermittence.

— Tu te souviens de mon prénom alors qu'on ne traînait pas ensemble au collège, répondit-il d'un air étonné et en ne distinguant que sa silhouette dans le clair-obscur.

— Je me souviens plutôt bien des garçons qui n'ont pas essayé de me peloter au collège, car ils ne sont pas nombreux. Qu'est-ce que tu fais dans cet immeuble pourri ? demanda-t-elle en s'avançant vers lui d'une démarche féline. Ne me dis pas que toi aussi tu fais partie des illuminés du dernier étage ? »

L'endroit était faiblement éclairé par une fenêtre opacifiée au premier étage, juste au-dessus de leurs têtes.

Par instinct ou par expérience, elle se plaça exactement sous le seul halo de lumière comme sous un projecteur. Sa longue chemise blanche, tombant jusqu'au-dessus des genoux, était ouverte et laissait apparaître une magnifique poitrine qui scintillait sous l'effet de la transpiration d'une soirée d'été et des paillettes dont elle s'était aspergé l'entre-seins. Sophiane, tombé sous son charme, lui expliqua péniblement qu'il ne faisait qu'accompagner son grand frère, et qu'il n'était pas forcément d'accord avec les prêches de Riad malgré ses qualités indéniables d'orateur.

« Méfie-toi, ça commence toujours comme ça », lui dit-elle dans le nuage blanc de tabac qui l'entourait. Elle lui proposa une cigarette, qu'il refusa, et après quelques hésitations il lui demanda ce qu'elle devenait depuis qu'elle avait quitté le collège.

« Tu veux vraiment savoir ou c'est juste pour faire la conversation ? lâcha-t-elle entre deux bouffées. Je fais de l'escorting, j'offre quelques minutes de plaisir aux hommes qui ont besoin de compagnie. Je suis "Zahia saveur d'Orient" qui facture 150 euros la demi-heure et 200 euros l'heure. » Puis elle l'observa attentivement afin d'y déceler le moindre signe de dégoût ou de désapprobation. Mais il resta impassible alors qu'il était troublé d'apprendre que la jeune fille qu'il avait connue il y a peu au collège se prostituait.

« Tu ne dis plus rien ? demanda Lydia.

— C'est la conseillère d'orientation qui va être contente d'apprendre que t'as trouvé du taf !

— T'es con ! dit-elle dans un éclat de rire.

— Sérieusement, comment t'en es arrivée là ? demanda-t-il.

— Quand ma mère a appris par l'assistante sociale du collège que j'avais été "tournée", elle a pété les plombs. Elle m'a dit que tout était de ma faute, que je n'avais pas à traîner avec des garçons. Et pour me punir, elle m'a attachée à mon lit avec une corde, m'a rasé la tête et m'a laissée ainsi pendant trois jours, sans boire ni manger et sans pouvoir aller aux toilettes. Quand elle m'entendait pleurer, elle criait de derrière la porte : "Si t'es la chienne de la cité, alors je vais te traiter comme une chienne." Le quatrième jour, elle est entrée dans ma chambre avec mon téléphone et elle m'a prise en photo dans l'état que tu peux imaginer. Et elle a envoyé la photo à tous mes contacts avec le commentaire suivant : "On va la dresser !" La photo a tourné au collège et, au sixième jour, la brigade des mineurs est intervenue à la maison pour me délivrer à la suite du signalement de la CPE au procureur. T'imagines, tous les voisins de la cité connaissaient mon calvaire, et c'est une fonctionnaire de l'Éducation nationale qui m'a sauvé la vie. Ma mère a été placée sous contrôle judiciaire et moi à l'Aide sociale à l'enfance. Avec le recul je me dis que nous avons toutes les deux été punies.

« J'ai fugué après quelques mois en foyer, où c'était le bordel, et j'ai atterri dans les rues du Val-de-Marne pour me tenir loin de la Seine-Saint-Denis. Je mendiais de l'argent et des clopes devant les stations de métro et les gares, et ça marchait bien, car on donne plus facilement à une adolescente. Puis j'ai rencontré un homme qui m'a filé une clope et qui m'a proposé de m'héberger. Mais ce n'était pas gratuit ; cela, je l'ai compris lorsqu'il s'est jeté sur moi alors que je dormais profondément la première nuit. N'ayant nulle part où aller, je suis restée, au grand bonheur de mon bienfaiteur que je payais en nature tous les soirs. Mais je n'étais pas quitte pour autant, je devais contribuer en faisant quatre passes par jour minimum. Ça a duré jusqu'au jour où un de mes clients m'a glissé à l'oreille en remontant son pantalon : "Je vais revenir. 100 euros pour une beurette mineure, ce n'est vraiment pas cher." Le salaud, qui était au RSA et qui m'hébergeait, avait gagné presque 6 000 euros avec mon corps. Le soir même, je m'enfuyais en douce de son appartement, car il n'aurait jamais accepté de voir filer sa poule au cul d'or. J'ai traîné d'hôtel en hôtel, de passe en passe, et j'ai trouvé cet immeuble où je loue un appartement moins cher qu'une chambre d'hôtel. Je travaille ici le jour, et le soir je rentre chez moi en Uber. »

Ce tsunami de violences submergea Sophiane qui ne trouva rien de mieux à dire que c'était le mektoub.

« Le mektoub ! répéta Lydia d'un ton ironique. J'ai fait quoi pour mériter ça ? Tu penses vraiment que c'est le mektoub si dans cette vie de merde je ne rencontre que des prédateurs qui veulent m'exploiter ou me baiser ? Je vais te dire ce que je crois : c'est une malédiction de naître femme dans ce monde d'hommes, c'est une malédiction supplémentaire d'être jolie quand tu vis dans une cité.

— T'as pas peur de tomber un jour sur un mec chelou ? demanda Sophiane.

— Je mets une annonce sur Internet avec un numéro de téléphone, les clients m'appellent un peu avant et je leur file l'adresse. Avant de donner l'étage, je regarde à la fenêtre qui est devant la porte cochère. Tu serais surpris ! Y a de tout : des avocats, des flics, des médecins, des pharmaciens, des chefs d'entreprise. Je choisis des hommes qui ont plus de trente-cinq ans. Ils sont rangés, propres sur eux, mais en réalité ils ont tous une part sombre. Ils sont tous attirés par le fantasme de la jeune beurette. Même Riad, le champion de la pudeur que ton frère estime tant, est un de mes clients réguliers.

— Sérieux ! s'exclama Sophiane.

— Il descend me voir au moins une fois par semaine et il a des délires assez particuliers. Tu gardes cela pour toi, secret professionnel, chuchota-t-elle en lui faisant un clin d'œil. Tu veux me laisser ton numéro ?

— Je ne sais pas, répondit-il, déstabilisé par cette demande.

— C'est à cause de ce que je fais pour vivre ?

— Non, je me demande juste pourquoi.

— Au collège, t'as toujours été correct avec moi. Tu étais silencieux quand les autres parlaient sur moi. Et puis je t'avoue que je n'ai pas trop d'amis, je suis seule tout le temps et je crois que je vais péter les plombs si je continue comme ça. Mais je peux comprendre que tu ne veuilles pas d'une amie comme moi. »

Sophiane, touché, lui laissa son numéro qu'elle nota dans son smartphone, et au même instant Youssef et Riad firent irruption dans la cour. Lydia jeta alors sa cigarette et l'écrasa de son talon sans lâcher du regard Riad qui étrangement ne baissa pas les yeux par pudeur, comme Youssef le fit en marmonnant des invocations. Au contraire, il la dévisageait comme s'il se faisait violence pour ne pas bondir sur elle.

« J'ai terminé ma clope, je te laisse, Sophiane. N'hésite pas à m'appeler, ça me ferait plaisir », dit-elle avant de sortir de la cour d'une démarche assurée en les laissant entre eux.

« J'ai souhaité raccompagner ton frère, car j'avais encore quelques mots à te dire sur le sujet que nous avons évoqué ensemble dans l'appartement, commença Riad. La communauté a besoin de jeunes comme toi, ta place est parmi nous. Mais pour cela, tu dois t'interroger sur ce que tu veux faire de ta vie. Tu ne dois pas avoir d'amis non musulmans et ne pas rechercher la compagnie des gens qui ne sont pas de ta foi. Ton maître d'échecs par exemple est un obstacle entre toi et ta communauté. Dis-toi une chose : tu ne seras jamais chez toi en France, tu n'appartiens pas à cette société française, quoi qu'il arrive tu seras toujours Sophiane indigène de Saint-Denis. C'est ta vie de tous les jours qui te le démontre ; les contrôles de police répétitifs par exemple ou la crasse des logements sociaux dans lesquels nous sommes parqués. Cela ne changera jamais, tu n'es pas des leurs et tu ne le seras jamais, mais tu seras toujours des nôtres. » Les propos de Riad ne le laissaient pas indifférent et il eut un doute, et parfois un doute suffit.

14

Le mercredi suivant, Sophiane se rendit déterminé à la bibliothèque du centre-ville qui faisait face à la maison d'éducation de la Légion d'honneur. Maguelone lui avait donné envie de lire *Cyrano de Bergerac* pour deux raisons : premièrement, il ne voulait pas paraître idiot, deuxièmement, il voulait comprendre l'attirance qu'il éprouvait pour elle.

Comme tous les Dionysiens, il connaissait cette bibliothèque historique qui tenait sa réputation de son ancien monopole culturel et littéraire durant des décennies. Elle avait été la seule bibliothèque de cette ville ouvrière jusqu'à la fin des années quatre-vingt-dix. À l'époque, son monopole en faisait un endroit unique de mixité sociale : l'élève pouvait y croiser son maître et l'ouvrier son contremaître. Lieu d'éducation sentimentale aussi pour les adolescentes qui s'y retrouvaient avec la bénédiction de leurs parents sous le prétexte de terminer un exposé et accessoirement recevoir un premier baiser. On pouvait ainsi voir des couples se former entre les rayons, tout cela sous le regard des bibliothécaires qui devenaient malgré elles les chaperons de ces jeunes brûlants de désir, et qui leur rappelaient sans cesse de se dire des mots doux en silence ou avec les yeux.

La bibliothèque était bâtie sur les ruines de l'ancien hôtel-Dieu fondé au IXe siècle par Dagobert, on pouvait encore y voir les traces de ce passé prestigieux en visitant son sous-sol aux voûtes en pierre de taille. C'était d'ailleurs le souvenir d'enfance le plus vif que Sophiane avait gardé de cet endroit lorsqu'il l'avait découvert pour la première fois lors d'une sortie scolaire.

La révolution des politiques de renouvellement urbain avait signé la fin de ce monopole si bénéfique à la mixité sociale et à la République, des « médiathèques » poussèrent dans les cités et les quartiers populaires, la culture devait se mettre à genoux au pied des immeubles.

La mixité sociale fut sacrifiée au prétexte d'apporter la culture dans ces quartiers prioritaires comme étaient apportées l'eau et l'électricité à tous les étages. Les classes populaires n'avaient plus à se déplacer et à parcourir la ville pour se faire un nouvel ami dans une salle de lecture ou découvrir un auteur, occasion hebdomadaire d'une infidélité de quelques heures à son quartier pour flirter avec la bibliothèque du centre-ville ou son musée. Dommage collatéral des nouvelles illusions des technocrates spécialistes en politique de la ville et en précarité, qui pensaient qu'il suffisait de fournir une médiathèque sur un plateau pour aiguiser l'appétit de ces habitants qui se mettraient alors à dévorer des livres.

Dans cette nouvelle idéologie de la culture accessible en peignoir et en chaussons, la bibliothèque historique du centre-ville avait été rebaptisée « médiathèque ». Il ne s'agissait nullement d'un simple glissement sémantique, c'était au contraire une disgrâce, elle perdait son titre de noblesse. D'astre de la culture et de la littérature placé au cœur du centre-ville, elle devenait un nouveau satellite dans la constellation d'étoiles froides des médiathèques de quartier sans âme.

Le titre de bibliothèque était plus noble, car le livre et l'écriture y étaient sacrés, fruits de l'union de l'encre et du papier, quand l'un était couché sur l'autre, ils enfantaient de la poésie et des idées. Dans ce temple du livre, comme dans une église ou une mosquée, l'atmosphère était silencieuse et l'air des lecteurs méditatif, au point de sanctifier le lieu. Dans le dédale des rayons, le fil d'Ariane était inutile, le lecteur s'y perdait avec plaisir pour y trouver un livre qu'il ne cherchait pas.

La médiathèque moderne reléguait le livre au rang de média, il devenait le compagnon malheureux du jeu vidéo et du DVD. Mutation nécessaire pour faire revenir l'usager qui ne serait plus nécessairement un lecteur mais peut-être un cinéphile ou un gameur, à côté des livres poussiéreux cohabitaient maintenant des écrans d'ordinateur.

Sophiane monta directement à la section adultes qui occupait tout le deuxième étage, et immédiatement il en perçut le calme qui contrastait avec le rez-de-chaussée où des enfants s'étripaient pour jouer sur des PC.

Ignorant par où commencer, il déambula dans les allées sans trop savoir où regarder ; il y avait bien des numéros sous chaque rayon, mais il se demandait bien à quoi cela faisait référence. Sophiane détestait se faire aider, il était perdu dans cet océan de livres et pourtant il hésitait encore à s'adresser à la bibliothécaire qui le regardait d'un air amusé. Elle se disait que le moment venu ce jeune homme viendrait la voir, et c'est ce qu'il fit après avoir cherché sans succès dans les différents rayons. Timidement, il s'approcha de la banque d'accueil et resta planté devant la bibliothécaire, attendant qu'elle eût terminé de rapiécer la couverture d'un livre de recettes de cupcakes qui avait bien souffert entre les mains d'une apprentie pâtissière. D'une voix énergique mais discrète, elle lui proposa son aide.

« Je cherche *Cyrano* », lui dit-il. Sans prévenir, elle bondit de sa chaise avec enthousiasme pour se diriger sans hésitation dans la bonne direction en s'exclamant : « Suivez-moi, allons voir Edmond Rostand ! » Sophiane lui emboîta le pas, et essaya de ne pas perdre de vue ce petit bout de femme qui semblait connaître de mémoire l'emplacement de chaque livre, comme un berger sait trouver chaque brebis de son troupeau.

« Et voilà *Cyrano de Bergerac* d'Edmond Rostand, son plus grand succès. C'est pour l'école ? chuchota-t-elle.

— Non, c'est une amie qui me l'a conseillé, répondit-il.

— Ah, je comprends ! Le sourire d'une jeune fille restera toujours plus efficace qu'un professeur certifié en littérature. Ils devraient songer à remplacer les enseignants par des muses.

— C'est difficile à lire ? demanda Sophiane d'un air craintif.

— C'est une pièce de théâtre en alexandrins, tu voudras sans doute arrêter aux premières pages, car tu ne comprendras pas certains mots ou le sens de certains vers. Mais si tu laisses à l'auteur le temps de raconter son histoire, si tu paies de ta patience ce livre qui est un magnifique passeur de rêves, alors tu découvriras un monde incroyable : l'histoire d'un homme fort n'ayant peur de rien, bagarreur, mais toujours pour l'honneur, craint, mais admiré. Une seule chose le terrasse : un amour qu'il pense impossible. »

Sophiane avait écouté attentivement la bibliothécaire à l'enthousiasme contagieux, il feuilleta le livre au hasard et survola les actes et les scènes du *Cyrano.*

« C'est combien pour l'emprunter ? demanda-t-il.

— C'est gratuit, jeune homme, c'est ça qui est incroyable. »

Elle allait s'éloigner pour porter secours à un autre lecteur en détresse lorsqu'il l'interpella : « Excusez-moi, mais c'est quoi, un alexandrin ? » Elle prit alors le livre qu'il tenait dans ses mains et le feuilleta rapidement avant de s'arrêter à une page qui lui fit esquisser un sourire. Elle s'approcha de Sophiane et murmura :

Croyez que devers vous mon cœur ne fait qu'un cri,
Et que si les baisers s'envoyaient par écrit,
Madame, vous liriez ma lettre avec les lèvres !

« Passez me voir après pour l'emprunter », dit-elle avant de tourner les talons. Sophiane alla s'asseoir sur l'une des chaises qui étaient disposées régulièrement entre chaque rayon, il s'installa confortablement et commença à lire.

Comme l'avait prophétisé la bibliothécaire, la lecture fut rude, même pénible pour lui qui n'avait pas l'habitude de lire patiemment. Mais il ne fut pas déçu de découvrir ce personnage haut en couleur qu'était Cyrano. Et au tournant de la scène V de l'acte I, il fut profondément ému par ses états d'âme, par sa mélancolie causée par une femme.

… Un danger
Mortel sans le vouloir, exquis sans y songer,
Un piège de nature, une rose muscade
Dans laquelle l'amour se tient en embuscade !

Sophiane ignorait ce qu'était une rose muscade, mais peu importe, il savait qu'un amour impossible tourmentait le héros. Alors qu'il était plongé dans sa lecture, les gloussements de deux jeunes filles qui l'épiaient au travers des rayonnages le perturbèrent, il pensait être l'objet de leurs moqueries alors qu'elles le trouvaient beau, plongé ainsi dans sa lecture et sa rêverie. Il sortit précipitamment de la salle des romans, au désespoir de celles qui s'en voulaient d'avoir trop hésité à aller le voir.

Il voulut repartir avec *Cyrano*, et il alla trouver la bibliothécaire qui lui tendit un formulaire d'inscription qui comportait une autorisation parentale. Sophiane était gêné, il tenait absolument à repartir avec son livre, mais sans cette autorisation, c'était impossible.

« L'autorisation parentale, ce n'est pas la peine, j'ai appris à me débrouiller seul. Ça me gêne d'aller demander quoi que ce soit à ma mère. Vous comprenez ?

— Tu sais que l'on se connaît ! » lui dit tranquillement la bibliothécaire.

Sophiane fut ébranlé sur l'instant et imagina le pire, comme être face à l'une des victimes de ses anciens larcins.

« Désolé, je ne me souviens pas de vous, répondit-il avec inquiétude.

— Un jour tu es monté dans notre bibliobus qui faisait une halte à la cité Dourdin, et tu nous as conseillé de partir un peu plus loin. Alors, te voir ici est pour moi une surprise. »

Sophiane en conclut qu'il devait laisser le livre, et il s'apprêtait à faire demi-tour lorsqu'elle l'arrêta dans son élan.

« Attends, que fais-tu ? Je vais te la faire ta carte mon grand, tu la mérites juste pour avoir poussé la porte de la médiathèque. Je m'en voudrais énormément si tu partais les mains vides et si tu devais ne plus revenir.

— Pour tout vous dire, j'allais faire semblant de le reposer pour mettre le livre dans ma poche.

— Je constate que tu as de la répartie. Remplis ce formulaire et je m'occuperai du reste. Tu auras même droit à un joli sac de la médiathèque pour protéger ton livre.

— Non, pas de sac, s'il vous plaît, s'exclama Sophiane. J'ai encore une réputation. »

Le livre dans sa poche, Sophiane fila retrouver Gabriel au parc pour sa leçon d'échecs hebdomadaire. À ses yeux, il ne s'agissait plus de leçons afin d'apprendre à jouer, il appréciait avant tout les échanges avec son maître qui savait le mettre en confiance et qui ne le jugeait pas. Cela lui fit prendre conscience que c'était la première fois qu'il pouvait ainsi discuter et s'ouvrir à un adulte.

« Tu peux te confier à nous ! » Combien de fois avait-il entendu cette recommandation dans la bouche de ses professeurs et des éducateurs ? Et à chaque fois ils reçurent en retour un silence qui interdisait tout accès aux mondes de l'adolescent qu'il était. Gabriel, lui, ne demandait rien, il partageait volontiers son silence bienveillant, ses mots étaient rares et donc précieux. La conversation n'était jamais à son initiative, il laissait à l'autre le privilège de l'engager, comme, aux échecs, il laissait toujours les blancs à son adversaire.

« Je suis allé à la bibliothèque cet après-midi, dit-il avec une pointe de fierté. Je n'y étais jamais allé auparavant !

— Et qu'as-tu emprunté, mon garçon ? interrogea Gabriel.

— *Cyrano de Bergerac.* Maguelone m'a donné envie de le lire.

— C'est une belle pièce de théâtre, en effet. Et ça te plaît ?

— Oui, beaucoup. Le personnage de Cyrano est incroyable, il est fort, courageux, il n'a peur de rien ni de personne. Il met à l'amende tout le monde, mais son problème c'est son nez. Pour lui c'est un handicap, il se croit laid alors qu'en fait les gens autour de lui l'admirent. Et puis il aime cette fille en secret, Roxane, mais il n'ose pas lui dire qu'il l'aime, car il a peur d'être rejeté. On aimerait tous être comme Cyrano ou l'avoir comme copain, on aimerait tous avoir sa tchatche. Enfin, je crois… »

Gabriel lui demanda alors quel était son passage préféré, et s'il pouvait lui en faire la lecture à haute voix. Sophiane sortit le livre de sa poche et le feuilleta pour trouver le passage qu'il souhaitait partager avec son maître. L'adolescent se racla la gorge pour préparer sa voix pendant que son maître s'installait confortablement, les jambes dépliées et la tête penchée en arrière, comme s'il s'allongeait. Avant de se lancer, Sophiane vérifia qu'il n'y avait personne aux alentours qui aurait été susceptible de l'entendre lire.

> [...] *Calculer, avoir peur, être blême,*
> *Aimer mieux faire une visite qu'un poème,*
> *Rédiger des placets, se faire présenter ?*
> *Non, merci ! non, merci ! non, merci ! Mais... chanter,*
> *Rêver, rire, passer, être seul, être libre,*
> *Avoir l'œil qui regarde bien, la voix qui vibre,*
> *Mettre, quand il vous plaît, son feutre de travers,*
> *Pour un oui, pour un non, se battre, ou – faire un vers !*
> *Travailler sans souci de gloire ou de fortune,*
> *À tel voyage, auquel on pense, dans la lune !*
> *N'écrire jamais rien qui de soi ne sortît,*
> *Et modeste d'ailleurs, se dire : mon petit,*
> *Sois satisfait des fleurs, des fruits, même des feuilles,*
> *Si c'est dans ton jardin à toi que tu les cueilles !*
> *Puis, s'il advient d'un peu triompher, par hasard,*
> *Ne pas être obligé d'en rien rendre à César,*
> *Vis-à-vis de soi-même en garder le mérite,*
> *Bref, dédaignant d'être le lierre parasite,*
> *Lors même qu'on n'est pas le chêne ou le tilleul,*
> *Ne pas monter bien haut, peut-être, mais tout seul !*

Gabriel rouvrit les yeux et remercia son élève pour cette lecture qui était pour lui un véritable cadeau.

« Vous savez pourquoi j'aime ce passage ? ajouta Sophiane. Je trouve qu'il résume bien ce que sont les Dionysiens, des gens fiers de leurs origines et qui font tout pour se sortir de la merde sans l'aide de personne. »

Le jeu reprit et Sophiane regarda le temps qui s'écoulait dans le sablier. La séance touchait presque à sa fin et il se mit spontanément à parler de Riad et de son prêche sur la pudeur.

« Il m'a dit que ma place était parmi les miens, et que la France n'accepterait jamais ce que je suis. Que je ne devais pas avoir d'amis non musulmans comme Maguelone. Je me dis qu'il n'a pas tort quand je vois les contrôles de police qu'on subit et la réalité du quartier, ajouta-t-il.

— Et où serais-tu à ta place ?

— J'chais pas, répondit tristement Sophiane.

— Et Cyrano ne peut pas t'aider ?

— Comment ? C'est un personnage imaginaire, juste un personnage ! s'exclama l'adolescent.

— C'est plus qu'un personnage, mon garçon. Tu lui as donné vie, je suis certain que tu t'es fait une image de lui, que tu l'as déjà vu marcher ou se battre.

— Je l'imagine grand et fort, habillé en mousquetaire et portant une épée à la ceinture. Je l'imagine avec un nez énorme et marchant fièrement dans la rue comme un mec de Saint-Denis.

— Comment expliques-tu que toi venant des quartiers populaires de Saint-Denis, et Maguelone pensionnaire à la Légion d'honneur, soyez touchés par l'histoire héroïque de Cyrano et par ses vers ?

— Je m'étais jamais posé la question.

— Peut-être partages-tu certaines choses avec Maguelone, insinua son maître.

— Quoi donc ? demanda-t-il, intrigué.

— Votre façon de vous représenter Cyrano, par exemple. Ses mots et ses vers vous touchent tous les deux, vous bouleversent parce que vous partagez cette langue unique que le monde nous envie : le français. Sa passion pour Roxane, son amitié pour Tristan, son irrévérence pour l'autorité et pour tout ce qui l'entrave dans sa liberté, tout cela vous unit, car vous êtes tous les deux français. Cyrano, tu l'aimes, maintenant il est à toi, et il t'en dit plus sur ta place dans ce monde que Riad dans ses discours. Fais confiance à Cyrano et sois attentif à ce qu'il t'apprend sur toi-même. »

Sophiane resta silencieux, il prenait conscience du lien, du fil invisible qui le reliait à Maguelone, mais également à la bibliothécaire et à Gabriel. Comme eux, il aimait Cyrano, et comme eux, il appartenait à cette communauté d'émotions qui faisaient d'eux des Français. Il était heureux de cette vision, mais il ressentait toujours ce besoin de comprendre pourquoi les propos de Riad l'avaient à ce point troublé.

« Mais comment être certain qu'ailleurs, dans un autre endroit et avec d'autres gens qui partagent par exemple ma religion, je ne serais pas mieux qu'en France ? » insista Sophiane.

Le temps était presque écoulé, Gabriel commença à ranger le plateau et les pièces du jeu comme à son habitude. Quand il eut terminé, il fit remarquer à Sophiane qu'il restait encore un peu de temps, assez pour partager un conte qui l'aiderait peut-être.

« Cette histoire se déroule à Bagdad il y a quelques siècles, commença-t-il. C'est l'histoire d'un jeune homme qui habitait une charmante maison aux volets bleus et qui avait un très grand jardin dans lequel il aimait faire sa sieste sous un olivier au tronc enlacé. Il cultivait ce dont il avait besoin, il ne vivait pas dans l'opulence, mais il était satisfait de sa vie, de sa maison et de son jardin. Ses voisins l'appréciaient également, il était toujours disposé à aider ou à partager les légumes qu'il y récoltait. Un après-midi qu'il faisait sa sieste sous son olivier comme à son habitude, il fit un rêve incroyable où il se voyait déambuler dans les rues du Caire et sur les rives du Nil, et sous un pont il se voyait découvrir un magnifique trésor de pièces d'or et de pierres précieuses. Il se réveilla brusquement et le rêve lui parut tellement réel qu'il en fut bouleversé. Les jours passaient, mais hanté par ce rêve, il ne pouvait plus vaquer à ses occupations. Son jardin n'était plus entretenu et il ne se préoccupait plus de ses voisins qui le voyaient se refermer davantage chaque jour. Un matin, il se résolut à rechercher son trésor et il partit donc pour un long voyage de plusieurs mois pour atteindre Le Caire. C'était pour lui un voyage sans retour, car il était certain de trouver son trésor et de rester vivre là-bas. Le voyage fut périlleux, il fut attaqué par des bandits, il fut emprisonné, mais il arriva finalement au Caire. Comme dans son rêve, il se mit à déambuler dans les rues et sur les rives du Nil. Il trouva le pont et, euphorique, il descendit déterrer son trésor. Mais ce n'est pas un trésor qu'il trouva, juste un vagabond qui se réchauffait près d'un feu. Il se mit alors à pleurer et il raconta son histoire au vagabond qui l'écouta attentivement avant d'éclater de rire et de lui dire : “Il faut vraiment être idiot pour quitter sa patrie et sa maison pour un rêve que l'on a fait. Moi, je rêve souvent que je découvre un trésor caché sous un olivier au tronc enlacé et qui se trouve dans le magnifique jardin d'une maison aux volets bleus. Je ne vais pas pour autant partir à sa recherche !” À ces mots, l'humeur du jeune homme changea et il se mit à rire également, comme s'il était pris de folie. Il se remit en route pour rentrer chez lui sans attendre, et à son arrivée, il creusa sous son olivier pour y trouver son trésor. »

Gabriel s'apprêtait à partir quand Sophiane lui demanda de bien vouloir lui expliquer le sens de ce conte qu'il trouvait magnifique.

« Parfois, l'illusion d'un trésor extraordinaire peut nous être utile afin de nous sortir de notre lassitude quotidienne ou nous pousser à prendre des risques. On peut avoir besoin d'une telle illusion ou d'un tel désir pour s'autoriser à partir chercher le bonheur ailleurs. Mais la recherche de ce trésor peut également nous faire oublier les trésors qui sont dans notre vie de tous les jours, dans notre quotidien et auprès de ceux que l'on aime. Cela te paraîtra étrange, mon garçon, mais le trésor que tu cherches sera là où tu auras choisi de le chercher. Peut-être est-il dans ton jardin ou peut-être auras-tu besoin, toi aussi, de partir ailleurs, de partir loin pour t'apercevoir que ce que tu cherchais était près de toi. »

Son maître s'en alla en laissant Sophiane assis seul sur son banc et totalement absorbé par ses pensées. L'adolescent avait compris la signification du conte. Il songea alors à ceux qui étaient partis en Syrie ou en Irak, lassés par une France qu'ils jugeaient islamophobe et convaincus de trouver dans ces pays en guerre un endroit idéal pour pratiquer leur religion en paix. Persuadés que leur idéal était caché là-bas, ils étaient revenus déçus en regrettant la France et ses libertés. Il aura fallu qu'ils aillent chercher une patrie imaginaire pour reconnaître le trésor qu'était la patrie qu'ils avaient quittée : la France.

15

Sophiane patientait devant la station de métro Cour-Saint-Émilion. Il attendait Lydia qui l'avait invité au cinéma, une simple sortie entre amis, lui avait-elle promis, et rien de plus. Il accepta, par curiosité et sans crainte, car son cœur tout entier était tourné vers Maguelone. Le cinéma qu'elle avait choisi se trouvait dans le 12e arrondissement de Paris. Un cinéma loin de la banlieue nord où elle ne risquerait pas de tomber nez à nez sur un client ou un lascar qui la reconnaîtrait.

Il la vit émerger des méandres du métro par l'escalator, elle était immobile, mais elle montait gracieusement dans une ascension mécanique lente et continue. Elle était belle dans son chemisier blanc légèrement décolleté et sa jupe à carreaux noirs et blancs. Elle portait des ballerines qui lui donnaient des airs de fille sage, mais il suffisait de croiser ses yeux en amande pour être sous son charme. C'était une comète qui traînait dans sa chevelure les passants et les voyageurs pris au piège dans son champ d'attraction, ils avaient tous changé de trajectoire juste pour être sagement debout derrière elle sans oser lui parler. Les hommes trouvent les escaliers mécaniques trop rapides lorsqu'ils sont derrière une belle femme, et ceux qui étaient derrière Lydia voyageaient à la vitesse d'un astre qui termina sa course dans les bras de Sophiane. Arrivée à sa hauteur, elle lui fit une bise en se mettant légèrement sur la pointe des pieds, puis elle lui saisit le bras pour marcher en direction du cinéma.

« Tu es vraiment très belle, dit-il avec un peu d'hésitation, ne sachant pas si ce compliment lui ferait plaisir.

— Merci. Toi aussi. Tu savais que toutes les filles du collège te trouvaient craquant à l'époque ?

— Je te crois pas, parce qu'à l'époque c'était la grande solitude », lui dit-il en riant.

Puis, comme deux camarades d'école qui s'étaient perdus de vue, ils parlèrent de souvenirs du collège et du quartier. Lydia ne manqua pas de demander des nouvelles de ses amies de classe qu'elle n'avait pas revues depuis son placement en foyer. Elle oublia alors un peu de sa joie en pensant à l'adolescence qu'elle avait perdue prématurément et aux amies qui l'avaient oubliée, comme si elle était décédée le jour où ils surent pour le viol. Sophiane l'avait compris et cessa d'évoquer le passé, il essaya d'être plus léger en parlant des films à l'affiche et de la manière dont ils allaient choisir celui qu'ils allaient regarder.

« C'est moi qui t'invite, donc c'est moi qui choisis le film, dit-elle gaiement.

— Non, c'est moi qui t'invite, répondit Sophiane d'un air autoritaire qui surprit la jeune fille.

— Ça te pose un problème que je t'invite ? C'est le fait que je paie avec l'argent que j'ai gagné en faisant ce que tu sais ?

— Non, pas du tout, Lydia, se défendit Sophiane alors qu'elle avait vu juste.

— Je t'en prie, j'ai besoin de ça, de faire comme Monsieur et Madame Tout-le-monde, ne m'enlève pas ça. Je sais que c'est difficile, mais s'il te plaît, traite-moi comme une amie ce soir. »

Sophiane fut touché et se sentit idiot, car il avait ressenti du mépris en considérant comment elle gagnait sa vie. Il s'en voulait, et pour se faire pardonner, il la laissa choisir une comédie romantique, payer les places et le pop-corn, et il accepta d'être l'ami sincère dont elle avait grandement besoin ce soir-là.

Sophiane l'observait à la lumière de l'écran : elle riait et son rire était rayonnant, et au dénouement, elle posa naturellement sa tête sur son épaule, comme si elle était au diapason des émotions qui dégoulinaient de la toile tendue. Elle prenait du plaisir, et il en était heureux sachant la vie qu'elle menait.

La séance terminée, elle réussit à le convaincre de prolonger la soirée d'une petite heure, le temps de prendre un verre dans un pub situé à quelques pas du cinéma. « Ne t'inquiète pas pour l'heure, lui dit-elle, on commandera un Uber pour rentrer. » Attablé face à elle, Sophiane ne pouvait ignorer les hommes tout autour qui la dévoraient des yeux, et il ne put s'empêcher de le lui faire remarquer. Elle, d'un air sage, ne leva même pas les paupières, elle faisait abstraction des regards posés sur elle, les coudes posés sur la table et les mains soutenant son menton, elle continuait à boire tranquillement son Perrier citron.

« Pour ne pas me faire emmerder, j'ai développé certaines techniques. Et la première est d'éviter le regard d'un homme insistant et encore moins de répondre à son sourire, dit-elle en tenant sa paille entre ses lèvres, telle une enfant.

— Pourquoi tu fais ça ?

— Quoi donc ?

— La pute, dit-il brutalement, ce qui fit s'envoler la petite fille qui était devant lui à cet instant.

— Ne te fatigue pas, seule une femme peut comprendre.

— Je peux essayer, insista Sophiane.

— Tu penses que travailler au McDo aurait empêché le manager d'essayer de me sauter dans la réserve ? Tu penses qu'être une secrétaire aurait empêché le patron de me demander de rester tard le soir pour que je lui fasse une petite gâterie avant qu'il aille retrouver sa femme pour le dîner ? Tu penses qu'être infirmière aurait empêché le médecin de me mettre une main au cul en plein service ? C'est une malédiction d'être une femme. Quoi que je fasse dans ma vie, je me retrouverai toujours à un moment ou à un autre face à un homme qui voudra parfois me dominer, souvent me posséder, et toujours me baiser. Aujourd'hui, je suis celle qui fait payer ces hommes pour des choses qu'ils pensent pouvoir prendre impunément. Je suis celle qui les humilie une fois qu'ils ont terminé leur affaire en les faisant payer pour ce qu'ils croient être de la passion, alors que c'est une transaction. »

En l'écoutant ainsi parler, Sophiane fut frappé de sa froideur et de sa haine des hommes. Elle avait trouvé le moyen de retourner leurs pulsions de domination à son avantage. Elle avait pris conscience du contrôle qu'elle avait sur les désirs de ceux qui franchissaient le seuil de sa chambre de passe : sa malédiction était sa source de revenus et l'instrument de sa vengeance.

« Tu sais, certains m'écrivent des lettres d'amour, d'autres m'offrent de beaux cadeaux, et deux ou trois clients m'ont même demandée en mariage. Les hommes sont idiots ! s'exclama-t-elle avec satisfaction. À moi de te poser une question, poursuivit-elle. Pourquoi as-tu accepté mon invitation ?

— Je ne sais pas trop, répondit Sophiane, je voulais peut-être apprendre à te connaître un peu. Il s'est passé pas mal de choses ces derniers jours qui m'ont un peu changé, j'ai volé un sac à main, j'ai rencontré un maître d'échecs et une fille qui, je crois, me plaît.

— Et cette fille, tu l'aimes ? demanda Lydia, intéressée.

— Oui, je crois. Mais je ne sais pas si c'est réciproque.

— En tout cas, tu t'es bien comporté avec moi, un vrai gentleman. Tu n'as même pas essayé de me peloter au cinéma et j'ai toujours mon sac à main. En fait, t'es un faux lascar et un vrai gentil.

— Je ne voulais pas que tu te sentes au travail, répondit Sophiane.

— Un partout. On fait une trêve, on arrête de se chambrer. »

Ils terminèrent leurs verres et Lydia commanda le Uber qui devait d'abord la déposer dans le 18e arrondissement, et terminer sa course à Saint-Denis. Un silence de fin de soirée régnait dans la voiture, Sophiane regardait les rues de Paris, Lydia regardait Sophiane en se disant qu'elle aimerait bien être aimée, le chauffeur regardait Lydia dans son rétroviseur en se disant qu'il aimerait bien la sauter.

La voiture s'arrêta à l'adresse indiquée, Lydia ouvrit sa portière et laissa glisser ses jambes à l'extérieur tout en restant assise sur la banquette arrière de la berline. « Je suis arrivée. Merci pour cette belle soirée », lui dit-elle dans un murmure qui força Sophiane à se rapprocher pour comprendre ce qu'elle disait, et par ruse elle lui vola un baiser avant de bondir hors du véhicule. « Alors, ça fait quoi d'être victime d'un vol à l'arraché ? » lui dit-elle avant de claquer la portière et de filer.

16

La séance était consacrée à l'étude des ouvertures et des moyens de les parer. Sophiane répéta inlassablement les unes après les autres les différentes ouvertures que son maître lui avait apprises : l'ouverture espagnole, l'italienne et l'écossaise…

« Maguelone m'a appelé hier soir et elle veut qu'on sorte ensemble samedi prochain. Vous ne devinerez jamais où elle veut me traîner. Au musée, Gabriel ! Au Louvre. Moi, je pensais qu'on irait au cinéma ou au bowling. Mais non, elle veut aller au Louvre…

— Es-tu déjà allé au Louvre ? demanda Gabriel.

— Jamais ! lâcha Sophiane dans un soupir.

— Même avec l'école ?

— Non, les professeurs évitent de nous sortir au musée, car ça se passe souvent mal. À chaque fois que des élèves du lycée partent en sortie, ils se font emmerder par les contrôleurs sur le trajet ou par les vigiles au musée. J'ai un peu peur, dit-il, car Maguelone va s'apercevoir que je suis bête. Je n'ai jamais été au musée, on nous a toujours dit que la sculpture, la peinture et l'art en général étaient interdits, car c'était un péché.

— L'art, un péché ! s'exclama Gabriel.

— Bah oui. Vous ne le saviez pas ? Par exemple, les musulmans n'ont pas le droit de dessiner des visages ou des formes humaines.

— Et pourquoi ? interrogea son maître.

— C'est juste interdit, c'est tout. On dit même que les anges n'entrent pas dans une maison où il y a des tableaux et des sculptures, argua Sophiane.

— Et si nous faisions ensemble une expérience de pensée, dit Gabriel. Imaginons qu'un ange entre dans une maison et qu'il contemple un tableau, qu'en penserait-il ?

— Votre question est bizarre.

— Je vais la reposer autrement alors : un ange peut-il juger si une peinture est belle ou laide ?

— Mais comment pourrait-on le savoir, Gabriel ?

— Connais-tu le récit qui explique comment le diable est devenu le diable ?

— Non, je ne le connais pas, répondit-il en montrant une certaine impatience à écouter cette nouvelle histoire.

— Dieu façonna Adam dans l'argile et lui insuffla la vie. Il convoqua les anges du paradis et leur demanda de contempler sa création et de se prosterner devant son chef-d'œuvre. Les anges spontanément ne semblèrent pas comprendre pourquoi ils devaient se prosterner devant cette chose en argile. Il leur semblait chétif, voire insignifiant, comparé à eux qui étaient faits de lumière. Dieu se trouva donc contraint d'expliquer aux anges son œuvre, et même de faire une démonstration en demandant à Adam de parler pour exposer le savoir qu'il avait reçu en même temps que le souffle de vie. Après cette brillante démonstration, les anges se prosternèrent, sauf un qui resta debout. Il n'était pas convaincu et trouvait toujours hideuse cette chose faite d'argile. Et Dieu n'eut pas d'autre choix que de bannir cet ange rebelle du paradis qui devint par la suite le diable. Et depuis, il s'obstine à démontrer à Dieu que sa désobéissance était justifiée, et que l'homme ne mérite pas d'être aimé.

— Cette histoire est incroyable ! s'exclama Sophiane.

— Sais-tu ce qui doit attirer notre attention dans ce récit ? demanda Gabriel. Tout d'abord, Dieu façonna l'homme avec de l'argile comme le ferait un sculpteur. Ensuite, les anges ne se sont pas prosternés spontanément, car ils étaient insensibles à ce qui était beau dans son œuvre. Enfin, la chose la plus extraordinaire : le diable conteste la beauté dans l'œuvre de Dieu, et cela aura pour conséquence son bannissement. Quelle interprétation peux-tu en faire, mon garçon ? »

Sophiane se redressa et, fort de sa propre expérience de la rébellion à l'autorité, il se mit à imaginer le diable se disputant avec Dieu, remettant en cause son autorité comme lui pouvait le faire avec ses enseignants et parfois avec sa mère.

« Peut-être, dit Sophiane, que le diable, contrairement aux autres anges, est sensible à l'art et au beau, et que c'est la raison pour laquelle il refuse de se prosterner. Mais dans ce cas, il y a quelque chose qui n'est pas logique. Pourquoi le diable désobéit à Dieu ? Car n'importe quelle personne raisonnable obéit sans discuter, on la ramène pas avec Dieu !

— Très bonne question. As-tu une idée ou une hypothèse ?

— C'est forcément sous le coup de l'émotion, il n'a pas pu se maîtriser… Il fallait que ça sorte. Il devait être en colère ou blessé peut-être.

— Intéressant… ! Et blessé par quoi ?

— Blessé de se prosterner devant Adam qu'il jugeait inférieur à lui. Ou peut-être parce qu'il avait peur que Dieu l'aime moins.

— C'est une bien belle hypothèse : le diable est le diable parce qu'il se sentait moins aimé. Le diable cherche ce que nous cherchons tous : être aimé. Tes hypothèses me plaisent beaucoup et ouvrent beaucoup de perspectives, s'exclama Gabriel, comme peut-être le fait que l'art et le beau sont des cadeaux de Dieu, et que créer ou apprécier une œuvre d'art est un attribut réservé à l'humanité. En te rendant au Louvre samedi prochain, tu ne feras qu'exercer un privilège réservé à l'humanité. C'est un cadeau de Dieu, alors profites-en ! »

17

Maguelone tenait à visiter le Louvre et lui tenait à être avec elle. Posté devant le cinéma L'Écran à quelques mètres de la bouche de métro Saint-Denis-Basilique, Sophiane regardait dans toutes les directions, à l'affût d'un guetteur ou d'un arracheur de téléphones portables qui aurait pu avoir la mauvaise idée de s'en prendre à celle qu'il attendait. Il connaissait leur pedigree, et Maguelone correspondait à leur standard de victime parfaite qu'ils affectionnaient, et l'idée qu'il puisse lui arriver quelque chose lui était insupportable. Il la vit arriver au loin, elle marchait d'un pas pressé, et sans prévenir elle l'embrassa tendrement sur la joue lorsqu'elle fut à sa hauteur. Elle le prit par la main et l'entraîna dans le métro. « Dépêchons-nous, je dois être revenue à la Légion pour dix-huit heures trente », lui dit-elle en descendant les escaliers qui menaient au quai.

La ligne 13 était réputée pour être la ligne du métro parisien la plus fréquentée et la moins fréquentable si l'on tenait à son sac à main ou à son téléphone portable.

Un ruissellement constant de buée sur les fenêtres, mélange de souffles du café du matin et de transpiration des voyageurs du soir, témoignait de la suroccupation des wagons. Les inspirations et les expirations se faisaient au rythme des arrêts et en fonction des cycles d'ouverture-fermeture des portes des voitures.

Station Saint-Denis-Basilique : inspirez !

Station Porte-de-Paris : expirez !

À chaque arrêt, les voyageurs agglutinés sur les parois étaient expulsés par la pression des corps. Les quais étaient constamment bondés, impossible de faire la distinction entre un jour de trafic normal et un jour de grève.

À la loterie des wagons, on pouvait tomber, avec de la chance, sur une adaptation écorchée de « La Bohème » de Charles Aznavour en roumain, sur un pickpocket en apprentissage, et les mauvais jours sur un pervers frotteur d'étudiantes.

Sophiane protégeait Maguelone de son corps contre les assauts des cohortes de voyageurs exaspérés, suintants, et parfois adeptes de la bachata sans consentement de la cavalière. « Tu sais, je prends la ligne 13 au moins trois fois par semaine », lui glissa-t-elle à l'oreille comme pour lui faire comprendre que ses efforts étaient inutiles mais appréciés.

« C'est drôle, tu ne trouves pas, que l'Élysée et Saint-Denis soient sur la même ligne 13 », lui fit-elle remarquer en levant les yeux vers le plan affiché au-dessus des portes. Ils opérèrent un changement à Champs-Élysées-Clemenceau pour prendre la ligne 1 et descendre à Louvre-Rivoli.

Sophiane découvrit pour la première fois le quartier du Louvre. Il ne pouvait croire que tout cela n'était qu'à trente minutes de Saint-Denis en métro. Il connaissait les Champs-Élysées pour y avoir traîné avec ses copains, mais c'était uniquement pour rêver devant les vitrines des magasins de luxe et derrière les silhouettes des filles qui les léchaient. Il n'avait jamais poussé l'exploration de l'avenue jusqu'à la place de la Concorde et la rue de Rivoli.

« Allons pique-niquer dans le jardin des Tuileries », suggéra-t-elle, et il se laissa entraîner sans résistance et sans poser de questions.

Ils trouvèrent un endroit à eux sur une pelouse occupée par des adolescents parisiens qui bronzaient au soleil. Un petit coin de paradis protégé par des buis qui servaient de paravent, non loin d'un bassin grouillant d'enfants jouant avec des bateaux en papier.

Maguelone ouvrit son sac et dressa le modeste pique-nique qu'elle avait préparé pour l'occasion : sandwichs au thon et chips. Sophiane la remercia en ajoutant que c'était parfait, et il mangea avec appétit en observant tout autour de lui la beauté des jardins et l'ambiance insouciante qui y régnait. Le contraste avec Saint-Denis était saisissant. Il ne venait pas de changer de ville, il avait tout simplement changé de monde. Des Parisiens insouciants se mêlant aux touristes, des étudiants volages faisant semblant de réviser, allongés sur une pelouse, et un joueur de violon qui faisait profiter de son talent des enfants curieux qui s'étaient approchés avec leurs parents. En quelques stations de métro, il était passé du gris à la couleur, de l'anxiété des rues à la gaieté des jardins. Il comprit alors ce qu'il lui manquait à Saint-Denis : cette magie des rues et des parcs de Paris qui changeait l'humeur des badauds comme la pierre philosophale changeait le plomb en or, transmutation du plomb de la dépression pour devenir l'or de la légèreté et de la gaieté.

Cette légèreté émanait de l'insouciance de ceux qui l'entouraient et qui semblaient juste profiter du plaisir du moment présent, à s'aimer ou à jouer ostensiblement. C'était communicatif, mimétique : voir des gens s'aimer donnait envie d'aimer. La légèreté que l'adolescent ressentait et qu'il enviait à Paris avait disparu des jardins et des rues de Saint-Denis. Tenir la main de celui qu'on aime, s'allonger au soleil, marcher d'un pas léger parce qu'on se sent belle, tout cela s'était évaporé, il fallait maintenant aller à Paris pour connaître cet art de vivre à la française.

Pour la beauté, Paris avait Notre-Dame, et Saint-Denis les Quasimodo de l'architecture. Terrain de jeux des architectes se pensant originaux, mais dessinant des linéaires de façades en bardages colorés. Tout était lisse, jusqu'à leur imagination qui leur faisait croire que peindre une façade en vert relevait du génie. La beauté et l'esthétique étaient bannies du vocabulaire des architectes qui s'exerçaient dans les quartiers populaires. Ils n'étaient plus là pour faire rêver, mais pour rénover des bâtiments, des quartiers et des vies. Subtilité pour ne pas avouer qu'ils réparaient ce que leurs prédécesseurs avaient saccagé. Si l'architecture était la littérature de l'œil, comme l'affirmait Victor Hugo en parlant de Paris, alors Saint-Denis était un cahier de brouillon plein de ratures.

Le déjeuner terminé, Maguelone et Sophiane ne purent résister à l'envie de s'allonger quelques instants au soleil comme les autres amants qui les entouraient. Ils étaient bien, ainsi blottis l'un contre l'autre, instants d'adolescents où naturellement les caresses remplaçaient les mots, leurs doigts simplement enlacés imprimant à jamais dans leurs mémoires un désir aussi intense qu'une première nuit d'amour. Magie de la puberté où la main est la première zone érogène. Il leur semblait que le temps s'était arrêté et que plus rien n'avait d'importance, si ce n'est cet instant de plaisirs simples d'avoir une pelouse comme literie et les rayons du soleil pour les réchauffer.

La montre de Maguelone sonna et elle se releva d'un bond : « Il sera bientôt quatorze heures, nous devons y aller si on ne veut pas rater l'expo ! » Sophiane essaya tant bien que mal de convaincre Maguelone de revenir près de lui, mais elle avait déjà rechaussé ses ballerines qu'elle avait retirées pour sentir la fraîcheur de la pelouse. Sophiane n'insista pas devant son empressement, et il lui demanda de quoi il s'agissait.

« Une exposition sur Poussin, répondit Maguelone avec enthousiasme.

— Y a vraiment un peintre qui s'appelle Poussin ? Ça n'a pas dû être facile pour lui à la récréation.

— C'est sûr, dit-elle en riant, mais il a compensé par son talent. Poussin est pour moi le plus grand peintre français de tous les temps. Je l'adore », ajouta-t-elle dans un soupir d'admiration.

Sophiane était totalement ignorant en matière d'art en général et de peinture en particulier. Contrairement à Maguelone, il n'avait jamais eu de cours d'art au collège même s'il avait bien eu des professeurs en charge de le lui enseigner. Entre les batailles générales de gommes et les élèves venant sans leurs affaires, il ne restait plus beaucoup de temps pour apprendre. Il se souvenait d'un jour où il avait fait des collages avec des bouchons de bouteilles en plastique, il avait réalisé un objet sans forme et il eut une excellente note pour être venu en cours et avoir fait quelque chose. Jamais un enseignant ne lui avait montré un tableau ou une sculpture pour l'étudier, il vivait à un quart d'heure de Paris qui était le centre du monde de la culture et jamais il n'avait fait une sortie dans un musée pour voir une œuvre. L'Éducation nationale avait privé d'éducation artistique une génération d'enfants des quartiers populaires avec les conséquences que l'on connaissait.

« Tu vas voir, c'est magnifique, je suis certaine que ça va te plaire ! » dit-elle alors qu'ils étaient tous les deux dans le hall Napoléon à patienter dans la file d'attente pour accéder à l'exposition.

Sophiane était inquiet. Pour sa première exposition, il craignait de s'ennuyer, regarder en silence des tableaux accrochés à un mur n'était pas dans son tempérament hyperactif, lui qui était shooté à la dopamine des laser games et des bowlings. Et puis, ce qui était bien avec le laser game, se disait-il, c'est que ce n'était pas interdit par la religion. Car malgré les mots rassurants de Gabriel, l'adolescent ne pouvait ignorer le sentiment de culpabilité qu'il éprouvait en étant au Louvre à cet instant. Mais Maguelone chassa toutes ses pensées par un regard plein d'affection et un sourire charmant au moment de lui montrer, presque timidement, les deux places qu'elle gardait cachées dans l'une de ses mains qui était prise d'un léger tremblement.

« Je les ai achetées le soir de notre rencontre », lui avoua-t-elle en rougissant – c'était pour elle une quasi-déclaration.

À l'intérieur, Sophiane fut immédiatement saisi par l'affluence dans les allées et les diverses langues du monde chuchotées dans une ambiance feutrée. Ils commencèrent à déambuler main dans la main en s'arrêtant devant chaque tableau, il sentait l'intensité des émotions qui traversaient Maguelone à la pression qu'elle exerçait sur sa main.

Sophiane trouvait cela beau, mais il n'était pas touché comme elle l'était, et il n'osait pas demander comment regarder une œuvre pour être au diapason de ses émotions. Maguelone l'observait et comprenait qu'il était perdu comme elle avait pu l'être la première fois dans un musée. Elle savait que cela demanderait du temps, qu'il fallait attendre que l'âme de celui qui contemple se fraie un chemin pour embrasser l'œuvre.

Ils arrivèrent devant le tableau *Éliézer et Rébecca*, et la jeune fille confia qu'il s'agissait de son œuvre favorite. Pour elle, Sophiane prit le temps d'observer plus attentivement le tableau et il lui sembla ne plus voir que les personnages qui étaient au centre de la peinture. La beauté des visages et la précision des postures de chacun se révélèrent alors à lui.

« Il parle de quoi, ce tableau ? demanda Sophiane. Il y a un homme qui offre un bijou à une femme près de lui, et il y a douze femmes autour d'eux qui ont chacune des postures et des expressions différentes.

— Pour moi, *Éliézer et Rébecca* est la plus belle œuvre de Poussin, déclara-t-elle. Pour comprendre le tableau, il faut savoir qu'Éliézer est le serviteur d'Abraham et qu'il est en mission pour trouver une femme pour son fils Isaac. Ne sachant pas où la chercher, Dieu l'informe par une prophétie qu'elle viendra à lui en lui offrant de l'eau pour le désaltérer près d'une fontaine.

Et cette œuvre représente la rencontre entre Éliézer et Rébecca selon Poussin.

— Je comprends mieux, dit-il. Chez les musulmans, Abraham s'appelle Ibrahim et Isaac c'est Ishaq. J'ai l'impression que le tableau est divisé en deux parties, d'un côté, il y a plus de lumière et de couleurs, et de l'autre c'est plus sombre, moins coloré.

— Tu as raison, dit-elle, heureuse de pouvoir discuter de cette œuvre avec lui. Regarde l'expression des visages des femmes de chaque côté. À gauche, elles vaquent à leurs occupations près de la fontaine et elles regardent Éliézer et Rébecca avec beaucoup d'intérêt. Alors qu'à droite, elles semblent ne rien faire, si ce n'est dévorer du regard les personnages qui sont au centre de la toile.

— Oui, c'est vrai ! s'exclama Sophiane.

— C'est là où l'art est magique, ajouta-t-elle. Toutes les interprétations sont possibles et ça laisse la place à l'imagination.

— Et c'est quoi, ton interprétation ? interrogea Sophiane.

— Je crois que les jeunes filles près de la fontaine écoutent la conversation entre Éliézer et Rébecca. Elles comprennent qu'il se passe quelque chose d'incroyable à cette fontaine qui est d'habitude si calme. Elles ont toutes ignoré cet homme assoiffé, sauf Rébecca qui est allée vers lui pour lui servir de l'eau fraîche alors que cela devait être interdit. Il n'était certainement pas convenable à un homme de s'approcher d'une fontaine réservée aux femmes. Rébecca a ainsi transgressé les règles pour soulager la soif de cet homme, et en faisant cela, elle accomplit la prophétie qui la désignait comme l'épouse d'Isaac.

— La partie du tableau qui est dans la lumière représente la vie avec l'eau qui coule, et toute la partie sombre c'est la sécheresse et la tristesse. Et peut-être que Rébecca, ajouta Sophiane, en donnant à boire à Éliézer, est passée de la sécheresse à la vie. »

Elle le regarda alors avec admiration, car elle savait que pour lui cette analyse de tableau était un exercice nouveau et qu'il s'y risquait pour elle.

« Viens avec moi, j'ai un autre tableau à te montrer et j'ai hâte d'entendre ton interprétation », lui dit-elle en l'entraînant dans les allées de l'exposition. Ils arrivèrent dans une salle aux murs pourpres et Maguelone s'arrêta devant une grande toile intitulée *Le Christ et la femme adultère*. « Alors, tu en penses quoi ? » lui demanda-t-elle.

Sophiane jugea l'œuvre belle au premier regard. Au centre de la toile, la femme adultère à genoux aux pieds du Christ, et à la périphérie les autres personnages qui semblaient quitter la scène et sortir du champ du tableau, comme s'ils étaient en mouvement.

« C'est dingue, la précision des mouvements des personnages, on dirait une photo ! s'exclama Sophiane.

— As-tu remarqué que le Christ à la bouche ouverte comme s'il parlait ? » ajouta-t-elle.

Sophiane s'avança pour mieux voir l'expression du visage du Christ et les détails de la toile.

« Tu connais l'histoire de ce passage des Évangiles ? demanda Maguelone.

— Non, dit-il, je n'ai jamais lu les Évangiles. Moi, c'est plutôt le Coran.

— Ce sont les pharisiens qui amènent au Christ une femme adultère pour qu'il la juge selon les lois de Moïse. Et les lois de Moïse imposent la condamnation à mort par lapidation. Jésus enseigne la miséricorde et le pardon, mais il ne peut s'opposer aux lois de Moïse. En fait, les pharisiens lui tendent un piège en lui demandant de juger cette femme. Soit il la condamne conformément aux lois de Moïse, soit il lui pardonne et alors ils diront que Jésus est un imposteur.

— Comment il s'en sort de ce coup de pute des pharisiens ? demanda Sophiane à Maguelone qui ne put s'empêcher de rire à ce trait d'humour.

— Comme tu peux le voir sur le tableau, Jésus a écrit quelque chose au sol qui occupe deux personnages en bas à droite du tableau. Cela doit être des pharisiens obsédés par les écritures et par la loi. Ils en arrivent à oublier la femme adultère qui est au centre de la toile. Puis Jésus donne sa sentence en disant : "Que celui qui est sans péché lui jette la première pierre !" Et les pharisiens s'en vont sans lapider la femme adultère, c'est ce qu'on voit dans la partie gauche du tableau.

Certains paraissent agacés, et d'autres semblent continuer de débattre.

— Et après ?

— Je crois que le Christ demande à la femme adultère où sont ses accusateurs et elle répond qu'ils sont partis. Et il lui dit alors : "Je ne te condamne pas non plus, va et ne pèche plus."

— Ce tableau est très beau, admit Sophiane. La femme adultère est à genoux sur la place publique, presque nue, elle cache son sein de sa main, on a pitié d'elle et on a envie de l'aider. »

Sophiane pensa alors à Lydia et à leur soirée cinéma à Paris. Il comprit alors ses mots sur les hommes et leurs regards sur elle, et surtout il comprit pourquoi cette soirée était si importante pour elle : elle voulait être aimée sans être jugée.

« J'étais certaine que tu aimerais cette toile ! » dit-elle en voyant Sophiane ému alors qu'il songeait à celle qui se prostituait en postant des annonces sur la Toile.

La visite touchait à sa fin et ils se dirigèrent tous les deux vers la sortie. Sophiane se risqua alors à lui demander si elle était croyante et si c'était la raison de sa passion pour Poussin.

« Non, au grand regret de ma grand-mère ! dit-elle en riant. J'aime simplement les œuvres de Poussin, c'est un artiste classique, mais atypique. Par exemple, je trouve que ses façons de peindre les thèmes religieux et les mythes grecs sont similaires. Les traits des personnages, les tenues et les attitudes, j'ai l'impression qu'il nous demande de regarder plus loin que dans le christianisme et de nous plonger dans la mythologie. »

Avant de sortir définitivement du musée, elle s'arrêta devant un plan qu'elle parcourut avec le doigt pour mémoriser un itinéraire. « Suis-moi, nous avons encore quelques minutes avant de rentrer à Saint-Denis ! » s'exclama-t-elle avant de l'entraîner dans les couloirs du Louvre en slalomant entre les visiteurs, dont certains ne manquaient pas de réagir lorsqu'ils se sentaient bousculés par ce couple insouciant.

Ils se dirigèrent vers l'aile Denon pour rejoindre la salle Michel-Ange, la traversèrent et s'arrêtèrent devant une sculpture en marbre blanc qui était entourée d'une foule de visiteurs en admiration. Maguelone, tenant toujours Sophiane par la main, se fraya un chemin vers l'œuvre en s'excusant à chaque centimètre gagné, puis s'arrêta brusquement : « Regarde, lui dit-elle dans un chuchotement, comme si elle craignait que les amoureux sculptés dans le marbre disparaissent. On pourrait croire qu'ils sont vivants et qu'ils vont s'envoler.

— Qu'est-ce que c'est ? demanda Sophiane, admiratif.

— *Psyché ranimée par le baiser de l'Amour*, d'Antonio Canova ».

Sophiane trouva l'œuvre sublime, il en fit le tour pour l'admirer. L'expression des corps et des visages était parfaite, Psyché enlaçait Amour dans un geste d'abandon qui décrivait parfaitement la passion et le désir. Sophiane revint se placer derrière Maguelone et posa délicatement ses mains autour de sa taille, elle le laissa faire sans rien dire en mettant une main sur la sienne et de l'autre elle lui caressa la joue. Puis, d'une voix suave, elle lui conta ce que représentait l'œuvre :

« Psyché et Amour s'aiment, mais ils ont été séparés, car elle est mortelle et lui est un Dieu. Cet amour étant impossible, il l'abandonne, mais elle le cherche, car elle ne peut vivre sans lui. Un jour, la belle s'évanouit en sentant le contenu d'un flacon qu'elle ne devait jamais ouvrir. La voyant inconsciente et en danger, il accourt et la ranime par un baiser. Ils se retrouvent donc enfin, et les dieux de l'Olympe émus par leur amour autorisent leur union et font de Psyché une immortelle. C'est beau, la mythologie, non ? »

Gabriel avait raison, se disait Sophiane intérieurement, l'art était un cadeau inestimable, une bénédiction. À cet instant, il prit conscience qu'une forme, des couleurs, un matériau pouvaient, dès lors qu'ils étaient assemblés par un artiste inspiré, déclencher une explosion d'émotions à la déflagration éternelle. L'œuvre qu'il avait sous les yeux remplaçait les mots qu'il n'avait pas. Tous ceux qui à ses côtés admiraient également cette sculpture partageaient la même émotion. Ils venaient des quatre coins du monde avec leurs cultures et leurs croyances. Ils communiaient ensemble devant cette représentation de l'amour et du désir, et Sophiane appartenait maintenant à cette communauté.

L'œuvre avait réussi à entrer par effraction dans l'âme de l'adolescent, les émotions qu'il s'évertuait à cacher étaient exposées en plein jour au travers de cette sculpture. Ce fut pour lui une révélation : l'œuvre et ce qu'elle représentait ne pouvaient être un péché. Il en était maintenant convaincu : on pouvait aimer jusqu'à l'abandon de soi, et c'était beau.

Maguelone se retourna doucement, enlaça Sophiane. Elle l'embrassa tendrement avant de lui dire en détachant ses lèvres des siennes : « Tu vois, j'ai bien fait d'attendre pour nous deux. »

18

Gabriel retourna le sablier et Sophiane engagea la conversation sans attendre : « On était au Louvre samedi dernier avec Maguelone et c'était bien », dit-il tout en s'efforçant de développer ses cavaliers. Gabriel, quant à lui, se contenta d'un sourire qui paraissait presque forcé.

« Elle m'a emmené voir une exposition sur Poussin et Dieu. C'étaient des peintures qui parlaient d'épisodes de la Bible et de Jésus. Heureusement que Maguelone était là pour m'expliquer, sinon je n'aurais rien compris. Ce qui est normal puisque je suis musulman et pas chrétien. » Gabriel déplaça son fou avant de s'adresser à son élève sans prendre la peine de relever la tête.

« Tu sais quelle est la personnalité la plus citée dans le Coran ? demanda-t-il.

— Non », répondit, intrigué, Sophiane.

Gabriel déplaça son cavalier avant d'annoncer « échec ». Sophiane se pencha alors vers le plateau pour comprendre la séquence de jeu de son maître.

« C'est Issa, c'est-à-dire Jésus.

— Vous voulez dire que la personne la plus citée dans le Coran est Jésus ?

— Oui, il y est cité dans 15 sourates et 93 versets.

— 93 comme la Seine-Saint-Denis, s'amuse Sophiane.

— Savais-tu que le Coran contient une sourate qui s'intitule *Maryam*, en référence à Marie mère de Jésus. Ainsi, le Coran donne une place prééminente à Jésus, mais également à sa mère Marie.

— J'ignorais cela, Gabriel.

— Savais-tu également que le Coran exhorte à étudier les Évangiles et la Torah, car ils sont des livres de la révélation ?

Il a fait descendre sur toi le Livre avec la vérité, confirmant les Livres descendus avant lui. Et il fit descendre la Torah et l'Évangile.

— J'ai toujours pensé que les chrétiens et les musulmans n'avaient rien de commun, qu'ils ne croyaient pas en la même chose, avoua Sophiane, étonné.

— Cela veut dire, ajouta Gabriel, que les œuvres que tu as vues au Louvre illustraient des épisodes de la vie d'un Jésus qui appartient aussi bien au christianisme qu'à l'islam. »

Tout cela laissa néanmoins Sophiane dubitatif : combien de prêches enflammés étaient gravés dans sa mémoire où les communautés étaient présentées comme ennemies !

« C'est bien beau tout ça, argua Sophiane, mais la réalité est différente, c'est même tout le contraire. Ici, on nous fait comprendre que les juifs et les chrétiens ne nous aiment pas, et à la télé les hommes politiques et les chroniqueurs nous parlent à longueur de temps des racines judéo-chrétiennes de la France pour nous faire comprendre que les musulmans n'y ont pas leur place.

— As-tu vu autre chose au musée du Louvre ?

— Oui. Maguelone m'a emmené voir une très belle sculpture en marbre blanc dans la salle Michel-Ange. C'était *Psyché ranimée par le baiser de l'Amour*, vous connaissez ? demanda Sophiane qui rougit un peu.

— C'est une très belle sculpture. Mais connais-tu exactement le mythe qui a inspiré cette œuvre ? Permets-moi de te le raconter.

« Psyché était la fille cadette d'un roi, elle était la plus jeune de ses trois filles, mais également la plus belle. Les hommes et même les dieux étaient subjugués par sa beauté sans pareille sur terre. Les années passèrent et seule Psyché n'était pas mariée, aucun homme n'osait la demander en mariage. Aphrodite, la déesse de la Beauté, explosa de jalousie quand elle apprit qu'une mortelle était jugée aussi belle qu'elle, et que les hommes commençaient à lui vouer un culte comme à une déesse. Elle décida donc de la punir, et pour cela, elle imagina la faire tomber amoureuse du plus hideux des hommes. Elle chargea Éros, le dieu de l'Amour, de l'exécution de ce plan en lui demandant de tirer sur elle une flèche d'or qui la ferait brûler de passion pour un être des plus laids.

« Éros se glissa dans la chambre de Psyché à la nuit tombée. S'étant approché du lit où elle dormait, il fut frappé par sa beauté alors qu'il la contemplait. Sous le coup de l'émotion, il trébucha et se piqua avec l'une de ses flèches d'or. Éros brûlait maintenant de passion pour Psyché, mais il lui était impossible d'avouer à Aphrodite qu'il était tombé amoureux de sa rivale. De retour au royaume des dieux, il se consumait d'un amour et d'une passion secrète pour Psyché.

« Une révélation divine ordonna au père de Psyché de la préparer comme pour une noce et de l'abandonner seule au sommet d'une colline. Par crainte des dieux, son père obéit et l'abandonna à l'endroit indiqué. Elle était seule, entourée de bêtes sauvages, épuisée et frigorifiée, elle s'était faite à l'idée de mourir ainsi abandonnée. Mais au dernier moment elle fut emportée par un souffle qui la transporta inconsciente aux portes d'un palais qui semblait vide. À son réveil, elle s'y réfugia et y trouva tout ce dont elle avait besoin pour vivre comme une reine. Elle se croyait seule, jusqu'à ce qu'elle entendit une voix chaleureuse et rassurante qui l'invitait à s'installer et à ne plus avoir peur. À la nuit tombée, Éros entra dans sa chambre et s'allongea près d'elle.

Il viendrait ainsi tous les soirs la visiter à condition qu'elle renonce à voir son visage. Si par malheur elle devait apercevoir ses traits, alors elle ne le reverrait plus.

« Ils s'aimèrent ainsi jusqu'à une certaine nuit où, par curiosité, elle voulut découvrir le visage de celui qu'elle aimait. Alors qu'il était endormi près d'elle, elle se pencha vers lui, et à la lueur d'une bougie elle reconnut le bel Éros, dieu de l'Amour. Il s'éveilla, et se sentant trahi, il prit la fuite. Elle le chercha dans tout le palais, mais aucune trace d'Éros son bien-aimé. Aphrodite eut connaissance la trahison d'Éros et de sa passion pour Psyché. Furieuse, elle enferma le dieu de l'Amour afin qu'il ne soit pas tenté de retrouver sa bien-aimée.

« Psyché parcourut le monde à la recherche d'Éros, mais sans succès, jusqu'à ce qu'elle prie Aphrodite de lui rendre celui qu'elle aimait. Aphrodite, encore sous le coup de la colère, la réduisit en esclavage pour lui faire payer son affront et lui faire oublier Éros.

« Mais Psyché n'abandonna pas son amour, elle surmonta toutes les épreuves d'Aphrodite. Elle ne put réussir ces exploits que grâce à l'aide des dieux émus par sa quête amoureuse désespérée.

« Vint enfin la dernière épreuve commandée par Aphrodite : Psyché devait descendre aux enfers pour y rapporter un peu de la beauté de Perséphone dans une urne afin qu'Aphrodite soit encore plus belle. Psyché déjoua tous les obstacles et réussit à sortir des enfers avec la précieuse urne. Sur le chemin du retour, elle ouvrit l'urne, pensant que son contenu la rendrait plus belle et qu'ainsi elle récupérerait son bien-aimé Éros, mais elle mourut en en respirant le contenu. Alors Éros, comprenant la situation, s'échappa de sa prison et vola de toutes ses forces auprès de sa bien-aimée qu'il prit dans ses bras et qu'il ranima par un baiser.

— Ce mythe est extraordinaire ! s'exclama le jeune homme.

— T'es-tu demandé pourquoi ce mythe, qui a inspiré la sculpture que tu as vue au Louvre, nous émeut universellement ? Où sont dans cette œuvre les racines judéo-chrétiennes ?

— La sculpture représentait une femme dénudée et un dieu de l'Amour qui la réveille par un baiser, on est loin des religions monothéistes.

— Cette œuvre magnifique nous parle de désir, de beauté et de jalousie. Elle est un produit de notre civilisation alors qu'elle nous parle d'un mythe antique où des dieux et des hommes vivent ensemble et peuvent s'aimer. Nous sommes loin du Dieu unique effectivement, et pourtant elle nous pénètre.

— Vous voulez dire que la mythologie fait partie de nos racines ?

— Il faut un mythe fort et puissant pour provoquer de telles émotions en nous. Nos religions monothéistes, nos racines judéo-chrétiennes ne produisent pas de mythe parlant de deux êtres défiant la mort pour l'amour. Nos racines judéo-chrétiennes ne parlent pas de beautés pouvant séduire les dieux ou de musiques susceptibles de les charmer. Tu sais quel est le plus vieux texte fondateur de notre civilisation ? demanda Gabriel.

— Je ne sais pas. Peut-être la Bible, répondit Sophiane.

— Non, ce sont l'*Iliade* et l'*Odyssée* d'Homère. Des textes qui racontent la guerre entre deux cités pour une femme. Qui raconte l'odyssée d'Ulysse et de son équipage à travers la Méditerranée, condamné par les dieux à errer sans pouvoir rentrer chez lui pour avoir mutilé un cyclope qui avait transgressé la loi sacrée de l'hospitalité. L'*Iliade* et l'*Odyssée* parlent d'amour, de haine, de colère et de la folie des hommes. Mais également d'échanges et d'accueils avec ceux qui occupaient le bassin méditerranéen à l'époque.

— Très bien, vous dites que les racines de la France ne sont pas que judéo-chrétiennes, mais qu'elles sont plus anciennes et qu'elles remontent à l'Antiquité. Mais ça change quoi pour moi ? ajouta Sophiane. Je suis toujours le même : un enfant d'immigrés musulmans venant du Maghreb.

— Si tes parents sont originaires du Maghreb, alors tu es berbère, comme tous ceux qui occupent les côtes africaines de la Méditerranée. Un peuple millénaire éparpillé sur un territoire allant de Siwa, au nord de l'Égypte, aux îles Canaries.

— Non, vous vous trompez, Gabriel, s'exclama-t-il. Je suis arabe, depuis le temps qu'on me le répète…

— Es-tu originaire du Moyen-Orient ou d'Arabie ?

— Ni l'un ni l'autre.

— Alors, tu seras sans doute déçu d'apprendre que tu n'es pas arabe, Sophiane. Tu es un descendant des tribus berbères d'Afrique du Nord, et de ce fait tu as sans doute des racines phéniciennes, égyptiennes, grecques, romaines. Peut-être as-tu eu un aïeul romain durant l'Antiquité qui a participé aux guerres puniques, ou grec qui faisait du commerce d'huile d'olive. Sans doute cet aïeul croyait-il en Mars, Apollon ou Jupiter. Tu sais, Sophiane, l'islam n'est arrivé qu'au VIIIe siècle en Afrique du Nord et en Europe.

— J'ai du mal à le croire !

— Et pourtant, c'est vrai. Cela veut dire que cette civilisation occidentale est également ton héritage, et toutes les œuvres présentes au musée du Louvre racontent ton histoire. Je suis certain que tu l'as ressenti lorsque tu étais face à la sculpture de Psyché. Je suis certain que tu as été, toi aussi, traversé par cette même émotion qui traversait le public en communion autour de la beauté et de l'amour. »

La leçon était terminée, Gabriel rangea le plateau dans sa besace.

« Vous avez tout chamboulé dans ma tête, dit Sophiane en passant ses deux mains dans ses cheveux et en basculant sa tête en arrière. Tout était si simple avant que vous me parliez de Jésus, de Psyché et d'Éros. Maintenant, j'ai la tête toute retournée, je ne sais même plus si je suis français, arabe ou berbère… ou si mes lointains ancêtres croyaient en Jupiter ou en Dieu. »

Gabriel se leva et lui répondit simplement par un sourire.

« Il s'appelle comment, le livre grec dont vous avez parlé ? » demanda Sophiane alors que son maître s'éloignait d'un pas tranquille.

Sophiane traînait moins souvent en bas de la cité, il préférait, au grand bonheur de sa mère, rester à la maison pour lire. Après *Cyrano de Bergerac*, le voilà qui s'attaquait à une version jeunesse de l'*Iliade* et de l'*Odyssée* qu'il avait empruntée à la médiathèque.

Confortablement installé dans son canapé en spectateur du duel entre Achille et Hector, il dut se lever, car on sonnait à la porte de manière insistante. C'était Abdenour, son complice de larcins à deux-roues, planté là à attendre que Sophiane le fasse entrer. Après les salutations d'usage et quelques bavardages inutiles sur le paillasson, Sophiane laissa entrer cet importun qui n'avait pas compris qu'il ne souhaitait pas être dérangé.

« Tu deviens quoi, mon frère ? Ça fait longtemps qu'on n'a pas vu ta gueule dans la cité », dit Abdenour en s'enfonçant dans le canapé. « Je suis à la maison tranquille », répondit laconiquement Sophiane qui s'était replongé dans son livre en espérant ainsi écourter cette visite impromptue. Mais ça ne fit qu'attiser la curiosité de celui qui s'était invité.

« Tu sais, en bas, les potos se posent plein de questions sur toi. Ça ne sent pas bon, ils pensent que tu les as balancés et que c'est pour ça que tu les évites. Fais quelque chose sinon ça va mal finir pour toi ! » avertit-il en élevant la voix avant de s'enfoncer une nouvelle fois dans le canapé devant l'absence de réaction de Sophiane. Il se décida alors à lui demander ce qu'il lisait, en espérant ainsi le sortir de son mutisme.

« Une histoire mortelle… dit Sophiane en levant le nez. En fait, c'est une embrouille entre cités pour une meuf, dit-il en souriant.

— Sérieux ! Ça se passe à Saint-Denis ?

— Non, en Grèce, dans l'Antiquité, répondit Sophiane, amusé.

— Y avait des cités à l'époque déjà ? Comme les Francs-Moisins ou les Quatre-Mille ?

— À l'époque, une cité, c'était une grande ville, il n'y avait pas encore de pays.

— Et c'est quoi, l'embrouille, alors ?

— En fait, les princes de la cité de Troie sont invités à rendre visite au roi de Sparte. Pendant cette visite, le prince Pâris pécho Hélène, la femme du roi de Sparte. Il la cache et l'emmène à Troie. Le roi de Sparte, quand il s'aperçoit qu'Hélène s'est barrée avec Pâris, il pète un plomb et il demande à tous les rois grecs de venir faire la guerre contre Troie pour récupérer sa meuf.

— Obligé, Hélène c'est une rebeu, y a qu'une rebeu capable de te retourner le cerveau comme ça et foutre la merde entre deux cités, plaisanta Abdenour. C'est chaud, mon frère, elle se barre avec le mec que son mari a invité à la maison.

— Attends, ce n'est pas aussi simple, ajouta Sophiane. Hélène, c'était une bombe, aucun homme ne pouvait résister à sa beauté, et Pâris pareil, c'était un beau gosse de ouf. S'ils se rencontraient, c'était mort, ils repartaient ensemble. En fait, c'était leur destin.

— Destin ou pas, Hélène va finir direct en enfer, lança Abdenour.

— Chez les Grecs, il n'y a pas d'enfer ou de paradis. C'est un royaume des morts avec trois niveaux.

— Carrément ! Chez les Grecs c'est open bar, pas d'enfer ni de paradis, tu fais ce que tu veux ? Et il n'y a pas de péchés non plus ? Et après il se passe quoi ?

— Les Grecs font le siège de Troie pendant des années, mais ils n'arrivent pas à entrer dans la cité. Je me suis arrêté au duel entre Achille et Hector, le grand frère de Pâris. Hector, c'est un mec droit qui a tout fait pour que ça parte pas en vrille à cause des bêtises de son petit frère. Pourtant, c'est lui qui se fait démonter par Achille, un guerrier grec presque invincible.

— Dégoûté pour Hector. Tu me diras, c'est pareil ici à la cité, c'est toujours ceux qui essaient d'arranger les choses qui se font avoir, ajouta Abdenour. Elle est bien, ton histoire, elle s'appelle comment ?

— L'*Iliade* et l'*Odyssée*, répondit Sophiane en montrant la couverture.

— Je vais essayer de voir si je peux trouver ça sur Netflix, marmonna-t-il en tapotant sur son smartphone. Tu viens avec nous ce soir à la chicha près des Champs ? ajouta-t-il. Y aura de la meuf à soulever.

— J'ai une meuf en ce moment, frère !

— Sérieux ! C'est la meuf que t'as serrée à la chicha, celle que tu as raccompagnée après ? demanda Abdenour. Si c'est elle, laisse tomber ! C'est une crasseuse, tout le monde l'a soulevée.

— Non, tu ne la connais pas, je l'ai rencontrée au parc de la Légion-d'Honneur.

— Au parc de la Légion-d'Honneur ! Tu l'as pécho où, dans un bac à sable ? ironisa-t-il. Elle est de quel quartier ?

— D'aucun quartier, elle vit à la Légion d'honneur, tu sais, le pensionnat près de la basilique.

— Je vois très bien, c'est l'école des filles à papa, des petites bourgeoises qui ont peur de mettre le nez dehors. Mais c'est juste histoire de te la faire ?

— Non, je l'aime bien, elle est cool et intelligente, dit Sophiane en pensant à Maguelone.

— Arrête, mon frère, vous n'êtes pas du même monde, vous n'avez pas la même religion. Imagine, elle bouffe du jambon et après elle t'embrasse, c'est comme si toi aussi t'avais mangé du porc. Starfoullah, tu ne peux pas, mon frère. Faut juste te la faire et après, basta. Faut pas te raconter d'histoires, si elle est avec toi, c'est juste pour dire à ses copines qu'elle se tape un rebeu de cité.

— Merci pour tes conseils, dit Sophiane, un peu agacé. Et de toute manière ce soir j'accompagne mon frère chez Riad.

— Toi aussi, il t'a mis le grappin dessus ? demanda Abdenour. Il traîne tous les jours dans le quartier, et des fois il arrête les matchs de foot sur le terrain de la cité pour faire un prêche. La dernière fois, il a traumatisé les petits de la cité en montrant la vidéo d'une décapitation en Syrie.

— Non, t'inquiète, j'accompagne juste mon frère.

— Ne te laisse pas engrainer ! Avec qui je vais aller à la chicha draguer des meufs ? » dit-il en souriant avant de le quitter.

19

« Vous devez consacrer votre vie ici-bas à adorer Dieu, rien ne doit vous distraire de cet objectif. La musique, le cinéma, les jeux et le sport sont des créations du diable pour vous distraire et vous écarter de votre foi. Combien de fois avez-vous mis de côté vos cinq prières quotidiennes qui sont un commandement de Dieu non négociable ! Même une activité professionnelle n'excuse pas de manquer à vos devoirs et de faire vos cinq prières par jour à l'heure déterminée ! Si vous ne pouvez pas les faire au travail, alors changez d'emploi, mieux vaut être au chômage que d'avoir un travail qui vous fasse abandonner la prière. Si vous avez la foi, alors Dieu pourvoira à vos besoins comme il pourvoit aux besoins des oiseaux dans le ciel. »

Des murmures se firent entendre dans l'assemblée qui était encore plus nombreuse que lors de la dernière visite de Sophiane et de son frère. Le sujet de la prière sur le lieu de travail était une problématique majeure de la jeunesse réunie autour de Riad ce jour-là.

« Riad a raison, il y a toujours moyen de trouver une solution pour prier sur son lieu de travail. Moi, par exemple, je prie dans mon bureau que je peux fermer à clé », dit l'un.

« Moi, je prie dans le local technique, je bloque la porte avec quelque chose de lourd, comme ça je suis tranquille », lance un autre.

« Moi, quand c'est l'heure de la prière, je m'éclipse discrètement et je fais ma prière dans le parking entre deux voitures », renchérit un jeune homme au premier rang.

Youssef leva la main et prit la parole à son tour pour parler de son expérience : « Moi et des copains, on a essayé de faire la prière au lycée. On est partis se cacher derrière le gymnase pour ne pas être vus, mais un prof d'EPS nous a surpris. Ma mère a été convoquée et le proviseur nous a menacés de nous exclure si on recommençait. » Des mots de soutien fusèrent dans l'assemblée, chacun semblait avoir partagé un jour cette amère expérience de ne pas pouvoir prier librement sur son lieu de travail ou pendant le temps scolaire.

« Voyez ce qui se passe quand on essaie de pratiquer notre religion en France ! On subit des pressions, des intimidations pour qu'on exprime pas notre soumission à Dieu. Une fille peut aller à l'école en minijupe avec un haut transparent, mais si vous portez un voile vous n'avez pas votre place ! » accuse Riad, emporté par son auditoire. « Et vous me demanderez certainement ce que doit faire notre frère Youssef dans sa situation ? lança-t-il au milieu des acclamations qui venaient de toutes parts. Je vous le dis sans détour : si on ne veut pas de vous et de votre religion à l'école, alors n'allez pas à l'école. Si on ne veut pas de vous et de votre religion à votre travail, alors changez de travail. Si on ne veut pas de vous et de votre religion dans ce pays, alors quittez-le ! Il n'y a pas de demi-mesure à ce sujet, vous ne devez pas avoir honte de ce que vous êtes, c'est-à-dire des musulmans, des hommes et des femmes soumis à Dieu exclusivement.

— Mais Riad, qu'est-ce qu'on peut faire, c'est partout pareil en France ! cria un adepte.

— Il faut partir, mes frères et sœurs, il faut quitter ce pays de mécréants qui ne vous reconnaît pas pour rejoindre le pays du Levant. N'allez pas en Algérie, au Maroc ou en Tunisie, car ces pays sont gangrenés par l'Occident et leur islam est corrompu, comme leurs dirigeants. Vous devez aller dans le califat que nos courageux frères et sœurs essaient de construire pour notre communauté. Comme dans la prophétie, l'heure de l'ultime bataille à Idlib en Syrie contre les croisées est proche, les Occidentaux seront défaits par nos glorieux combattants qui ont rejoint le Cham. Celui qui se rendra au Levant pour y vivre et fonder une famille accomplira un acte d'adoration sans équivalent. Vos frères vous attendent, ils ont besoin de vous, de votre force et de votre intelligence. Là-bas, nos frères et nos sœurs vivent selon le vrai islam, là-bas est la destination des vertueux qui adorent Dieu et qui souhaitent le satisfaire, là-bas est la contrée de ceux qui veulent vivre une vie conforme à leur foi. »

À ces mots, une éruption d'enthousiasme jaillit dans l'assemblée. Beaucoup de ces jeunes se voyaient déjà partir pour ce pays en guerre que Riad avait décrit comme une Terre promise. Ces territoires étaient à feu et à sang. Ces jeunes adultes, étudiants ou lycéens pour la plupart, échangeaient entre eux sur les opportunités de carrière qu'offrait le califat en gestation. Certains s'imaginaient informaticiens s'occupant des réseaux sociaux, et certaines se voyaient en infirmières portant secours aux glorieux blessés de retour du front. Aucun ne soupçonnait alors qu'ils seraient confrontés à des crimes de guerre, à la torture et à l'esclavage. Avant que l'assemblée ne se disperse, Riad fit une prière de soutien aux frères et aux sœurs qui se battaient au Levant. Il pria pour leur victoire, mais surtout pour la défaite de la France et de l'Occident.

L'appartement se vida lentement, les deux frères attendaient patiemment leur tour pour sortir lorsque Riad vint vers eux et demanda à Youssef s'il pouvait s'entretenir avec lui en privé. Sophiane se leva et se dirigea vers la sortie en laissant, non sans inquiétude, son frère avec ce prêcheur charismatique.

Il descendit l'escalier, et au deuxième étage il vit Lydia dans l'entrebâillement de la porte de son appartement qui lui faisait signe d'entrer. À peine eut-il franchi le seuil de la porte qu'elle lui sauta au cou pour l'embrasser, mais Sophiane tourna la tête pour lui tendre la joue alors qu'elle cherchait désespérément ses lèvres. Mais cela n'atténua pas son ardeur, elle l'entraîna dans l'unique pièce qui servait de chambre.

Il faisait sombre, les rideaux étaient tirés et la seule lumière qui éclairait la pièce provenait des bougies d'ambiance disposées aux quatre coins.

« Je t'ai guetté derrière ma porte pendant plus d'une heure, espérant te voir descendre seul, lui dit-elle. Elle s'approcha à nouveau de lui et l'étreignit, mais Sophiane resta impassible.

— Qu'est-ce qui t'arrive, Sophiane ! Tu n'es pas content de me voir ?

— Si, si, répondit-il sur un ton embarrassé.

— Alors embrasse-moi ! » insista-t-elle.

Il regarda le lit qui était face à lui, et il imagina alors Lydia avec d'autres hommes sur cette couche. « Non, ne regarde pas ! lui dit-elle d'une voix suppliante. Ici, c'est juste mon lieu de travail, tout cela n'est qu'un décor pour mes clients. Regarde ! » lui dit-elle en ouvrant les rideaux épais. La pièce fut alors inondée de lumière et en un instant le décor feutré s'évanouit pour révéler toute la sordidité d'une chambre de passe.

« Je ferme les rideaux et j'utilise des bougies pour cacher à mes clients la moisissure sur les murs et les auréoles sur la literie. L'odeur d'huiles essentielles, c'est pour couvrir les odeurs d'humidité et les reflux des eaux usées de l'immeuble. Dis-moi que tu comprends », lui dit-elle en se dépêchant de ranger quelques boîtes de préservatifs qui traînaient sur une table basse.

C'est avec beaucoup de réticence qu'à l'invitation de Lydia, il s'assit sur le bord du lit. Ils étaient épaule contre épaule. Lydia s'excusa encore de ne pas avoir de siège à lui proposer. Son peignoir échancré laissait voir une jeune poitrine blanche et ferme. Elle croisait et décroisait les jambes en se penchant légèrement vers lui, mais cela n'était d'aucun effet sur le jeune homme qui prenait soin de garder ses distances, au risque de tomber du lit.

« Je ne te fais pas d'effet ? C'est la fille que tu as rencontrée au parc, c'est ça ? se risqua-t-elle face à son mutisme.

— Tu parles de Maguelone ? Oui, peut-être », avoua-t-il avec détachement.

Sans le savoir, il venait de lui briser le cœur. Mais pour autant Lydia ne déposa pas les armes, bien au contraire, elle mit encore plus d'ardeur à assiéger le cœur de Sophiane en exhibant davantage sa poitrine et ses jambes. Aucun homme n'avait encore réussi à résister à ses charmes, tous s'étaient perdus dans le creux de ses seins, et elle se disait qu'il ne ferait pas exception.

« Tu ne veux pas me toucher ?

— Je ne veux pas te blesser surtout, répondit-il en évitant son regard.

— C'est qui, cette Maguelone ? interrogea-t-elle d'un air contrarié.

— Elle est pensionnaire à la maison d'éducation de la Légion d'honneur.

— Une fille à papa, alors !

— J'aime son sourire qui efface la grisaille que je vois partout à Saint-Denis.

— Une fille de bourgeois propre sur elle, mais qui au fond déteste les gens comme nous !

— J'aime quand elle me tient la main, alors que la mienne veut s'échapper, de peur d'être pris en flagrant délit d'aimer.

— Une Française de souche qui ne sait pas d'où tu viens !

— J'aime quand elle m'embrasse juste sur le coin de la bouche, comme par inadvertance, alors qu'elle a visé juste.

— Elle ne pourra jamais te comprendre et t'aimer !

— J'aime quand elle me parle avec douceur et que je suis obligé de tendre l'oreille, de peur que ses mots m'échappent et se fassent la belle. »

Lydia se leva et tira les rideaux pour plonger la chambre dans l'obscurité, elle ralluma les bougies une à une et se figea face à Sophiane avant de laisser glisser son peignoir de soie. Elle était maintenant nue au milieu de la chambre. La faible lueur des bougies mettait en valeur la blancheur de sa peau, et les courbes parfaites de son corps rappelèrent à Sophiane la sculpture de marbre blanc de Psyché qu'il avait contemplée au Louvre. Elle s'avança vers lui en se déhanchant lentement, s'assit sur ses genoux et l'enlaça de ses bras, avant de couvrir de baisers son visage.

« Je ne sais pas quoi te dire, murmura Sophiane.

— Ne dis rien et laisse-moi faire, lui dit-elle dans le creux de l'oreille. Est-ce qu'elle sait t'embrasser comme ça, ta fille à papa de la Légion d'honneur ?

— Un seul de ses baisers suffit quand mille des tiens n'arrivent pas à effleurer mon cœur. »

Ces derniers mots avaient liquéfié les derniers atomes de tendresse que conservait précieusement Lydia. Changement d'état dans la chimie des émotions, il n'y avait maintenant plus qu'une lie de haine renfermée dans le cœur de la jeune fille de seize ans.

« Pour qui tu te prends ? T'es qui pour me traiter comme ça ? Tu penses que je ne mérite pas d'être aimée ? Tu crois que fréquenter quelqu'un comme elle fera de toi quelqu'un de différent ? T'es comme les autres, t'es comme tous ces salopards qui montent cet escalier pour me baiser. Non, en fait tu es pire, car eux au moins ne font pas semblant, pour eux je suis une pute, ils me baisent et ils s'en vont. Mais aucun d'eux n'avait jamais réussi à me blesser comme tu viens de le faire. J'aurais préféré que tu me baises et que tu paies avant de partir, je n'aurais alors pas souffert comme je souffre maintenant.

— Je n'ai pas voulu te faire souffrir, tenta d'expliquer Sophiane.

— C'est vrai, une pute, ça ne souffre pas...

— Ce n'est pas ce que je voulais dire ! s'écria-t-il.

— Tu voulais dire quoi alors ? Que les filles comme moi n'ont pas de sentiments, dit-elle, pleine de rage.

— Arrête de dire ça ! Tu sais très bien que je ne pense pas ça de toi, se défendit-il.

— Ne le nie pas ! Je l'ai bien vu à ta façon de regarder ce lit.

— Arrête ! Je t'en prie !

— Tu m'auras au moins appris qu'il est inutile d'espérer, j'ai cru que je pouvais être aimée, mais c'était une illusion, je serai une pute à perpétuité.

— Je ne te juge pas, répondit Sophiane, ému. Je sais que tu as eu une vie difficile.

— Une vie ? De quelle vie parles-tu ? Ma vie est sortie de sa trajectoire quand je suis arrivée à Saint-Denis, elle s'est encastrée dans un mur quand j'ai été violée par une dizaine de garçons de la cité. Comment appelle-t-on cela déjà à la cité ? Ah oui, une tournante ! Joli nom pour un acte de barbarie. »

Elle se couvrit de son peignoir de soie qu'elle ramassa d'un geste brusque, ses formes avaient disparu, corsetées maintenant par un double nœud à la ceinture exprimant à lui seul sa frustration. Elle se dirigea vers la fenêtre, tira les rideaux épais et ouvrit la fenêtre en grand. Elle alluma une cigarette et aspira plusieurs bouffées. Elle était maintenant appuyée contre le rebord de la fenêtre, tournant le dos au garçon qui l'avait blessée. Elle lui paraissait étrangement calme et apaisée, elle donnait l'impression d'être seule dans cette chambre.

« Tu sais, lui déclara-t-elle sans même le regarder, c'est peut-être Riad qui au fond a raison.

— Comment ça ? demanda-t-il, surpris.

— Pour Riad, tout est simple : le monde se partage entre les croyants et les infidèles, entre ceux qui appliquent la religion à la lettre et les autres, lâcha-t-elle dans un brouillard de fumée.

— Et en quoi a-t-il raison ?

— Parce qu'il sait où est la place de chacun. Regarde-moi, je n'ai fait que chercher l'affection des autres, je n'ai toujours cherché qu'à plaire. Pour Riad, les choses sont plus simples : on ne doit chercher à plaire qu'à Dieu, seule l'affection de Dieu est importante, le reste n'existe pas. Plus besoin de se poser mille questions sur l'amour, la souffrance, les hommes… Peut-être que si je n'avais pas été attiré par Rayan, peut-être que si je m'étais tenue à l'écart des garçons… Certainement je n'aurais jamais été victime d'un viol collectif et peut-être qu'à cet instant nous serions toi et moi dans un autre endroit.

— Tu ne le sauras jamais, l'interrompit Sophiane.

— Tu te trompes, je ne le sais que trop bien. Mon erreur a été de tomber amoureuse d'un garçon.

— Il a abusé de ta confiance et de tes sentiments, tu n'as rien à te reprocher.

— Il paraît que Dieu est miséricorde, peut-être est-il le seul dans cet univers à pouvoir me pardonner. Peut-être que… que si je faisais comme les autres, si je m'abandonnais à lui, peut-être qu'enfin ça irait mieux, dit-elle le regard perdu dans les dernières vapeurs de tabac qu'elle expira avant d'écraser sa cigarette dans le cendrier posé sur le rebord de la fenêtre.

— T'abandonner à qui ?

— Ce ne sont plus tes affaires, Sophiane. Et je ne discute jamais de ma vie personnelle avec mes clients ! dit-elle d'un regard noir.

— Un client ! s'exclama-t-il en se levant d'un bond du lit où il était encore assis. Tu n'es pas sérieuse !

— Si tu n'es pas mon petit ami, alors tu es mon client. C'est comme ça que le monde se partage pour une pute. Je te fais un tarif spécial puisque tu ne m'as pas touchée et que tu as juste regardé : quarante euros feront l'affaire. Dépêche-toi, car j'ai un client qui arrive », dit-elle en refermant la fenêtre et les rideaux.

Elle s'avança vers lui alors qu'il était debout et silencieux au milieu de la chambre. Il semblait tétanisé par la violence des mots de Lydia et à l'idée répugnante qu'elle le considérait à présent comme un client. Lorsqu'elle fut assez proche pour sentir le souffle haletant du jeune homme, elle fouilla ses poches une à une sans qu'il oppose la moindre résistance. Elle en sortit un billet de vingt euros qu'elle fit claquer à la face de Sophiane avant de le ranger entre ses seins.

« Je m'en contenterai, lui dit-elle en se dirigeant vers la porte pour l'inviter à partir.

— Rends-les-moi !

— Tiens, tu réagis enfin. Peut-être que cet argent devait servir à acheter des fleurs à ta demoiselle de la Légion d'honneur aux jupes vichy et aux jolis nœuds dans les cheveux.

— Ce n'est pas du tout ça… et ça ne te regarde pas.

— Pour qui est cet argent que je ne mérite pas, alors que moi je t'ai dévoilé mon corps ?

— Tu ne pourrais pas comprendre », répondit Sophiane, un peu gêné.

Lydia capta immédiatement le sentiment de gêne qu'exprimait le changement de ton du jeune homme et son regard fuyant. Elle pensait tenir un secret, quelque chose d'inavouable qui lui permettrait enfin d'avoir prise sur celui qu'elle désirait.

« Dis-moi pour qui est cet argent et je te le rendrai.

— Cet argent est pour mon maître d'échecs. Je prends des leçons d'échecs au parc de la Légion-d'Honneur tous les mercredis. C'est là que j'ai rencontré Maguelone.

— Des leçons d'échecs au parc de la Légion-d'Honneur, reformula-t-elle d'un ton moqueur.

— Je savais que tu ne comprendrais pas, continua Sophiane, mais pour moi c'est beaucoup plus que des leçons d'échecs. Je ne sais pas comment il fait, mais il suffit de parler avec lui pour que les choses de la vie deviennent intéressantes, et alors plein de questions se bousculent dans ma tête. Par exemple, il m'a expliqué la différence entre les pensées et les émotions, ou pourquoi le diable est le diable, et aussi un peu les probabilités… »

Lydia le laissa parler sans l'interrompre, elle le regardait fixement et elle pouvait entrevoir sur son visage de légers sourires provoqués par les souvenirs de ses instants passés en compagnie de Maguelone et de son maître. Elle comprit alors qu'il n'était pas gêné par un acte inavouable, mais parce qu'il était contraint de dévoiler son jardin secret pour récupérer les quelques euros qu'elle lui avait dérobés. Elle le trouva alors encore plus touchant et encore plus désirable, mais à son grand désarroi elle ne savait pas comment le lui faire comprendre. Son langage et sa manière d'être étaient imbibés de la violence et de la défiance avec lesquelles elle avait grandi.

« Je t'en prie, reste avec moi, lui dit-elle en se jetant à ses pieds brusquement. Reste, et je chasserai le prochain client et tous les autres ».

Sophiane la releva en la prenant par les épaules, et il la regarda avec compassion quelques instants avant de se diriger vers la porte d'entrée en ajoutant qu'elle pouvait garder l'argent.

Elle le retint alors par le bras avant qu'il franchisse le seuil de la porte et lui glissa le billet dans la poche de son jean. Elle lui demanda ce que son maître aurait dit à cet instant.

« Il dirait certainement que l'amour qui ne ravage pas n'est pas l'amour », dit-il avant de sortir définitivement de sa chambre de passe et de sa vie. Elle referma soigneusement la porte derrière lui, et il l'entendit sangloter. Il comprit alors tout le sens de la citation de son maître et il fut touché. Les larmes de Lydia avaient eu plus d'effet que ses charmes, ses pleurs avaient remplacé les mots qu'elle n'avait pas su trouver. Elle l'aimait et maintenant il le savait.

Il hésita quelques secondes à revenir sur ses pas, mais son cœur qui ne battait que pour Maguelone le fit revenir à la raison. Il descendit l'escalier délabré et croisa le client de Lydia qui s'empressait de monter en enjambant les marches deux à deux.

Elle s'était livrée à Sophiane, elle lui avait découvert son corps et ses sentiments, et il avait rejeté les deux. Par expérience professionnelle, elle s'était habituée aux blessures du corps infligées par son commerce : cela allait des bleus laissés sur ses hanches par les brutes qui la serraient trop fort aux morsures de ses tétons par les clients un peu trop fougueux. À chaque fois elle avait su se défendre et panser ses plaies, mais la blessure que venait de lui infliger Sophiane était nouvelle, il l'avait mordue au cœur et blessée dans son orgueil.

À compter de ce jour, Lydia ne fut plus la même. Elle pleurait le matin au réveil, et parfois les sanglots montaient sans raison, et cela même quand elle ne pensait pas à Sophiane. Sa colocataire à Paris, qui partageait le même appartement et le même métier, la trouva changée, pensant qu'elle souffrait peut-être d'une quelconque maladie inhérente à leur profession. Elle avait vu juste : Lydia souffrait mais d'un chagrin d'amour, maladie inhabituelle dans leur métier.

Ses clients avaient également constaté ce brusque changement. Ils la trouvaient pour ainsi dire moins professionnelle, comme ils disaient ; elle mettait moins de cœur à l'ouvrage pour leur faire croire qu'ils étaient tous uniques à ses yeux. Plus de petits mots doux comme un « mon chéri » lorsque la porte s'ouvrait, ou de compliments pleins d'extase sur leurs virilités exceptionnelles. Maintenant tout était mécanique et sans un mot pour le client qui repartait déçu parce qu'il aimait à croire qu'elle prenait du plaisir avant de prendre leur argent. Elle ne faisait plus semblant, c'était tout de suite moins bandant.

Riad, qui était depuis quelque temps l'un de ses réguliers, remarqua aussi ce changement singulier lorsqu'il descendit commettre son petit péché de chair hebdomadaire. Elle occupait déjà cette chambre de passe quand il s'était installé au-dessus avec ses adeptes. Il avait fait sa connaissance en voulant la chasser du lieu au nom de la foi qu'il prêchait et des gémissements de plaisir de ses clients qui montaient au ciel en traversant au passage son austère appartement. Il arrivait que ses discours sur la chasteté et la pudeur soient ponctués par les grincements du lit de la fille publique qui n'hésitait pas à surjouer l'orgasme pour aider un client à en finir. Excédé et armé de sa foi, il alla un jour frapper à sa porte, elle ouvrit et il fut désarmé. Il essaya de lui parler de Dieu, du diable et de l'enfer, mais il se laissa tomber à genoux lorsqu'elle laissa tomber son peignoir à terre. Il comprit alors qu'à elle, on ne pouvait pas la lui faire : comme lui, elle manipulait les hommes pour les affaires. Depuis il en était éperdument épris, et à chacune de ses visites de plaisir, il essayait de la convaincre de rejoindre son groupe pour qu'elle ne soit qu'à lui. Mais il n'en était pas amoureux, il la désirait sans l'aimer, il voulait la posséder.

« Tu n'es pas comme d'habitude, lui dit-il ce jour-là en se rhabillant, tu as l'air triste.

— Qu'est-ce que cela peut te faire ? répondit Lydia sèchement. Tu en as eu pour ton argent, non ?

— Je dis cela parce que je t'aime bien.

— Et ils en pensent quoi, tes adeptes, de tes visites chez moi ? demanda-t-elle sur un ton ironique.

— Ils en pensent ce que je leur dis d'en penser. Et je leur dis que je viens te visiter chaque semaine pour te convaincre de nous rejoindre. En disant cela, je ne dis que la vérité. »

Lydia, nue, se leva du lit en riant et enfila son peignoir de soie avant de s'asseoir devant sa coiffeuse.

« Si tout pouvait être aussi simple, lui dit-elle en se regardant dans le miroir où elle constata qu'effectivement elle avait l'air triste sans le vouloir.

— Tu ne crois toujours pas en Dieu ? » lui demanda-t-il presque innocemment alors que son œil exercé avait deviné en elle un mouvement de faiblesse qu'il pouvait exploiter.

Pour la première fois, elle hésita, elle qui d'habitude répondait si promptement à cette question qu'il la lui posait sans cesse à chacune de leurs rencontres.

« Et pourquoi me ferait-il souffrir ainsi ? Qu'ai-je fait pour mériter cette vie de merde ? » ajouta-t-elle en se recoiffant.

Riad s'approcha d'elle et posa délicatement ses deux mains sur ses épaules, elle tressaillit de surprise sous ce geste d'affection, car habituellement il la touchait pour la prendre ou pour la saisir.

« Parce que Dieu t'aime, lui dit-il d'une voix aimable. Tu sais, continua-t-il, moi aussi j'ai eu une vie difficile avant de trouver Dieu et la foi. Je me suis abandonné à lui et tout a changé. Je vais te faire une confidence : toutes tes souffrances ont un sens, celui de te rapprocher de Dieu.

— Personne ne m'aime, j'en ai fait l'expérience.

— Tu te trompes, et je peux te le prouver. Habille-toi et viens avec moi », supplia-t-il en se dirigeant vers la porte.

Pour la première fois, Lydia fut intriguée : comment pouvait-il lui prouver une telle chose ? Elle se glissa derrière un paravent et se changea rapidement en enfilant un jean et un joli petit pull moulant avant de le suivre, impatiente de voir comment il allait s'y prendre. Riad se disait à cet instant qu'il la garderait pour lui maintenant qu'il avait réussi à la faire sortir de cette chambre où il était son client. Au milieu de ses adeptes, elle le verrait dans toute sa splendeur de prêcheur.

Sans poser de questions, elle entra dans son appartement et trouva dans le salon une vingtaine de jeunes gens assis en demi-cercle qui semblaient attendre patiemment. Elle fit alors un léger bond, cette assemblée de jeunes gens dans cet endroit réduit l'avait effrayée, séquelle de son traumatisme de la dernière fois où elle avait suivi un garçon dans un endroit fermé. Tous la dévisageaient, car tous savaient la profession de cette voisine si particulière.

« Entre, n'aie pas d'inquiétude, dit Riad d'une voix rassurante, il n'y a ici que des frères et des sœurs de ta communauté. Approche », ajouta-t-il en lui indiquant une place près de lui et au centre de toutes les attentions.

Non sans réticences, Lydia s'assit aux côtés de son client qui s'était mué en prêcheur. L'animosité envers elle s'exprimait par les regards fuyants des garçons et les chuchotements réprobateurs des jeunes filles qui avaient toutes, contrairement à elle, les cheveux couverts.

« Mes très chers frères et mes très chères sœurs, harangua Riad, nous accueillons aujourd'hui notre sœur Lydia. Elle est parmi nous, car je lui ai promis de lui prouver qu'elle était aimée de Notre Seigneur. Pour cela, je vais vous enseigner un nouveau hadith. »

Le silence s'installa dans l'assistance, tous étaient captivés par la voix et la respiration de l'orateur, ils attendent le hadith de Riad comme des oisillons attendent leur lait de jabot.

« Dieu a pardonné à une prostituée qui, en passant près d'un puits, vit un chien haletant tourner autour et qui sans aucun doute était sur le point de mourir de soif. Sans hésiter, elle ôta sa chaussure qu'elle attacha à son foulard pour puiser un peu d'eau du puits afin de soulager l'animal. Par ce geste, Dieu lui pardonna l'ensemble de ses péchés. »

Puis il se tut quelques minutes, la tête baissée, comme pour méditer ce hadith qu'il venait de déclamer avec emphase. Par mimétisme, l'assemblée fit de même, excepté Lydia qui observait cette scène étonnante où l'auditoire et le prêcheur étaient au diapason.

« Il y a deux choses à apprendre de ce hadith, dit Riad en prenant soin de regarder chaque visage dans l'assistance. La première est que la miséricorde et l'amour de Dieu sont infinis. La prostituée a racheté sa vie de débauche auprès de Dieu en donnant à boire à un chien. Si vous pensez que ce n'est pas cher payé, alors c'est que vous ignorez ce qu'est l'amour de Dieu.

Dieu dans sa miséricorde cherche en permanence à nous créditer de bonnes actions pour nous pardonner. La seconde chose est que la prostituée, par cette simple action, entrera au paradis, quand d'autres, après une vie vertueuse mais en faisant une seule mauvaise action, iront en enfer. Cela veut dire que celui qui a le plus de valeur auprès de Dieu est peut-être celui que nous méprisons le plus. »

À cet instant les yeux de Riad étaient baignés de larmes, et Lydia fut assez troublée pour croire à la sincérité de son discours. L'auditoire était bouleversé : les jeunes filles qui l'avaient jugée si sévèrement s'étaient rapprochées d'elle pour lui prendre la main, pendant que d'autres s'empressaient de l'embrasser tout en s'excusant dans de touchants sanglots. Une béate euphorie s'empara de l'assistance qui se leva, Lydia était maintenant entourée de jeunes filles qui à tour de rôle voulaient l'embrasser, et chacune l'assura de son amitié et de son affection. Certaines lui proposèrent même un toit plus convenable pour l'accueillir maintenant qu'elle était leur sœur. Émue, elle se mit à pleurer dans des bras inconnus, heureuse d'avoir enfin trouvé une communauté qui l'aimerait sans la juger.

Le génie de Riad avait opéré, démonstration de son don exceptionnel à débusquer une âme blessée et à la traquer dans les refuges de sa volonté et de ses certitudes. Il braconnait sur le terrain de la foi, ses pièges étaient des versets et des hadiths qu'il choisissait savamment en fonction de sa proie, et celui de la prostituée et du chien, il l'avait préparé patiemment pour Lydia. Cette chasse à courre spirituelle prenait donc fin, la proie abdiquerait sous peu et supplierait bientôt pour rejoindre la meute. Riad savourait la plus belle de ses victoires, il avait enfin réussi à briser toutes les résistances de Lydia qui ne croyait en rien avant d'entrer dans son arène et qui maintenant ne croirait qu'en lui. Elle avait été une adversaire redoutable et elle serait prochainement son plus beau trophée après l'avoir guidée sur le chemin de sa vérité. Comme toutes les autres jeunes filles qui appartenaient à son cercle d'adeptes, il la ferait venir tous les jours pour la mettre sous la perfusion de la communauté afin qu'elle reçoive goutte-à-goutte l'amour et la reconnaissance qu'elle n'avait pas trouvés dans sa famille et la société. Elle ferait tout ce qu'il lui ordonnerait, elle croirait tout ce qu'il affirmerait en échange de pas grand-chose : la soulager de cette douleur, celle de la solitude.

20

Le silence régnait autour de la table malgré les efforts de Fouzia pour animer le dîner. Il était rare qu'elle soit présente pour partager ce moment avec ses garçons, mais ce soir il n'y avait pas d'heures supplémentaires à faire malgré ses suppliques à son chef d'équipe.

« Je vous trouve bien silencieux. Pour une fois que je suis à la maison et que l'on peut dîner ensemble, vous n'avez rien à raconter ? » interrogea-t-elle. Mais les deux garçons étaient perdus dans leurs pensées : Sophiane pensait à Lydia et à Maguelone, et Youssef affichait le même visage grave depuis sa dernière discussion en tête à tête avec Riad.

« J'ai vu les livres sur ton bureau. De quoi ça parle ? » demanda-t-elle à Sophiane de manière inattendue.

Cette question inédite autour de la table fit sortir les deux garçons de leurs songes. Sophiane leva la tête et afficha une mine hébétée, et Youssef dévisagea son frère d'un regard réprobateur.

« Tu sais, maman, c'est un peu compliqué à raconter, répondit-il timidement.

— Cela me ferait plaisir, supplia-t-elle en signe d'encouragement, tout en continuant à servir les plats. De quoi parle ton livre avec un bateau dessiné sur la couverture ?

— C'est l'*Iliade* et l'*Odyssée*, osa-t-il alors que son visage s'était illuminé. C'est une histoire de dingues qui se déroule dans la Grèce antique : des rois se font la guerre pour une femme qui est la plus belle du monde. Il y a Achille également qui est le champion des Grecs, mais y a aussi des dieux et des déesses qui s'en mêlent. Ce n'est pas tous les jours facile à lire, mais j'aime bien. »

Fouzia l'écoutait avec plaisir même si elle ne comprenait pas tout ce qu'il lui disait, mais l'enthousiasme de son garçon l'avait emportée, grâce à lui l'*Iliade* et l'*Odyssée* étaient entrées dans son foyer.

« Des dieux et des déesses ! Tu n'as pas honte de dire des choses pareilles ? l'apostropha Youssef, le regard courroucé. Ton livre est un blasphème, car il n'y a qu'un seul Dieu. C'est un livre écrit par des mécréants pour des mécréants.

— Ne dis pas de bêtises, Youssef, cela n'a rien à voir avec la religion, dit Fouzia d'un ton autoritaire. Laisse-le terminer son histoire parce que moi ça m'intéresse.

— J'avais terminé, maman, conclut Sophiane en esquissant un sourire de remerciement.

— C'est pour l'école ?

— Non, répondit l'adolescent, un peu gêné.

— Certainement son maître d'échecs ou sa petite copine, lança Youssef d'un ton narquois, fier d'avoir révélé le secret de son cadet.

— Quel professeur ? interrogea Fouzia, intriguée. Je ne savais pas que tu prenais des cours d'échecs, mon garçon. C'est avec quelle association ?

— Aucune, maman. C'est Gabriel, quelqu'un que j'ai rencontré au parc de la Légion-d'Honneur et qui a bien voulu m'apprendre. Il est très gentil et il a toujours plein d'histoires à raconter, je suis sûr qu'il te plairait.

— Et il ne donne des leçons qu'à toi ?

— Non, il y a aussi Maguelone », avoua-t-il en rougissant et d'une voix presque inaudible.

À la grande déception de l'aîné, elle ne le réprimanda pas pour lui avoir caché qu'il prenait des leçons d'échecs au parc avec un inconnu. Bien au contraire, elle trouvait que ce mystérieux professeur avait une bonne influence sur son garçon qui aujourd'hui se mettait à la lecture, et qui avait donc réussi là où l'école avait échoué.

« Pourquoi ne les invites-tu pas à venir déjeuner à la maison dimanche prochain ? lança-t-elle avec un détachement qui étonna les deux frères.

— Qui ça ? demanda brusquement Youssef, surpris de l'invitation.

— Son professeur d'échecs et son amie, dit-elle tranquillement sans prêter attention aux visages médusés des deux garçons.

— Gabriel et Maguelone ? » répéta Sophiane pour se convaincre de ce qu'il venait d'entendre. Car jamais une fille n'était entrée dans leur foyer. Des cousines, des nièces, des huissiers, mais jamais au grand jamais des « amies » de l'un ou de l'autre n'avaient franchi le seuil de la porte. C'était une règle qui était gravée dans le marbre : les copains du quartier et les huissiers étaient les bienvenus, mais pour les filles c'était non.

« C'est hors de question, maman ! hurla Youssef. On ne va pas inviter à notre table une Française et un kouffar. »

Le visage paisible de Fouzia disparut et laissa place au masque de la fermeté que les mères élevant seules des garçons savent afficher. Elle lui rappela qu'elle était chez elle et qu'elle invitait qui elle voulait autour de sa table pour partager les repas qu'elle confectionnait.

« Mais, maman, insista-t-il dans un acte de bravade inhabituel, tu ne vas quand même pas inviter sa copine ! On ne fait pas ça dans nos traditions, les seules filles qui mangeront avec nous le dimanche seront nos épouses vertueuses. On est des musulmans, c'est comme ça. »

Fouzia fut déstabilisée par cette réponse, car jamais l'un de ses deux garçons n'avait osé lui tenir tête sous son toit.

« Écoute-moi bien, Youssef. Ici c'est chez moi et je suis ta mère. Je ne sais pas qui te met des idées comme ça dans la tête, mais mes coutumes et mes traditions sont aussi les tiennes. Et dans nos traditions et nos coutumes, c'est la mère qui est le pilier de la famille, c'est elle qui fait la pluie et le beau temps au sein du foyer. Il y a un proverbe chez nous qui dit que le paradis se trouve sous les pieds de sa mère. » À ces mots, Youssef baissa enfin les yeux et l'ardeur de Fouzia redoubla.

« Il y a une autre coutume importante chez nous, continua-t-elle. Celle de l'hospitalité. Elle est même sacrée. Peu importe qui est l'étranger, homme ou femme, chrétien ou juif, l'hospitalité ne se refuse jamais. Et je te conseille d'être là dimanche prochain pour accueillir nos invités. »

Youssef se leva brusquement et quitta la table malgré les injonctions de sa mère à se rasseoir. Sophiane, en spectateur muet, n'avait pas perdu une miette de cette passe d'armes entre les traditions portées par sa mère et la nouvelle foi intransigeante de Youssef. Il était fier de sa mère, mais également de ses traditions méditerranéennes qui étaient aussi les siennes.

Mais Fouzia ne s'y trompait pas, elle savait qu'elle n'avait eu le dessus que par son autorité de mère, elle avait vu dans le regard de son aîné d'à peine dix-huit ans la férocité de ceux qui pensent détenir la vérité immuable et son cortège de condamnations. Elle ne savait comment cela était arrivé, mais maintenant son propre fils la jugeait, elle et ses traditions familiales.

Pour briser le silence qui s'était installé, elle invita Sophiane à terminer son assiette comme pour le rassurer. Elle mangea sans appétit pour montrer qu'elle n'était pas affectée par cet incident, alors qu'elle était rongée par l'angoisse d'avoir perdu un fils.

Le repas se termina par le traditionnel thé à la menthe qui se buvait toujours brûlant. Les vapeurs qui s'échappaient des tasses défroissaient les langues, ce qui obligeait à le boire par petites gorgées et donc à prolonger le temps du repas indéfiniment.

« Tu sais, maman, j'ai bien aimé ce que tu as dit tout à l'heure sur nos traditions.

— Tu trouves ? répondit-elle, le regard perdu dans les vapeurs de la tasse qu'elle tenait entre ses doigts.

— Oui, j'ai surtout kiffé quand tu as parlé de la tradition d'hospitalité.

— Tu ne t'en souviens peut-être pas, lui narra-t-elle avec nostalgie, car tu étais trop jeune à l'époque, mais là-bas au village, les portes ne sont jamais fermées. Les uns sont chez les autres, et refuser une invitation à dîner est un affront. Les filles rêvent de faire des études et les garçons de les épouser. Il y a des histoires d'amour comme partout, mais ce sont des histoires d'amour éternelles, car jamais attrapées dans le filet de la réalité. Le coup de foudre passe sans un toucher, mais par un regard, un sourire ou une chevelure qui se découvre par l'envol accidentel d'un foulard mal noué qui se défait au bon moment. Et puis il y a les mariages… Ah, les mariages, dit-elle dans un soupir. Des jours de festivités avec des chants et des danses, jours où les villageois se réunissent pour boire le bonheur des mariés jusqu'à être ivres de joie de vivre. »

Elle se mit alors à chanter en arabe pour la première fois devant son fils cette chanson que toutes les femmes du Maghreb et du Moyen-Orient connaissent par cœur : « Alf leila wi leila » et que l'on pouvait traduire par « Les mille et une nuits ». Et dont elle lui fit la traduction.

Mon amour, ma vie à moi
Nous sommes complètement amoureux
Et l'amour, oh l'amour
L'amour nous fait veiller,
Il nous verse un verre de bonheur, et nous dit santé
Mon amour, vivons dans les yeux de la nuit
Et disons au soleil de revenir dans un an
Pas avant un an,
C'est une belle nuit d'amour dans mille et une nuits
Dans toute notre vie, qu'est-ce que la vie, si ce n'est une nuit comme celle-ci.

« C'est magnifique, maman », dit Sophiane émerveillé par cette mère qui lui parlait d'amour avec des chansons arabes. S'il avait su le faire, il se serait jeté dans ses bras.

« C'est une célèbre chanson égyptienne, lui expliqua-t-elle, les yeux levés au ciel. Les adolescentes à mon époque l'apprenaient par cœur même si on ne comprenait pas l'arabe. Cette langue est la plus belle pour parler d'amour », ajouta-t-elle, le regard songeur.

Pour Sophiane, ce fut une révélation, car l'arabe était jusqu'à cet instant la langue du religieux et des prêches où les mots « amour » et « passion » n'avaient pas leur place. Cette langue vivante qui parlait magnifiquement d'amour dans la bouche de sa mère devenait une langue morte et mortifère dans les discours de Riad.

« Tu sais, maman, Ulysse dans l'*Odyssée* essaie de rentrer chez lui, mais il est maudit par les dieux, car il a blessé le Cyclope. Dans un passage, Ulysse parle de cette tradition d'hospitalité au Cyclope en le mettant en garde de ne pas la transgresser. On comprend que le Cyclope est un monstre parce qu'il dévore ceux qui demandent son hospitalité. Je crois que l'hospitalité envers les étrangers est ce qui fait de nous des gens civilisés.

— C'est beau ce que tu dis, mon fils », lui dit-elle en l'embrassant sur le front avant de se lever pour débarrasser la table.

Sophiane s'empressa de retrouver Youssef dans sa chambre pour lui raconter comment leur mère avait chanté une chanson d'amour en arabe. Il le trouva assis en tailleur sur son lit en train de mémoriser de nouveaux versets.

« Alors, t'es fier de toi ? dit l'aîné en refermant son livre.

— Fier de quoi ? rétorqua Sophiane qui était resté debout au milieu de la chambre.

— Ton professeur d'échecs et ta copine vont venir manger à la maison ce dimanche. Tu dois être content, non ?

— Tu devrais arrêter de te prendre la tête. C'est maman qui les a invités.

— Elle ne sait pas ce qu'elle fait. Elle ne connaît rien à la foi.

— Tu veux apprendre à maman comment être une bonne musulmane ?

— Oui, parce que moi j'ai étudié. Elle ne comprend pas l'arabe littéraire, comment veux-tu qu'elle comprenne quoi que ce soit, la pauvre ? C'est à nous de lui indiquer le chemin, la véritable voie. Si on ne fait rien, elle ira en enfer !

— Tu sais, je viens de lui parler, elle s'inquiète plus pour toi que pour elle.

— Qu'elle ne s'en fasse pas pour moi, mais qu'elle pense davantage au jour du Jugement dernier où elle devra rendre compte de son comportement.

— Maman travaille non-stop, parfois sans jour de repos. Elle fait des ménages dans les bureaux et quand elle a fini, elle fait des ménages chez les gens. Franchement, elle passe son temps à trimer pour gagner sa vie honnêtement et à prendre soin de nous. Elle donne à ceux qui en ont besoin, et elle est toujours polie avec tout le monde... Si elle va en enfer, alors on va tous y aller !

— Arrête de blasphémer. Tu es aveugle, comme tous les musulmans qui vivent dans ce pays de mécréants. Au travail elle parle à des hommes, elle montre également ses cheveux et ses mains à des étrangers... De toute manière, elle ne devrait pas travailler, c'est aussi simple que ça. Elle pourrait rester à la maison sans travailler, elle toucherait le RSA et elle resterait pure.

— Si j'ai bien compris, tu ne craches pas sur le RSA de ce pays de mécréants ? lance Sophiane par provocation.

— Oui, sans problème. Il faut profiter de toutes les faiblesses du système si cela peut nous aider à conserver notre foi intacte. Tu sais, les femmes qui ne portent pas le niqab vont en enfer, et comme supplice leurs têtes seront trempées dans d'immenses chaudrons d'eau bouillante. Et moi, je ne veux pas que ça arrive à maman ! » lui confia-t-il en pleurant comme un enfant.

Sophiane ne savait pas quoi répondre à ce frère angoissé par le Jugement dernier et par le sort qui serait réservé à leur mère dans l'au-delà. Il ne comprenait pas comment son frère avait autant changé en si peu de temps, le frère qui l'avait initié au funk et qui partageait avec lui de longues soirées à jouer aux jeux vidéo, ce frère-là avait cédé la place à un jeune homme à l'âme tourmentée en permanence, recherchant Dieu sans être capable de trouver la sérénité.

« Tu sais, je pense que tu devrais parler à Gabriel, il sait des tas de choses et il pourrait peut-être t'aider.

— M'aider ! Moi ? Ton Gabriel est l'ennemi de ma foi… On connaît très bien les gens comme lui. C'est un innovateur, quelqu'un qui travestit la foi par ses mots et qui sème le doute dans le cœur des croyants en posant des questions.

— Qu'est-ce que tu racontes ? T'es devenu fou, je crois.

— Riad m'a tout expliqué de ses intentions : il te fait lire l'*Odyssée* et *Cyrano* pour semer la graine du doute dans ton cœur. Il t'apprend à jouer aux échecs pour que tu oublies ta foi et te détourner ainsi de Dieu. Mais on ne le laissera pas faire.

— Qui “on” ? » s'inquiéta Sophiane.

21

Les deux amoureux étaient au parc de la Légion-d'Honneur pour leur rendez-vous hebdomadaire. Assis sur un banc, elle lisait blottie dans le creux de son épaule, et lui, sur le qui-vive, scrutait les alentours, soucieux du qu'en-dira-t-on.

Ce banal geste d'affection avait demandé à l'adolescent un effort incommensurable. Il avait surmonté toutes ses résistances et fait taire toutes ses voix intérieures qui lui disaient de prendre garde à ne pas être surpris par quelqu'un du quartier.

Pour Maguelone, tout était plus simple, tout lui paraissait naturel dans ces moments où elle était avec Sophiane et un livre qu'elle pouvait dévorer. Elle ne supportait sa semaine au pensionnat que pour ces mercredis après-midi de liberté.

Sophiane n'osait bouger son bras ou changer de position, comme s'il craignait de l'effrayer et qu'elle s'envole. Il s'autorisait juste à poser parfois un baiser maladroit sur le front de la jeune fille qui lui répondait par une profonde inspiration en fermant les yeux. Il engagea la conversation lorsqu'elle referma son livre après avoir tourné la dernière page.

« Il était bien, ton bouquin ?

— Je devais le lire pour l'école et j'avais un peu peur de m'ennuyer.

— Et ça parle de quoi ?

— *Don Juan*. Tu connais ?

— Je connais l'expression “être un don Juan”, un mec qui fait tomber les filles, mais je ne savais pas que c'était le personnage d'un livre.

— D'une pièce de théâtre de Monsieur Molière plus précisément, lui répondit-elle en lui tendant le livre.

— Et il a quoi de spécial ce Don Juan ? interrogea Sophiane en feuilletant le livre qui lui parut facile à lire au premier abord.

— C'est un libertin.

— Un libertin ! s'exclama Sophiane en se redressant brusquement. C'est un livre érotique, ton bouquin ?

— Mais non, pas du tout ! Le mot n'a plus trop le même sens aujourd'hui, mais à l'époque de Molière cela voulait dire vivre sans se soumettre à aucune croyance ou à aucune norme morale. C'est quelqu'un qui conduit sa vie avec comme seule boussole l'assouvissement de ses désirs, sans le carcan de la morale religieuse ou sociale.

— Et il lui arrive quoi à Don Juan ?

— Eh bien, un jour, Don Juan s'introduit dans la chambre d'une jeune fille pour abuser d'elle, mais elle crie et se débat, ce qui l'oblige à fuir. Le père le rattrape, et pour venger son honneur se bat en duel avec lui. Mais Don Juan le tue et s'enfuit.

— Ah ouais, Don Juan c'est un bâtard… #Mee Too à l'époque déjà, plaisanta-t-il. Et après ?

— Eh bien, il ne ressent aucune culpabilité après le meurtre qu'il a commis, il continue à vivre sa vie de libertin : il séduit des femmes en leur promettant le mariage, et une fois qu'il a obtenu ce qu'il voulait, il disparaît.

— Il n'a peur de rien, lui !

— Justement, c'est ce que lui dit son entourage : qu'il devrait avoir peur de la vengeance de Dieu. Mais lui répond qu'il n'a pas peur de Dieu…

— Cela veut dire qu'il ne croit pas en Dieu alors, rétorqua Sophiane.

— Il croit en Dieu, mais il aime tellement sa liberté qu'il est prêt à défier Dieu. Son acte de liberté ultime est justement de croire en Dieu et de le défier. C'est pour ça, je pense, que malgré son mauvais comportement vis-à-vis des femmes, son intransigeance à ne rien céder de sa liberté est admirée. »

Sophiane ouvrit le livre et commença à lire les premières pages avant de le refermer, préférant garder ce plaisir pour ce soir lorsqu'il irait se coucher.

Maguelone, les yeux fermés, se laissa doucement bercer par les respirations de Sophiane. Le visage baigné par le soleil, elle serait partie au pays des songes s'il ne l'avait pas retenue par une toux inhabituelle qu'elle devinait forcée.

« Quelque chose ne va pas ? demanda-t-elle en levant les yeux vers lui.

— En fait, je voulais te demander si…

— Si quoi ? insista la jeune fille devant les hésitations de Sophiane.

— Dimanche prochain… ma mère t'invite à déjeuner, enfin, toi et Gabriel… »

Maguelone se redressa et ne put retenir un sourire.

« Pourquoi me regardes-tu comme ça ? demanda-t-il.

— Je ne sais pas si t'es sérieux.

— C'est très sérieux, tu es officiellement invitée à venir manger le couscous du dimanche. Mais je n'ai pas dit à ma mère que nous étions ensemble, même si je crois qu'elle s'en doute un peu.

— C'est mieux comme ça, dit-elle avec une pointe de déception.

— Tu sais, chez nous, on n'invite pas de filles à la maison, précisa-t-il, comme pour la consoler.

— Pourquoi ?

— Les relations filles-garçons sont compliquées chez nous. Tu viendras ?

— Oui, avec plaisir, mais à la condition que tu viennes déjeuner avec moi et mon père samedi prochain.

— À la Légion d'honneur ?

— Non, à Paris, à son travail. Tu sais, je parle souvent de toi à mes parents, maman est à Sète, mais papa est à Paris et il serait très heureux de te rencontrer.

— Ton père ! Me rencontrer moi ? Ce n'est pas une bonne idée, je pense.

— Pourquoi donc ? demanda-t-elle en riant.

— Tout simplement parce que c'est ton père, et que normalement il doit avoir envie de m'étrangler parce qu'on sort ensemble !

— Tu te trompes complètement, il veut juste faire ta connaissance. C'est vrai aussi que maman a insisté pour qu'il te rencontre… Elle est comme ça, maman, elle me protège trop. »

Sophiane prit une profonde inspiration, il ne put cacher son anxiété et les doutes qui le traversaient à cet instant. Il était terrorisé à l'idée de rencontrer le père de Maguelone, d'être rejeté puis de la perdre.

« Ça ne peut pas bien se passer entre ton père et moi.

— Pourquoi dis-tu ça ?

— Tu sais bien.

— Non, je ne comprends pas.

— Je m'appelle Sophiane, je suis musulman et je viens de Saint-Denis, cela suffira à ton père pour me sortir de ta vie.

— Si tu le connaissais, tu ne dirais pas cela, il n'a pas ce genre de préjugés. Je pourrais ressentir la même chose à l'idée d'aller déjeuner chez ta mère, et pourtant il ne me viendrait pas à l'idée qu'elle pourrait me rejeter parce que je m'appelle Maguelone.

— Ce n'est pas pareil, ça ne marche pas dans ce sens-là ! s'exclama Sophiane.

— Tiens donc ! Et pourquoi ?

— Parce que c'est nous qui sommes rejetés, et pas l'inverse.

— Ce n'est pas toi qui viens de me dire qu'aucune fille n'était invitée à déjeuner chez toi ?

— Oui, c'est vrai, mais encore une fois c'est différent, lâcha-t-il du bout des lèvres en concédant ainsi que l'exclusion n'était pas à sens unique.

— Tu vas me dire que c'est pour toutes les filles et que donc c'est mieux ? »

Sophiane ne put s'empêcher de sourire à la logique implacable de Maguelone, il voyait à présent les murs de la prison dans laquelle sa pensée était enfermée.

« Tu sais, quand je te vois, je ne vois pas un musulman ou un garçon de Saint-Denis. Je ne sais pas comment te faire comprendre que tu es plus que ça. Tu es le garçon qui m'a fait craquer la première fois que je l'ai vu à la librairie, et qui m'a fait rire lorsqu'il m'a abordée avec le livre de cuisine de sa mère. Pourquoi voudrais-tu que je ne voie en toi que ta religion, la couleur de ta peau ou l'origine de tes parents ? C'est idiot.

— Parce que tous les gens font comme ça avec nous.

— C'est qui, “nous” ? interrogea Maguelone.

— Les gens comme moi… Les gens de ma communauté !

— Est-ce que je suis dans ce “nous” ?

— Qu'est-ce que tu veux dire ?

— Est-ce que ce “nous” c'est toi et moi, ou bien tous les jeunes de notre âge, ou encore tous les couples qui sont assis sur un banc à s'aimer ? Je veux que “nous”, ce soit toi et moi, tous ceux que nous aimons et qui nous aiment. Je veux… »

Sophiane posa alors sur ses lèvres un long baiser qui lui fit fermer les yeux et coupa ainsi le fil de sa pensée.

« Ton père est forcément quelqu'un de bien si tu crois tout ce que tu viens de me dire, lui déclara-t-il après s'être détaché de ses lèvres.

— “Nous” déjeunerons avec mon père samedi, puis “nous” déjeunerons avec ta mère dimanche. Qu'en penses-tu ? Maintenant j'aime ce “nous”, car c'est toi et moi. »

Gabriel arriva à cet instant et les deux amoureux se levèrent spontanément, Maguelone pour le saluer et Sophiane pour le laisser s'asseoir.

« Je crois vous déranger, dit leur maître.

— J'allais partir, répondit Sophiane.

— Qu'allons-nous étudier aujourd'hui ? demanda Maguelone.

— Je vais te parler du théorème d'Al-Kashi », dit-il en accrochant sa sacoche au dossier du banc par sa bandoulière.

Sophiane s'éloigna nonchalamment en promettant à son maître de revenir dans une heure et sans retard. Gabriel, inquiet, l'observa et demanda à Maguelone pour quelle raison Sophiane avait l'air si préoccupé.

« Mon père nous a invités à déjeuner samedi et je crois qu'il s'inquiète. Je ne comprends pas pourquoi il s'angoisse sur ses origines, sa religion et son quartier.

— Tu ne t'es jamais posé ces questions toi-même ?

— Non, pour moi tout ça n'a pas d'importance.

— Tu te sens comme… détachée ?

— Oui, exactement ! s'exclama Maguelone. J'aime mes parents, j'aime Sète parce que j'y ai grandi, mais je sais au fond de moi que je ne suis pas que ça, j'ai envie d'être plus que ça. J'aimerais tellement aider Sophiane. »

Sans ajouter un mot, Gabriel pria sa jeune élève de bien vouloir ouvrir son carnet Moleskine.

22

Sophiane revint au parc une heure plus tard comme convenu. Maguelone était rentrée au pensionnat et son maître l'attendait patiemment en fumant sa pipe. Gabriel l'observa sans rien dire, le laissa s'asseoir en feignant de ne pas remarquer son air soucieux. Le plateau de jeu était posé et prêt, et sans attendre il annonça qu'il allait lui apprendre à « roquer ». Le maître prit soin de retirer toutes les pièces du plateau en ne laissant que les tours et les rois, et ils commencèrent la leçon.

« Le mot “roque” vient de l'arabe *roukh* qui signifie “char”. Car avant de devenir une tour en Europe, cette pièce était un char dans la civilisation arabe et perse », ajouta-t-il.

Puis il fit la démonstration à son élève en lui montrant comment exécuter le grand et le petit roque. Sophiane comprit immédiatement l'intérêt de roquer en début de partie : « C'est génial, reconnut l'élève. Ça protège le roi et en plus ça nous permet de développer nos deux tours. » Sophiane passa ensuite aux travaux pratiques, et voyant l'heure bientôt écoulée, il interpella son maître sans trop tarder.

« Samedi prochain, je déjeune avec Maguelone et son père », déclara-t-il spontanément. Comme à son habitude, Gabriel resta impassible et se contenta de hocher légèrement la tête pour signifier qu'il avait bien entendu.

« Mais je me dis que ce n'est pas une bonne idée.

— Et pourquoi penses-tu que ce n'est pas une bonne idée ?

— Je le sens pas, c'est tout.

— Interroge-toi avec sincérité et les choses t'apparaîtront avec évidence.

— Comment est-ce que je dois m'y prendre ?

— Redresse-toi et ferme les yeux. Maintenant, essaie de visualiser ce déjeuner avec le père de Maguelone. Que vois-tu ?

— Je suis assis à une table avec Maguelone et un homme que j'imagine être son père.

— Et comment est-il ?

— Il est grand, très grand, avec un uniforme et des épaules larges.

— Très bien. Maintenant, tu vas te poser cette question, la seule qui mérite ton attention : que ressens-tu ? Ne me réponds pas tout de suite, interroge chaque partie de ton corps. Quand tu seras prêt, tu rouvriras les yeux. »

Sophiane resta ainsi quelques secondes, puis rouvrit ses yeux doucement, comme tiré d'un profond sommeil.

« J'ai d'abord senti une boule au ventre, mes mains se sont refermées et j'ai senti une douleur en haut des épaules. Je me sentais inquiet et en colère.

— Pourquoi as-tu ressenti de l'inquiétude et de la colère ?

— Je ne sais pas. Je suis inquiet peut-être parce que je sais comment ça va finir, et en colère peut-être parce que son père est militaire.

— Commençons par tes inquiétudes. Écoute cela attentivement.

"Ce qui trouble les hommes, ce ne sont pas les choses, mais les jugements qu'ils portent sur ces choses. Lorsque nous sommes traversés, troublés, chagrinés, ne nous en prenons jamais à un autre, mais à nous-mêmes, c'est-à-dire à nos jugements propres. Accuser les autres de ses malheurs est le fait d'un ignorant."

— C'est de qui ? demanda l'élève qui prenait soin de noter chaque mot.

— Épictète, un philosophe grec. Que comprends-tu dans "Ce qui trouble les hommes, ce ne sont pas les choses, mais les jugements qu'ils portent sur ces choses" ? »

Le jeune homme relut à plusieurs reprises ses notes, murmura la citation tout en soulignant les mots qui lui semblaient importants.

« Je ne suis pas certain, mais je crois qu'il veut dire que ce n'est pas ce qui nous arrive qui nous fait du mal, mais comment on prend les choses ou comment on les interprète. Que les événements ne peuvent en vérité rien nous faire. »

Gabriel esquissa un sourire de satisfaction qui flatta son élève.

« Continue.

— Comment ça ?

— Chaque mot de cette citation qui a traversé les siècles est important », insista le maître.

Il se risqua alors à dévoiler et à développer le fond de sa pensée : « Épictète parle de troubles et de chagrins, donc il parle d'émotions et de ce qui peut nous perturber. Je crois qu'il dit que les émotions qui nous traversent sont le résultat de notre jugement et non de ce qui nous arrive. Et qu'il ne sert à rien de rendre les autres responsables de nos propres émotions, car en réalité personne n'a ce pouvoir de les provoquer.

— C'est très bien, Sophiane, je vais t'aider à compléter ta réflexion maintenant que tu as fait le premier pas : ce philosophe nous enseigne également qu'il y a les événements de l'intérieur et les événements de l'extérieur. Les événements intérieurs sont nos émotions, nos pensées et nos désirs, et il nous dit qu'il ne dépend que de nous d'agir sur elles. Les événements extérieurs sont au contraire les épreuves de la vie, nos expériences, sur lesquelles nous n'avons aucune prise.

Nous devons donc nous préoccuper de ce que nous pouvons contrôler, comme nos émotions, et accepter avec résignation les événements extérieurs sur lesquels nous n'avons au contraire aucun contrôle.

— Je ne comprends pas très bien. Vous pouvez me donner un exemple ?

— Imagine que l'un de tes camarades à l'école t'insulte dans la cour de récréation.

— Je le défonce direct. Moi, personne ne m'insulte ou ne me manque de respect.

— Si je comprends bien, dans cette situation précise, tu serais en colère.

— C'est clair que je serais vénère !

— Épictète te dirait que la colère qui trouble ton âme ne vient pas de l'insulte de ton camarade, mais de ton propre jugement sur la situation.

— Donc si je me fais insulter dans la cour de récréation, je ne dois rien dire ? Ça se voit qu'Épictète n'a pas été au collège à Saint-Denis ! Mais ça ne peut pas marcher ici, Gabriel ! Si on vous insulte, faut répondre, sinon vous êtes un baltringue.

— Épictète ne nous dit pas de ne rien faire, au contraire il nous invite à faire un travail sur nous-mêmes dès lors que l'on considère que la colère ressenti n'est pas une réaction à l'insulte, mais qu'elle vient d'un processus intérieur qui remet en question l'estime de soi, l'orgueil et la confiance en soi. Je suis en colère parce que c'est important pour moi que les autres ne croient pas que je suis un baltringue, ou parce que je ne veux pas que celui qui m'insulte me croie faible. Il t'enseigne à être attentif à tes émotions et à en garder le contrôle. Je vais te donner deux autres citations qui t'aideront peut-être à avancer.

> *Le meilleur moyen de t'en défendre est de ne pas leur ressembler.*
> *Le propre de l'homme est d'aimer même ceux qui offensent.*

— C'est d'Épictète aussi ? interrogea Sophiane qui se dépêcha de les noter, de peur de les oublier.

— Non. Elles sont de Marc-Aurèle, mais lui aussi était un stoïcien. Et cela va te plaire d'apprendre qu'il était également un empereur romain du IIe siècle. Imagine un empereur romain, l'homme le plus puissant de son époque, qui dit que le propre de l'homme est d'aimer même ceux qui offensent.

— Celles-ci sont faciles à comprendre, mais dures à mettre en pratique dans la cour d'un lycée. Franchement, je ne me vois pas aimer celui qui insulte ma mère à la récréation !

— Tu as raison, ce n'est pas simple, c'est même le travail d'une vie, mais revenons au déjeuner avec le père de Maguelone qui t'inquiète tant, ou qui te trouble, selon Épictète. Tu sais maintenant que ce n'est pas le déjeuner en lui-même qui te trouble, mais l'idée que tu t'en fais *a priori*. Peux-tu m'en parler ?

— Je crois, confia Sophiane, que je m'inquiète de ce qu'il va penser de moi. J'ai peur qu'il se dise, simplement en me regardant, qu'un jeune de Saint-Denis comme moi n'a rien à faire avec sa fille.

— Et as-tu un quelconque contrôle sur ce que peut penser de toi le père de Maguelone ou sur ses préjugés ? Et même si cela était le cas, pourquoi ce qu'il pense te troublerait-il si ce n'est parce que intérieurement tu te dévalorises. Ce que je veux te dire, Sophiane, c'est que tout cela se résume à une seule chose : l'estime de soi. Que diraient Épictète et Marc-Aurèle s'ils étaient assis avec nous sur ce banc ?

— D'accepter cette épreuve extérieure sur laquelle je n'ai aucun contrôle, et de ne pas me “troubler” de ce que pourrait penser ou dire son père, dit-il en souriant.

— Cela te fait du bien, je le vois, mais sache qu'il te faudra encore du temps pour mesurer toutes les conséquences qu'engendre cette pensée. Mais revenons à ce que tu as ressenti en imaginant le déjeuner. Tu as parlé d'un sentiment de colère envers le père de Maguelone parce qu'il est militaire. Peux-tu m'en dire davantage, car je ne le comprends pas.

— Vous savez très bien, Gabriel : la guerre d'Algérie, la colonisation… L'armée française s'est mal comportée pour empêcher nos pays d'origine d'être indépendants !

— Et donc le père de Maguelone représente tout ça pour toi ?

— Ce que je veux dire, c'est que c'est compliqué qu'il soit dans l'armée française. C'est normal que je sois un peu en colère quand on sait ce qu'a fait l'armée française pendant la guerre d'Algérie. Ils ont pillé, massacré, violé… Mes grands-parents m'en ont parlé, ils m'ont raconté ce qu'ils ont vécu.

— Et est-ce que tu as ressenti de la colère chez tes grands-parents qui ont connu cette époque et la guerre ?

— Je ne comprends pas.

— Tes grands-parents ont-ils exprimé de la colère ou de la haine envers la France après la guerre ? T'ont-ils parlé de vengeance, par exemple ? »

Sophiane fouilla dans sa mémoire et revisita tous ses souvenirs de discussion avec ses grands-parents. Et il en vint à la conclusion étonnante que jamais ils n'avaient exprimé un quelconque sentiment de haine envers la France. Quand ils lui parlaient de cette époque, c'était laconiquement et avec très peu de mots. À l'évidence, ils voulaient tourner la page de la guerre d'indépendance et ainsi faire que ce passé ne soit pas un fardeau pour leurs enfants. Et puis, ils s'étaient toujours bien entendus avec tout le monde à Saint-Denis depuis leur arrivée en France ; leurs voisins, leurs amis et leurs collègues ouvriers étaient français, portugais ou italiens.

« Non, jamais ils n'ont montré de colère contre la France, au contraire, ils ont toujours été respectueux du pays qui les avait accueillis, concéda-t-il.

— Comment expliques-tu que toi, n'ayant jamais connu cette époque coloniale et ses atrocités, et ayant vécu en France toujours paisiblement et en sécurité, tu ressentes une colère et une souffrance que tes grands-parents ne t'ont pas transmises ?

— Je vois ! Vous allez encore me faire le coup d'Épictète, de Marc-Aurèle et des stoïciens… Vous allez me dire que ma colère ne vient pas de ce qu'a fait la France pendant la colonisation, mais d'un sentiment au fond de moi.

— Et lequel ? demanda Gabriel en arborant un sourire plein de compassion pour son élève.

— Peut-être le sentiment que la France ne m'aime pas. »

23

Maguelone lui avait donné rendez-vous à onze heures à la sortie de la station de métro École-Militaire. Elle avait beaucoup insisté sur le fait que son père avait quelques principes dont le premier était la ponctualité et le second qu'on l'appelle « monsieur » en s'adressant à lui.

Il ne lui fallut pas plus de trente minutes de Saint-Denis pour se rendre au rendez-vous. Il prit la ligne 13 de Saint-Denis-Basilique à Invalides, puis la 8 pour descendre à École-Militaire. L'escalator le poussait doucement vers la surface, et à l'approche du point culminant de son ascension mécanique, il découvrit la silhouette longiligne de Maguelone devant celle de la tour Eiffel. L'une l'embrassa en se pendant à son cou, et l'autre le toisa du haut de son col en acier décoré de millions de rivets. Il trouva les deux radieuses.

Maguelone l'entraîna sans attendre vers la place Joffre qu'ils traversèrent en diagonale en slalomant entre les voitures arrêtées par les bouchons. Sophiane fut impressionné par les murs d'enceinte qui longeaient les deux avenues perpendiculaires dont il ne voyait pas la fin. Devant l'entrée principale, des hommes et des femmes en civil ou en uniforme attendaient les uns derrière les autres pour se présenter à un point de contrôle gardé par un militaire en arme. Sophiane ne put s'empêcher de remarquer, à quelques pas devant eux, un groupe d'adolescents qui regardaient furtivement dans leur direction en pouffant de rire. Maguelone n'y avait prêté aucune attention, tout occupée qu'elle était à envoyer un message pour prévenir son père qu'ils étaient dans la file d'attente de l'entrée principale.

« Tu les connais ? demanda-t-il en désignant le groupe d'adolescents en fuseau et en bottes montantes.

— Des imbéciles de l'école d'équitation.

— Y a une école d'équitation ici ?

— Oui, la meilleure de la région. Elle forme les militaires, mais elle est également ouverte aux enfants d'officiers et à quelques élèves extérieurs triés sur le volet.

— Tu fais de l'équitation ici ?

— Oui, parfois les samedis.

— Je suis désolé si c'est à cause de moi qu'ils se moquent de toi.

— Oui, c'est à cause de toi, car ils sont jaloux ! » lui dit-elle en l'embrassant ostensiblement pour faire taire définitivement les cavaliers méprisants.

Alors qu'ils approchaient du poste de contrôle, un tumulte agita la file d'attente devant eux, les adolescents moqueurs s'étaient rangés en silence et les adultes en uniforme bombaient le torse en levant la main droite jusqu'à la tempe, et on entendit, comme une onde se propageant de proche en proche : « Mes respects, mon colonel. »

« Ça, c'est papa qui arrive ! » s'écria l'adolescente amusée et pas peu fière de voir cette foule se fendre pour laisser passer son père. Sans même encore l'apercevoir, Sophiane était impressionné par la force qui précédait cet homme lorsqu'il se déplaçait, les militaires qui attendaient en désordre dans le petit vestibule s'étaient tout d'un coup redressés en arrangeant leur képi et leur chemise. Tout avait basculé en un instant dans la salle d'attente bourdonnante de bavardages inutiles et où il ne se passait rien. Elle s'était transformée en une salle de commandement par sa simple présence. Tous étaient maintenant au garde-à-vous et silencieux, en attendant ses ordres. Sophiane, qui n'avait jamais vu une telle démonstration d'autorité et de charisme, était maintenant inquiet, il aurait fait demi-tour si Maguelone n'avait pas tenu sa main. « C'est qui, ton père ? Dark Vador ? » chuchota Sophiane à l'oreille de sa compagne. « C'est un peu comme une star de la NBA, mais dans l'armée », lui répondit-elle en riant discrètement.

L'adolescente lâcha instinctivement le bras de son amoureux et se redressa devant son père qui s'était planté devant eux. Il était grand et mince, un corps athlétique se laissait deviner sous l'uniforme impeccable couleur terre de France, sur la poitrine duquel le jeune homme vit des insignes et des médailles qu'il ne savait pas lire, mais dont il avait deviné le prestige aux regards subjugués des soldats autour de lui.

Sans le savoir, Sophiane avait face à lui une légende de l'infanterie : major de sa promotion à l'École spéciale militaire de Saint-Cyr, le père de Maguelone avait intégré le prestigieux 13e régiment des dragons parachutistes dès sa sortie de l'école. Le 13e RDP était un régiment commando spécialisé dans le renseignement et l'infiltration qui faisait rêver tous les militaires sans exception. Tous voulaient entrer dans ce régiment d'élite dont l'histoire remontait à l'Ancien Régime et qui aujourd'hui était envoyé sur tous les théâtres d'opérations que la France menait à l'étranger. Le colonel devait sa carrière au développement fulgurant du djihadisme international. Lui et son régiment des forces spéciales avaient été déployés en Afghanistan, en Syrie, en Libye et au Sahel. Il avait commandé des hommes au front, honneur ultime pour tout officier de carrière avant l'honneur sublime de mourir au feu. En quelques années, il avait accumulé une inestimable expérience au combat et au commandement opérationnel. Il avait réalisé sa dernière mission dans la zone des trois frontières au Sahel, parachuté dans le Sahara avec ses hommes. Il était resté cinq jours à contempler le désert et à attendre un ordre du Président pour neutraliser un chef djihadiste qui ne savait pas que la République se tenait en embuscade derrière les dunes qu'il traversait avec son convoi. Ces missions périlleuses que ses proches redoutaient étaient pour lui ses lunes de miel avec la France, nuits nuptiales patriotiques dans le désert et sous les étoiles, sa literie était un trou creusé à la pelle et son camouflage, une simple toile. Cité aux honneurs militaires à plusieurs reprises, décoré de la croix de la Valeur militaire, il poursuivait maintenant sa carrière à Paris auprès de l'état-major et comme instructeur à l'École de guerre.

Le colonel inspecta d'un coup d'œil le jeune homme avant d'adresser un sourire discret à sa fille, puis il se retourna brusquement en leur demandant sèchement de le suivre. Ils passèrent le point de contrôle en suivant le grand homme qui marchait d'un pas pressé et qui jamais ne se retournait pour s'assurer que les adolescents étaient toujours derrière lui.

Le site dans lequel ils déambulaient était impressionnant. Au même endroit cohabitaient plusieurs établissements de formation de l'armée avec leurs bureaux et leurs amphithéâtres. Sophiane croisa, médusé, des cavaliers de la Garde républicaine qui sellaient leurs chevaux devant une écurie bâtie au XVIIIe siècle.

Après une longue marche qui leur fit traverser trois pavillons et deux cours, ils arrivèrent enfin au bureau du colonel qui était situé au deuxième étage de l'une des ailes du château. Parquet Versailles en chêne massif parfaitement lustré, cheminée à la tablette et aux jambages en marbre blanc surmontés d'un grand miroir au cadre en fer forgé doré. Sophiane était ébloui par ces signes extérieurs de pouvoir et de traditions immuables.

Il se remémora à cet instant le bureau du juge des affaires familiales de Bobigny qu'il avait eu l'honneur de visiter une fois et qui, à l'inverse du bureau du père de Maguelone, affichait tous les signes de l'impuissance publique : des dossiers en instance s'amoncelant pour former une chaise où pouvaient s'asseoir les usagers, une bassine posée sur le bureau du magistrat pour écoper les larmes des victimes et l'eau qui tombait goutte-à-goutte d'un plafond inondé par une fuite. En Seine-Saint-Denis, la justice n'était pas lente mais à l'arrêt, victimes et accusés l'avaient bien compris : un arrêt de l'Être suprême au jour du Jugement dernier était plus probable qu'une date d'audience pour plaider devant un magistrat. Le tribunal de Bobigny sombrait après avoir heurté l'iceberg de la détresse sociale de la Seine-Saint-Denis, et l'orchestre de l'État continuait à jouer.

Debout au milieu du bureau, l'adolescent laissa promener son regard tout autour de lui pendant que le colonel embrassait sa fille et lui posait mille questions sur sa semaine au pensionnat. Sophiane s'approcha de la cheminée et examina la photo et les objets qui étaient posés sur la tablette en marbre et qui suscitaient sa curiosité.

« Sur cette photo, je suis avec mes hommes dans le désert à la frontière entre le Mali, le Niger et l'Algérie, dit le colonel qui s'était approché et regardait par-dessus l'épaule de Sophiane.

— Et le black au milieu avec le turban, c'est qui ? demanda l'adolescent.

— C'est le capitaine Camara, de l'armée malienne, et aussi un ami. Sans lui, nous n'aurions jamais pu survivre dans le désert et remplir notre mission. Sais-tu ce qui est drôle sur cette photo ?

— Non, répondit Sophiane qui s'était penché pour deviner.

— Regarde l'arrière-plan, à gauche c'est l'Algérie et à droite le Niger, et pourtant c'est le même sable et le même désert. On peut passer d'un pays à l'autre sans s'en apercevoir. Quand on y pense, peut-être que tout est parti de là, dit-il dans un soupir.

— Et ça, qu'est-ce que c'est ? interrogea Sophiane en pointant du doigt un chapeau et un sabre qui étaient posés près de la photo.

— C'est mon sabre et mon casoar de Saint-Cyr. Lors de la cérémonie de fin d'année, chaque élève se voit remettre son sabre et ce chapeau que l'on nomme casoar. Par ce rite, il entre dans la famille de l'armée. »

Le colonel posa sur la cheminée son képi qu'il avait saisi des deux mains comme s'il se fût agi d'un casque, recoiffa d'un geste ses cheveux poivre et sel, puis se tourna vers Sophiane en lui tendant la main solennellement.

« Nous ne nous sommes pas présentés. Je suis le colonel Grandval. »

Sophiane était seul face à ce grand homme, Maguelone s'était précipitée pour s'asseoir au bureau de son père, jouant comme une enfant à s'essayer à écrire avec un stylo-plume posé sur un sous-main en cuir marron.

« Je m'appelle Sophiane… monsieur, dit-il dans un bégaiement.

— Ravi de te rencontrer, mon garçon. Que penses-tu de l'École militaire ?

— C'est grand, on dirait un musée, monsieur. C'est vous le chef ? demanda-t-il timidement.

— Non, répondit en souriant le père de Maguelone. Je participe à son commandement, mais "le chef", comme tu le dis si bien, est au château.

— J'ai cru que vous étiez le chef en voyant comment les gens se mettaient au garde-à-vous en vous croisant.

— Il y a trois choses importantes dans l'armée : la hiérarchie, l'obéissance aux ordres et le salut.

« J'ai réservé une table à la Rotonde pour treize heures, dit-il en se dirigeant vers son bureau. J'ai encore quelques affaires à régler. Si tu veux, tu peux emmener ton ami visiter », dit-il en s'adressant à sa fille alors que l'on frappait à la porte pour lui apporter des parapheurs qui attendaient sa signature.

Maguelone avait compris qu'il était temps de s'éclipser, elle prit la main de Sophiane et le tira hors du bureau en bousculant le secrétaire qui venait d'entrer les bras chargés de dossiers. Ils dégringolèrent un escalier qui les mena directement dans une cour carrée qu'ils traversèrent en courant. Ils se faufilaient entre des militaires étonnés de se voir bousculés par des adolescents débordants de vie dans cet endroit où l'on apprenait la guerre.

« Où m'emmènes-tu ? » demanda Sophiane qui commençait à s'essouffler dans ce dédale de cours et de coursives. Sans lui lâcher la main, Maguelone le guida jusque devant l'entrée de la chapelle Saint-Louis où elle s'arrêta brusquement. « C'est l'endroit que je préfère », lui souffla-t-elle avant d'entrer. Sophiane la suivit sans dire un mot, l'endroit était magnifiquement décoré : au plafond des lustres en cristal et aux murs des peintures représentant des scènes de la vie de Saint Louis. Tout était beau et symétrique, le carrelage noir et blanc au sol faisait résonner les pas des adolescents qui s'avançaient timidement vers l'autel.

« Tu crois que j'ai le droit d'entrer ?

— Oui. Pourquoi ?

— Parce que je ne suis pas chrétien.

— Nous sommes deux alors ! » rétorqua Maguelone avec malice.

Un immense tableau de Saint Louis était suspendu au-dessus de l'autel, flanqué de part et d'autre de drapeaux tricolores posés sur deux immenses consoles de pierre. La religion catholique et la République étaient ici subtilement entremêlées, la nation et le christianisme étaient en ce lieu adorés, l'un servait l'autre.

« Pourquoi cet endroit ? demanda Sophiane, un peu étonné.

— Ça n'a rien à voir avec la foi, dit-elle. J'aime cet endroit parce qu'il ressemble à un temple grec de l'Antiquité avec ses colonnes et sa symétrie parfaite. Et il y a cette lumière naturelle qui vient du ciel par les immenses fenêtres qui sont tout en haut, c'est très beau en été. »

Sophiane avait les yeux levés vers le ciel lorsqu'un homme habillé d'un treillis militaire vint à leur rencontre. Sophiane, inquiet, pensa qu'il venait le chasser.

« Bonjour Maguelone, dit-il en arrivant à leur hauteur.

— Bonjour, mon père, je vous présente Sophiane.

— Enchanté, je suis le père Bernardin, lança-t-il en lui tendant la main.

— Mon père ? répéta Sophiane, étonné. Vous n'êtes pas un militaire ?

— Je suis aumônier militaire. J'officie dans cette chapelle.

— Je ne comprends pas. Vous êtes un militaire ou un prêtre ?

— Je suis un homme d'Église qui officie dans l'armée », dit-il en souriant. Puis, se tournant vers Maguelone, il lui demanda ce qu'elle venait faire ici.

« Nous déjeunons avec papa tout à l'heure à la Rotonde, et comme nous avions un peu de temps, j'ai voulu lui montrer la chapelle.

— C'était une très bonne idée. Et comment trouves-tu l'endroit, mon garçon ?

— Elle est très belle. C'est la première fois que j'entre dans une chapelle, vous savez.

— C'est un lieu chargé d'histoire. Elle fut édifiée entre 1769 et 1773 sous le règne de Louis XV qui voulait une belle chapelle pour cette école militaire dédiée à la formation des futurs officiers. Elle a été selon les périodes de l'histoire une armurerie, une cantine ou une salle de bal. À l'endroit où tu marches sont passés de grands hommes qui ont fait la gloire de la France et son histoire, comme l'illustre empereur Napoléon Bonaparte qui a fait sa confirmation ici même. Là, tu peux voir le prie-Dieu où s'est recueilli le pape Jean-Paul II alors qu'il était en visite à Paris.

— Et les tableaux aux murs ?

— Ils représentent des épisodes de la vie de Saint Louis qui est une figure importante dans notre armée. L'armée française est républicaine et laïque, mais elle entretient une relation particulière avec l'Église, c'est une histoire vieille de huit cents ans.

— Laïque ! s'exclama Sophiane, alors qu'il y a une chapelle ici !

— C'est l'histoire de France qui veut cela, mon garçon. Certains régiments célèbrent encore des messes ou des cérémonies avant de partir en opérations extérieures. Ce sont les traditions. Mais tu sais, j'ai des frères d'armes musulmans qui trouvent assistance et écoute auprès des aumôniers musulmans de l'armée.

— Il existe des aumôniers musulmans ?

— Oui. Ils ne sont pas nombreux, mais ils sont à nos côtés, comme les aumôniers israélites, protestants et orthodoxes. Savais-tu que les soldats de confession musulmane, lorsqu'ils sont engagés en opérations extérieures, ont à leur disposition des rations militaires halal ?

— Ils font de la cuisine halal dans l'armée ?

— L'armée respecte les croyances de ses soldats qui servent la République parfois au prix de leur vie. Tu sais, dans notre institution, peu importe la croyance ou la couleur de peau, notre uniforme couvre nos différences et le drapeau tricolore couvre nos cercueils. »

Maguelone regarda sa montre et fit remarquer qu'il était temps de se diriger vers la Rotonde pour le déjeuner. Le père Bernardin les salua chaleureusement en insistant bien auprès de la jeune fille pour qu'elle transmette ses respects à son père.

En chemin vers la Rotonde, ils s'arrêtèrent un moment devant le cirque pour admirer des cavaliers de la Garde républicaine s'exerçant au saut d'obstacles, la tour Eiffel était si proche qu'elle donnait l'impression que les cavaliers chevauchaient à ses pieds.

« J'ai trouvé le père Bernardin sympathique. Tu le connais bien ? lui demanda Sophiane tout en admirant la performance des cavaliers.

— Oui, un peu. Papa va parfois aux vêpres, et à cette occasion il discute avec lui après l'office.

— Ton père est pratiquant, mais pas toi ? Il n'est pas déçu ?

— Papa ? Non, il dit que si cela doit venir, alors cela viendra. Tu sais, il ne parle pas beaucoup de sa foi alors qu'elle est importante pour lui, c'est sa façon de me montrer qu'il respecte mes choix.

— Et pourquoi sont-ils tous en admiration devant lui ?

— Parce qu'il a été souvent décoré pour avoir combattu un peu partout dans le monde. Dans mes souvenirs, je vois ma mère le couvrir de baisers avant qu'il quitte la maison, et des fêtes de famille organisées pour son retour. Mais tu le lui demanderas toi-même, il est l'heure d'y aller », lui dit-elle en se dirigeant vers la Rotonde.

La rotonde Gabriel accueillait le mess des officiers, le bâtiment était majestueux et avait quelques ressemblances avec la chapelle Saint-Louis que les adolescents venaient de quitter. Le monument édifié à la même époque faisait la fierté de l'École militaire. Il était le lieu des réceptions officielles et où venaient se détendre les officiers de commandements de l'armée.

Quel spectacle pour Sophiane en entrant dans ce hall grandiose surmonté de sa coupole au centre de laquelle était suspendu un immense lustre où brillaient des dizaines de bougies incandescentes. Au sol, un carrelage noir et blanc parfaitement lustré dans lequel le jeune garçon pouvait voir son reflet. Maguelone s'annonça au maître d'hôtel qui les dirigea dans un petit salon privatisé pour l'occasion où se trouvait déjà attablé le colonel.

« Vous voilà enfin ! » s'exclama-t-il en se levant pour débarrasser sa fille de son gilet et de son sac. Sophiane sortit son téléphone et constata, étonné, qu'ils étaient à l'heure. « Être à l'heure, c'est déjà être en retard. Proverbe militaire, mon garçon, lâcha-t-il dans un sourire tout en tirant une chaise pour Maguelone. Je me suis permis de commander pour nous, j'ai malheureusement un rendez-vous tout de suite après notre déjeuner.

— J'ai oublié de vous dire, monsieur, que je ne mange pas de viande, avoua Sophiane timidement.

— Je nous ai commandé une entrée avec des crudités et en plat principal un poisson accompagné d'une purée de légumes. Est-ce que cela te convient ?

— Oui, merci… monsieur.

— Maguelone m'en avait informé", dit-il en dépliant une serviette qu'il posa impeccablement sur ses genoux.

Sophiane ne put se retenir d'adresser à son amie un sourire plein de tendresse qui n'échappa pas au père qui toussa délicatement pour ramener sur terre les deux jeunes amoureux.

« Je suis heureux de te rencontrer enfin », commença le colonel, avant d'ajouter que Maguelone parlait souvent de lui, de Gabriel, et de leurs leçons au parc de la Légion-d'Honneur. Malgré cette invitation à engager la conversation, Sophiane, d'habitude si bavard, restait avare de paroles devant cet homme de guerre en uniforme qui continuait de l'impressionner. Maguelone, qui avait compris que Sophiane souffrait d'un excès de timidité, fit la conversation, au grand bonheur de son père qui ne pouvait cacher sa joie paternelle de partager cet instant privilégié avec sa fille qu'il ne voyait pas assez à son goût.

Le repas fut interrompu lorsqu'un officier se présenta à leur table. Le colonel se leva et le salua tout comme sa fille et Sophiane qui s'étaient levés par mimétisme. « Je vous présente le colonel Mahamat, de l'armée tchadienne. C'est l'officier de liaison auprès de l'état-major des armées et également un ami », dit-il avec fierté. Celui-ci salua les convives puis s'en alla aussi rapidement qu'il était venu en leur souhaitant un excellent repas.

« C'est où le Tchad ? demanda Sophiane qui sortit enfin de son silence.

— C'est un pays enclavé au sud de la Libye et qui a comme grands voisins le Soudan et le Niger.

— C'est un pays musulman ?

— C'est un pays allié de la France où la population est majoritairement musulmane, en effet. Mais il y a aussi des chrétiens.

— Pourquoi le Tchad serait un allié de la France si c'est un pays musulman ?

— Je ne comprends pas bien ta question, s'enquit le colonel.

— Ben, la France est en guerre contre les pays musulmans… l'Afghanistan, la Syrie, la Libye, le Mali… Vous comprenez ce que je veux dire.

— Mais la France n'est pas en guerre contre les musulmans, mon garçon !

— Elle est en guerre contre qui, alors ?

— Notre armée a pour mission de défendre la nation et ses intérêts.

— Et ça veut dire quoi en réalité ? demanda Sophiane d'un ton ironique.

— La mission de l'armée française est de protéger nos concitoyens, quelles que soient leurs croyances. C'est la même chose pour notre allié tchadien : le colonel Mahamat a pour mission la sauvegarde des intérêts de son pays. Il est tchadien avant d'être musulman, tout comme tu es français avant d'être musulman.

— En quoi l'Afghanistan, l'Irak, la Libye et la Syrie mettent-ils en danger la sécurité ou les intérêts de la France ?

— C'est parce que tu ne sais pas ce qui se passe réellement dans les pays que tu viens de citer. Que sais-tu d'autre de ces pays à part qu'ils sont musulmans ? »

Sophiane ne savait pas grand-chose, il n'était même pas en mesure de situer ces pays sur une mappemonde.

Tout ce qu'il avait appris venait des réseaux sociaux qui diffusaient des vidéos de bombardements de drones occidentaux, d'enfants ensevelis aux visages poussiéreux et pleurés par des mères se lacérant le visage.

Mais à sa décharge, ces vidéos étaient réalisées pour lui, pour ces adolescents issus de l'immigration et vivant en Occident. Ces images étaient fabriquées pour traverser la rétine de ces enfants de la République et qu'elles s'impriment dans ces consciences naissantes qui avancent en titubant vers la lumière de la raison. Elles devaient susciter l'émotion, déclencher une colère irrationnelle qui se nourrissait de frustrations accumulées durant une jeunesse jalonnée d'exclusions et d'échecs. Cette jeunesse fragile se reconnaissait dans ces victimes syriennes ou maliennes, car elle aussi avait le sentiment d'être une victime collatérale d'une puissance occidentale, parce que musulmane. L'échec scolaire systémique, le logement indigne, la discrimination à l'emploi et aux loisirs, tout cela s'expliquait à leurs yeux parce qu'ils appartenaient à une minorité religieuse en Occident.

« Ce que je sais, je l'ai vu sur Twitter et Snapchat, dit-il d'un ton bravache.

— Et qu'as-tu vu ? demanda le colonel avec beaucoup d'intérêt, alors que le repas touchait à sa fin et que le maître d'hôtel servait le café.

— J'ai vu des victimes des bombardements français et américains sur des gens qui étaient musulmans comme moi.

— Comme toi ! répéta, surpris, le père de Maguelone. C'est étrange, dit-il entre deux gorgées de café.

— Pourquoi étrange ? Je suis différent, c'est simple à comprendre.

— J'ai sous mon commandement des centaines d'hommes et de femmes qui viennent de toutes les régions de France. Ces hommes et ces femmes sont bretons, auvergnats, vendéens, basques, réunionnais, tout ce que la France peut offrir de diversité. Ils viennent avec leurs cultures locales et leurs langues régionales, ils sont fiers de savoir parler le breton, le catalan ou le basque. Il en est de même pour leurs croyances : ils sont catholiques, israélites, protestants, orthodoxes ou musulmans, et en grande majorité sans religion. Et toi, en quoi es-tu si différent, mon garçon ? Tu es né à Saint-Denis en France, et tu as certainement aussi une culture locale et sans doute tes parents t'ont-ils transmis une langue qui t'appartient. Dans tout cela je ne vois que des points communs entre toi et ces jeunes qui se sont engagés pour leur patrie.

— Peut-être que la France n'est pas ma patrie, rétorqua-t-il d'un ton provocateur.

— Connais-tu l'étymologie du mot "patrie" ? » demanda le colonel en tamponnant délicatement les coins de sa bouche avec sa serviette.

Sophiane répondit par un hochement de tête que non. Gabriel lui avait enseigné l'importance de l'étymologie, et il brûlait maintenant d'apprendre l'origine de ce mot.

« Cela vient du latin *patria,* qui veut dire la terre des anciens ou des ancêtres. Et par extension, je crois qu'on peut dire que c'est la terre qui nous a vus naître et grandir. Tous les jeunes engagés que j'ai sous mon commandement partagent cela. Ils ont tous une histoire singulière, mais reconnaissent la France comme leur patrie, la terre où ils ont grandi et où ceux qu'ils aiment vivent en liberté et en sécurité. Mais si la France n'est pas ta patrie, comme tu le dis, quel pays est ta patrie alors ? »

En écoutant ces paroles, Sophiane se remémora ses souvenirs de vacances d'été en Algérie, où il séjournait dans le village de ses grands-parents. Lui revint alors l'amertume qu'il pouvait ressentir lorsque les gosses du village et ses propres cousins l'appelaient « l'immigré » ou « le roumi ». Parce qu'il n'était pas né en Algérie comme eux et n'allait pas à l'école du village, il n'était pas considéré comme l'un des leurs malgré les liens du sang. Il se rappela alors comment il comptait les jours jusqu'au départ pour enfin rentrer chez lui, à Saint-Denis, pour revoir ses copains et même son école. Oui, la France était sa patrie, sans le savoir il était attaché à cette terre depuis sa naissance malgré les efforts de sa propre famille pour le greffer à l'Algérie. Mais la greffe avait échoué. Il devait le reconnaître.

Alors que le colonel Grandval contemplait Sophiane, il repensait à ses conseils de défense où étaient dénombrés les enfants de France partis rejoindre la Syrie et les combattants de l'obscurantisme. Il se rappelait le désarroi et l'impuissance des décideurs assis autour de la table, s'interrogeant sur ces enfants élevés dans les valeurs de la République, et qui étaient devenus des combattants au service de ses ennemis. Bercés d'un idéal républicain, allaités à la promesse de l'égalité des chances et de la fraternité, ils s'étaient réveillés avec des coliques de colère et de haine. Mais il se disait également que la majorité des enfants étaient comme Sophiane. Cet adolescent de Saint-Denis était à la Rotonde de l'École militaire en compagnie de sa fille pour qui, indéniablement, il avait de l'affection. Il ne pouvait alors s'empêcher de croire que la République avait fait son œuvre en rendant possible cet attachement improbable entre ces deux adolescents que tout séparait. Sans le montrer, il en était ému, car il voyait dans ce simple déjeuner la main invisible de la République qu'il avait juré de défendre au péril de sa vie.

« On m'attend, je dois y aller. Finissez vos cafés tranquillement, vous avez tout votre temps, dit-il en se levant de table. Sophiane, j'espère te revoir bientôt pour continuer cette conversation, conclut-il avant de quitter la Rotonde accompagné de son aide de camp venu l'escorter à son prochain rendez-vous.

— Comment s'est passé le déjeuner à ton avis ? demanda Sophiane alors qu'ils étaient sortis de table et qu'ils marchaient main dans la main vers la station de métro.

— Mon père t'apprécie, je crois. Il aime bien les gens directs et sincères, et surtout ceux qui n'ont pas peur de le contredire.

— Écoute, je suis désolé.

— Pourquoi ?

— J'avais des préjugés avant de rencontrer ton père.

— J'ai un super papa.

— J'espère que tu ne seras pas trop déçue en venant déjeuner chez moi demain. La cité, ce n'est pas l'École militaire avec sa Rotonde et son maître d'hôtel.

— Ne dis pas ça, je suis très heureuse d'aller chez toi. Gabriel sera également présent, c'est génial, non, nous serons tous réunis. À demain ! » lui dit-elle avant de l'embrasser et de le quitter.

24

Sophiane était posté devant la place du 8-Mai, au carrefour de la rue Gabriel-Péri et du boulevard Carnot. Il guettait Maguelone qui devait surgir d'un instant à l'autre à cet endroit. C'était dimanche, jour de marché à Saint-Denis, et à midi, les rues adjacentes à la halle de style Baltard grouillaient de monde. Partout une foule se déplaçant en désordre, ignorant les voitures et les feux de signalisation, au grand désespoir des conducteurs de tramways et des automobilistes excédés qui n'hésitaient pas à sortir de leurs véhicules pour vociférer sur un conducteur qui avait quelques scrupules à se frayer un chemin en renversant un passant.

Le marché de Saint-Denis attirait le peuple de la banlieue et les bobos parisiens en quête de dépaysement pour le prix d'un ticket de métro. On s'y rendait pour acheter ou pour se balader et prendre un shoot de couleurs dans les rétines entre les melons jaunes, les bottes de menthe et les tissus africains bigarrés. Ajouter à cela le bruit et l'odeur, et le travailleur français jubilait en déambulant dans les allées de ce marché qui faisait la fierté de la ville.

Sophiane était en compagnie des clandés de la place du 8-Mai, les vendeurs de « Marlboro-bled » qui restaient plantés là toute la journée pour gagner quelques euros, juste de quoi acheter un sandwich et une bouteille d'eau. Ces migrants sans papiers s'étaient partagé la place en fonction de leurs ethnies d'origine : d'un côté, les Algériens qui faisaient face aux Tunisiens, plus loin les Maliens, et à l'autre bout de la place les Afghans et les Libyens que personne ne voulait fréquenter, car trop dangereux. Les quelques centaines de mètres carrés de la place concentraient toutes les crises migratoires de la planète. Chaque ethnie défendait son territoire régulièrement, les différends se réglaient à coups de couteau ou de lame de rasoir, un revendeur pouvait perdre la vie pour avoir franchi une frontière matérialisée par un banc ou une voie de tramway.

Tous avaient traversé la Méditerranée à bord de cercueils pneumatiques à la recherche d'un eldorado qui s'était achevé ici en vendeur de Marlboro. Personne ne se souciait de ces hommes seuls qui perdaient jour après jour un peu de leur humanité. Ils avaient laissé leur identité et leur nationalité derrière eux, sur les plages italiennes ou espagnoles sur lesquelles ils avaient échoué afin de ne pas être renvoyés vers l'enfer qu'ils venaient de quitter au péril de leur vie. Se battre pour un coin de rue, manger en fonction du nombre de paquets vendus, dormir en sécurité quand cela est possible et prendre des cachets d'ecstasy pour oublier cette violence quotidienne : voilà ce qu'était leur vie après avoir traversé la mer et franchi les cols alpins.

Ils étaient maintenant à Saint-Denis, dans une société occidentale dont ils ne comprenaient pas le fonctionnement dans ses rapports aux autres et surtout à la femme. Toujours en groupe par nécessité, ils devaient leur survie à leur appartenance à une meute. Mais ce même système qui les avait protégés pour traverser la mer ou les Balkans, les rendait suspects et dangereux en France. Ils étaient devenus indissociables du groupe alors qu'ils auraient eu plus de chances de se fondre dans la société française individuellement. Ils ne pouvaient se défaire du groupe et de la solidarité d'un clan dont ils dépendaient pour se nourrir et se protéger d'un environnement violent. De là où ils venaient, l'espace public appartenait aux hommes, exclusivement aux hommes. Ils ne comprenaient pas pourquoi un groupe nombreux de mâles pouvait générer un climat de crainte et d'angoisse pour une femme qui, de toute façon, n'avait rien à faire dans cet espace public.

La présence d'une silhouette féminine, d'une poitrine ou d'une cambrure éveillait leurs sens et leurs instincts. Ils devenaient tout à coup silencieux au passage d'une femme, leurs regards appuyés suivaient chaque mouvement du pli d'une robe ou d'une bretelle de soutien-gorge visible à leur œil exercé. Afin de ne pas être regardées comme du gibier, les Dionysiennes préféraient contourner cette place et ne plus traverser cette jungle.

Sophiane ne pouvait se faire à l'idée que sa Maguelone souffre des regards trop insistants de cette meute, ou pire, qu'elle soit suivie et importunée par l'un des sniffeurs de colle. Elle ne connaissait pas le code de survie des Dionysiennes dont la seule et unique règle était de faire abstraction de son environnement ou d'avoir des écouteurs sur les oreilles. Une Dionysienne avait, un jour, ignoré son propre père qui l'appelait alors qu'elle marchait à quelques mètres devant lui.

Maguelone émergea enfin du marché. Sophiane la vit au loin se frayer un chemin en se faufilant gracieusement entre les Caddies des mamas et les vendeurs à la sauvette de coriandre. Ces vendeurs ambulants jouaient au chat et à la souris avec les policiers municipaux pleins de courage tant qu'il ne s'agissait que de trafiquants d'herbes aromatiques.

Sophiane ne voyait qu'elle au milieu de cette foule. Elle portait une longue robe blanche à bretelles qui laissait deviner ses bras fins et un cou gracieux sous un gilet blanc transparent noué à la taille. Habillée ainsi et joyeusement expressive, souriant aux uns et riant avec les autres, elle animait son environnement comme une noce de village.

Le jeune homme s'avança vers elle avec empressement en négligeant les dangers de la circulation, se faufilant entre les voitures et n'hésitant pas à faire ralentir le tramway d'un geste de la main. Absorbée par les bruits et les couleurs qui l'entouraient, Maguelone ne s'aperçut de la présence de Sophiane que lorsqu'ils furent face à face. Elle se jeta alors à son cou et l'embrassa avec un rire joyeux.

« Ce marché est extraordinaire ! Je suis pensionnaire à la Légion d'honneur depuis un an et c'est ma première visite aujourd'hui. Regarde ! J'ai acheté des pêches et du raisin pour le dessert, et un bouquet de fleurs pour ta mère. Et ça, c'est un bouquet qu'un vendeur kabyle m'a offert en me demandant en mariage, lui dit-elle en montrant une botte de menthe qu'elle tenait à la main. J'ai également goûté une crêpe feuilletée avec du miel, c'était délicieux, mais je n'ai pas retenu le nom. »

Sophiane la débarrassa de ce qu'elle portait, sauf du bouquet de fleurs, qu'elle souhaitait garder avec elle. Ce qui arrangea le jeune homme qui rechignait à se promener des fleurs à la main dans son quartier. Elle traînait derrière elle une petite valise à roulettes mauve qui contenait son linge de la semaine, et sur laquelle étaient collés des stickers de fleurs psychédéliques et un autocollant « Love and Peace » en lettres capitales.

Il prit sa main et ils s'élancèrent en direction de la place du 8-Mai. « Surtout, tu restes près de moi et tu ne les regardes pas dans les yeux, dit-il en marchant à vive allure sans autre explication.

— Regarder qui ? » demanda-t-elle naïvement avant d'apercevoir assise sur les bancs la nuée d'hommes qui déjà la déshabillaient du regard. Instinctivement, elle baissa les yeux et Sophiane leva le front en leur lançant des regards courroucés. Cette expérience désagréable prit fin lorsqu'ils dépassèrent le bureau de poste principal et s'engagèrent dans la rue Jean-Mermoz en direction de la cité Dourdin.

« Là, tu vois, c'était mon école primaire, l'école Victor-Hugo. Elle était plus jolie avant qu'ils posent ces grilles pour empêcher les dealers de cacher de la drogue dans l'école », lâcha-t-il d'une voix monotone sans prêter attention à la stupéfaction qui s'emparait de son amie. Le beau ciel bleu d'été du centre-ville avait disparu au profit des balcons surchargés de paraboles ou servant de débarras. C'était sa première visite dans les quartiers nord de Saint-Denis, loin de la Légion d'honneur, de la basilique et du futur village olympique. Ici tout était béton, carré ou rectangulaire, très peu d'arbres et de places afin que les habitants puissent se retrouver et créer du lien.

La joie qu'elle avait ressentie en visitant le marché s'était estompée, elle était devenue silencieuse en découvrant cet environnement plus rude. Le quartier était silencieux, comme endormi, alors qu'il était presque treize heures.

« C'est ici que j'habite », dit Sophiane en s'arrêtant devant une immense tour de quatorze étages qui donnait l'impression de toucher le ciel lorsque l'on était à ses pieds. Son architecture était un parallélépipède rectangle parfait dont les faces étaient percées de fenêtres de manière régulière, des centaines sur chaque face, plus de vides que de matière, plus de verre que de béton. Les façades étaient lisses, aucune modénature ou d'arrondi qui aurait pu prouver le travail d'un architecte pour dessiner cet ouvrage. Le bâtiment idéal pour les âmes suicidaires voulant en finir avec un saut de l'ange, pas un balcon ou un obstacle pour ralentir une chute. On pouvait apercevoir à chaque étage de grandes fenêtres sans imposte avec des garde-corps en aluminium qui s'apparentaient à des barreaux de prison. Ce qui devait faire office de balcon pour les séjours n'était en réalité qu'une porte-fenêtre avec un garde-corps dont la profondeur était insuffisante pour y poser un bac à fleurs ou même un pied.

L'accès au hall d'immeuble était une niche rectangulaire qui s'enfonçait dans l'obscurité. Même en plein jour, on aurait pu croire à l'entrée d'un mausolée sans la porte blindée avec digicode mais ouverte aux quatre vents. Le contrôle d'accès hors service avait été remplacé par un jeune garçon d'à peine treize ans qui n'était pas étranger aux pannes régulières de l'interphone. Il faisait bénévolement la fonction de groom, outre son activité de guetteur. Si vous le connaissiez, alors il vous tenait bien volontiers la porte et vous aidait à porter vos courses. Mais dans le cas contraire et même sur invitation, il vous interdisait, du haut de ses treize ans, l'accès au bâtiment.

Dans le hall, les murs en crépi blanc étaient tachetés d'empreintes de baskets et d'auréoles laissées par des vomissures. Le sol était parsemé d'emballages de kebab et de fast-food qui laissaient deviner l'ampleur du festin de la veille. « On est dimanche aujourd'hui, donc pas de ménage », dit Sophiane pour justifier l'état de crasse de l'endroit. Il appela l'ascenseur qui s'ouvrit immédiatement devant eux, il entra en éclaireur afin de s'assurer qu'il n'y ait pas de mauvaise surprise. « Reste devant, ne va pas au fond, je crois qu'il y a une flaque de pisse », prévient-il tout en se servant de son corps comme d'un paravent. L'ascenseur était souvent souillé, lorsqu'il n'était pas en panne, et mieux valait subir un court instant ces odeurs que d'utiliser l'escalier qui pouvait réserver une surprise à chaque étage : un toxico qui somnolait après son shoot, ou bien tomber sur un couple éphémère en plein ébat et qui ne s'interrompait pas pour laisser passer des locataires en pleine ascension. Mais le plus immonde était parfois d'essayer de se frayer un chemin entre des excréments qui éclaboussaient les marches et les murs.

Gêné, mais heureux que l'ascenseur fonctionne aujourd'hui, Sophiane appuya frénétiquement plusieurs fois sur le bouton de l'étage à atteindre, comme si cela avait un quelconque effet sur la fermeture des portes. Puis ce fut le début d'une ascension qu'il trouva plus longue que jamais, les secondes paraissaient des heures au milieu des vapeurs d'urine. Il ne pouvait s'empêcher d'être embarrassé, lorsqu'à l'évidence Maguelone s'efforçait de respirer par la bouche.

La cage métallique ascensionnelle qui avait emprisonné les deux tourtereaux s'immobilisa et s'ouvrit enfin pour les laisser s'échapper. Quelle agréable surprise pour Maguelone de humer pour sa première inspiration des odeurs de légumes méditerranéens en train de mijoter : courgettes, navets, céleris... En fermant les yeux, elle pouvait distinguer le parfum de la coriandre et d'autres épices qu'elle ne connaissait pas. Mais le plus surprenant fut l'odeur de semoule cuite à la vapeur qui embaumait tout le palier.

« C'est incroyable, s'étonna Maguelone, tous ces parfums viennent de chez toi ?

— De chez moi, mais pas seulement. Ici tout le monde fait un couscous le dimanche pour la famille, et mes voisins sont tous originaires du Maghreb, donc forcément... Mais je t'en prie, sonne à la porte ! »

La jeune fille appuya sur un bouton blanc qui fit retentir un carillon rauque auquel répondit la voix puissante d'une femme qui transperça la porte palière de l'épaisseur d'une feuille de papier. « J'arrive ! » répétait-elle machinalement d'un ton où l'énergie le disputait à la bonne humeur. Maguelone devinait toute l'agitation qui régnait à l'intérieur et ça la fit sourire. La porte s'ouvrit alors comme soufflée par une explosion, et un petit bout de femme apparut les bras ouverts puis entraîna la jeune fille à l'intérieur de l'appartement.

« Bienvenue ma fille, lui dit-elle en l'embrassant sur les joues.

— Bonjour madame, répondit Maguelone qui était encore sous le feu de ses baisers.

— Pas de madame. Tu m'appelles Fouzia.

— Tenez, c'est pour vous ! » dit-elle en lui tendant le bouquet de fleurs.

Fouzia prit le bouquet délicatement en remerciant Maguelone et le montra à Sophiane, tout heureuse qu'on lui offre des fleurs. « Allez vous asseoir dans le salon, j'ai installé ton professeur », prévient-elle avant de se diriger vers la cuisine pour trouver un vase digne pour son bouquet.

« Gabriel est arrivé ? » s'étonna Sophiane. Les deux adolescents retirèrent leurs chaussures et entrèrent dans le salon où ils le trouvèrent assis confortablement sur une banquette de style marocain et tenant à la main une tasse de thé à la menthe. Il se leva pour les saluer et remercia chaleureusement Sophiane de son invitation.

« Comment avez-vous fait ?

— Quoi donc ? répondit Gabriel en se rasseyant sur la banquette.

— Pour monter jusqu'ici. Il ne vous a pas embêté ?

— Qui ça ?

— Le garçon posté dans le hall de l'immeuble, il ne vous a pas interdit de monter ? Car normalement, c'est son job.

— Non, il a été charmant quand je lui ai dit que j'avais connu son grand-père. Je lui ai raconté une ou deux anecdotes qui lui ont fait plaisir et qui l'ont rendu heureux.

— Et c'est vrai ? Vous avez connu son grand-père ? questionna Sophiane avec étonnement.

— Je n'ai pas le droit de mentir », leur chuchota, amusé, le vieil homme.

Les deux adolescents trouvèrent la réponse de leur maître bien étrange, mais ils n'osèrent pas l'interroger davantage. Au même instant, Fouzia entra dans le salon en portant à bout de bras un immense plateau argenté sur lequel étaient posées une théière encore fumante et des tasses joliment décorées aux motifs calligraphiés. Elle versa le thé à la marocaine, en gardant la théière bien haute, presque au-dessus de la tête des convives qui voyaient l'infusion tomber comme une cascade. Aux vapeurs de thé s'ajoutait maintenant l'écume produite par cette tempête de menthe dans un verre. La dextérité de Fouzia qui servait sans éclabousser le plateau impressionna Maguelone.

« Je vous en sers encore un autre ? » dit-elle en tendant une nouvelle tasse à Gabriel qui n'essaya pas de refuser la proposition en esquissant un sourire de gratitude. Pendant ce temps, Maguelone promenait son regard un peu partout dans ce salon qu'elle jugeait pittoresque. Elle était assise sur une belle banquette marocaine aux couleurs chatoyantes et dont la structure était dans un beau bois sculpté. Son regard s'arrêta sur une photo de famille en noir et blanc avec au premier plan trois enfants, trois filles tout endimanchées qui se tenaient certainement devant leurs parents, un homme en costume sombre et une élégante jeune femme dans un tailleur sans manches. « Ce sont mes parents, et la petite fille à droite c'est moi, à côté de mes deux grandes sœurs. Cette photo date de la fin des années soixante-dix », expliqua Fouzia en remarquant que Maguelone s'attardait sur ce portrait de famille.

« Elle était très belle, votre maman, la complimenta Maguelone.

— C'est vrai qu'elle était belle, dit-elle avec nostalgie en regardant la photo. Je me souviens qu'elle adorait ce tailleur. »

Elle se souvenait également du jour où ce cliché avait été pris chez un photographe qui avait sa boutique rue Gabriel-Péri. À cette époque, le jour de la photo était jour de fête. Toute la famille était coiffée et endimanchée pour ces clichés qui partiraient au pays pour témoigner de la bonne santé et de la réussite de la famille immigré en France. Les vêtements portés n'étaient pas ceux du quotidien, mais ceux de l'ascension sociale et de l'intégration à une société occidentale moderne pleine de promesses. Costume trois pièces pour le père et un beau tailleur qui laissait apparaître les bras dénudés et la belle silhouette de la mère, ce couple d'immigrés de la fin des années soixante-dix posait sans complexe alors qu'ils n'étaient pas moins musulmans que leurs descendants qui par leurs pratiques actuelles faisaient de cette photo vieille de quarante ans un anachronisme.

Le bruit du verrou de la porte d'entrée se fit entendre et Fouzia se leva pour accueillir Youssef. « Voilà l'aîné de mes deux fils ! » s'exclama-t-elle en l'entraînant dans le salon, de peur qu'il ne tente de s'éclipser. « Je vous présente Youssef ! » dit-elle en le tirant presque par le bras pour qu'il daigne s'approcher des convives encore assis autour de la table basse. Il était vêtu d'un qamis blanc, cette longue robe traditionnelle à manches longues brodée de fils dorés au col et aux poignets. L'habit épousait parfaitement sa silhouette longiligne et lui donnait indéniablement beaucoup d'allure. Le blanc immaculé et impeccable de sa tenue faisait ressortir son teint hâlé et le brun de ses cheveux coupés très court. Sa barbe soigneusement taillée soulignait la finesse des traits de son visage.

Il était beau, mais il se dégageait de lui une certaine froideur, il y avait dans son regard une sévérité inhabituelle pour un jeune homme de son âge. Il donnait l'impression d'un corps au paroxysme de la jeunesse, mais dévitalisé de la curiosité, du désir et de la joie qui font de ces années une époque bénie et joyeuse. Dans cette âme en pleine mue qui s'apprêtait à perdre sa peau d'adolescent pour le cuir de l'austérité propre à la radicalité, le peu de tendresse qui y était enfoui jaillit subrepticement une fraction de seconde dans un sourire, lorsque sa mère, d'un geste, caressa sa joue en disant sa fierté que son fils soit le premier de la famille à passer le baccalauréat.

« Tous mes vœux de réussite pour ton examen », s'exclama Gabriel en s'avançant vers lui pour lui serrer la main. Youssef se contenta de répondre sèchement par un « Salam ». Maguelone s'élança vers lui pour lui faire une bise, mais il recula en gardant les yeux baissés. « Ma religion m'interdit d'avoir un contact avec une fille, même pour une bise », expliqua-t-il à la jeune fille qui se sentit un peu bête. « Veuillez m'excuser », fit-elle alors, un peu gênée de ne pas connaître les usages du foyer.

L'attitude de son aîné fit fulminer intérieurement Fouzia qui ne put rien dire sur l'instant, soucieuse de rassurer Maguelone. Elle se précipita pour l'enlacer affectueusement tout en se balançant et elle réussit ainsi à la faire sourire. « Il dit des bêtises comme tous les garçons de son âge qui pensent tout savoir, il ne faut pas l'écouter, tu es comme ma fille ! » lui dit-elle tout en l'embrassant. Un éclat de rire emporta Maguelone et Fouzia, ce qui permit à Youssef de s'éclipser.

Il entra dans sa chambre et claqua violemment la porte derrière lui. Sophiane le suivit. De toute évidence, sa conduite envers Maguelone l'avait mis en colère.

« C'est quoi, ton problème ? Qu'est-ce qui t'arrive ? Pourquoi nous mets-tu la honte comme ça devant nos invités ?

— Je ne vais pas changer de religion pour eux.

— Tu ne fais plus la bise maintenant ?

— Je ne fais plus la bise depuis que je sais que c'est interdit par notre religion. D'ailleurs, il aurait été bien qu'elle respecte cette maison en se couvrant au minimum les cheveux.

— C'est Riad qui t'a raconté ça ?

— Il m'a ouvert les yeux sur le "vrai" islam. Mais toi tu ne peux pas comprendre, mon pauvre frère, car tu as été corrompu malgré toi… »

« Les garçons à table », appela Fouzia d'une voix qui transperça les murs de la chambre. « On y va ? » dit Youssef en passant devant Sophiane qui ne put retenir un profond soupir de déception et d'inquiétude.

25

Les convives étaient tous attablés : les deux frères étaient assis côte à côte, Sophiane faisait face à Maguelone, et Gabriel souriait d'un air débonnaire à Youssef, ce qui l'agaçait au plus haut point. Fouzia faisait des allers-retours entre sa cuisine et le salon pour servir le couscous encore fumant et la viande accompagnée de son bouillon. Puis elle prit place en bout de table comme l'aurait fait n'importe quelle maîtresse de maison. Maguelone se courba légèrement pour humer les parfums des plats posés devant elle sans s'apercevoir qu'elle dévoilait son entre-seins. « Qu'est-ce que ça sent bon ! » s'exclama spontanément la jeune fille alors que Youssef, entrapercevant son décolleté une fraction de seconde, s'exclama intérieurement que ce qu'il voyait était beau et qu'il serait damné pour cette pensée impure.

Fouzia demanda à Gabriel de lui tendre son assiette pour le servir en sa qualité d'invité, puis Maguelone qui s'empressa de demander ce que contenait son assiette.

« C'est un couscous au cardon. C'est un légume de chez nous, et je l'ai fait spécialement pour vous, dit fièrement Fouzia.

— Je connais le cardon, répondit Maguelone. On en a chez nous dans notre jardin à Sète ! Mais on ne cuisine pas trop avec.

— Je ne savais pas que le cardon poussait en France, ajouta Fouzia, surprise. Tu vas voir, c'est délicieux avec le couscous.

— J'adore également le cardon, dit Gabriel en dépliant une serviette qu'il posa sur ses genoux.

— Vous êtes originaire du Maghreb, monsieur Gabriel ? demanda Fouzia en servant ses garçons.

— Pas exactement. Mais vous savez, le cardon est présent dans tout le bassin méditerranéen. C'est une plante que l'on trouve dans le sud de la France, mais également en Italie, en Espagne, en Grèce et en Turquie. Les Romains l'utilisaient déjà dans leur cuisine il y a plus de deux mille ans. »

Fouzia écouta attentivement Gabriel disserter sur l'histoire du cardon en hochant la tête et en écarquillant les yeux, et quand elle eut terminé de servir ses convives elle lança gaiement un « Bismillah et bon appétit ».

« Pourquoi ajoutes-tu "Bon appétit" ? Bismillah suffit, dit Youssef laconiquement en gardant ses yeux baissés sur son assiette.

— Et ça veut dire quoi Bismillah ? demanda ingénument Maguelone à Youssef qui ne répondit pas, et détourna le regard pour ne pas s'infliger un nouveau péché qu'il devrait ensuite expier.

— C'est ce qu'on dit par tradition avant de manger, répondit Fouzia.

— Pas du tout, reprit Youssef d'un ton professoral à l'intention de sa mère. Cela veut dire "Au nom d'Allah" et c'est ce que disent les musulmans avant de manger.

— Comment le prononces-tu ? demanda, curieuse, Maguelone. Bis-Mi-La, c'est ça ?

— Tu n'as pas à essayer de le prononcer puisque tu n'es pas musulmane, rétorqua sèchement Youssef.

— Ce ne sont pas que les musulmans qui disent Bismillah, intervint Gabriel. Les chrétiens d'Orient le disent également. Madame, ajouta-t-il, c'est le meilleur couscous au cardon qui m'ait été donné de goûter.

— Peut-être, répondit Youssef d'un ton péremptoire, mais il n'a certainement pas la même signification que pour les musulmans.

— Je crois qu'il y a un point commun pour les chrétiens d'Orient et les musulmans. Bismillah est une invocation au Dieu unique, on oublie souvent ce qui nous rapproche.

— Mon père, qui est catholique, fait parfois une invocation avant de se mettre à table. Attendez que je me souvienne… Ah oui, je crois que c'est ça : "Bénissez-nous Seigneur, bénissez ce repas, ceux qui l'ont préparé, et procurez du pain à ceux qui n'en ont pas, ainsi soit-il." Bismillah est plus court, dit-elle en riant.

— Tu vis à Saint-Denis avec ton papa ? interrogea Fouzia.

— Non, je vis au pensionnat de la Légion d'honneur et papa habite à Paris. Il est officier dans l'armée de terre, dit-elle avant de s'écrier, les yeux tournés vers le ciel, que le couscous était divin. Maman sera surprise d'apprendre que l'on peut faire un couscous avec les cardons du jardin, s'écria-t-elle.

— Et ta maman ? continua Fouzia.

— Elle est restée à Sète avec mon petit frère. Elle ne veut pas quitter notre région.

— Ça veut dire que tu es toute seule, loin de ta famille, toute la semaine ? compatit Fouzia.

— Au début c'était difficile, mais maintenant ça va mieux.

— Tu es une jeune fille très courageuse, grandir loin de ses parents et de ses amis est une épreuve douloureuse. Les enfants sont comme des fleurs, ils ont besoin des soins et de l'amour de leurs parents pour s'épanouir. Est-ce que tous les jardiniers se valent ? Non, une maman sait quand sa fleur a besoin d'être arrosée de baisers ou réchauffée de tendresse. Ton pensionnat est comme une serre, et il y a des fleurs qui ne supportent pas les serres. »

Fouzia prit la main de Youssef qui tressaillit. Il ne put cacher son émotion d'entendre les mots de sa mère et de sentir la chaleur de sa main sur la sienne. Elle lui souriait, mais il évitait de croiser son regard pour ne pas s'attendrir. Gabriel complimenta Fouzia pour cette belle parabole, et en retour elle le remercia tout en se demandant pourquoi il parlait de parabole alors qu'elle n'en avait pas suspendu à son balcon.

« Mais comment vous êtes-vous rencontrés, toi et Sophiane ? » interrogea-t-elle en resservant Maguelone qui faillit laisser échapper son assiette alors qu'elle la tenait bien haut au-dessus de la table. À cette question la jeune fille rougit et Sophiane manqua de s'étouffer, ce qui poussa Fouzia à leur demander si le couscous n'était pas trop épicé. Les deux adolescents répondirent non d'un hochement de tête et, cherchant désespérément du secours, ils se tournèrent vers Gabriel.

« Tous les deux sont mes élèves, intervint Gabriel, on peut dire qu'ils se sont rencontrés un peu grâce à moi.

— Je ne sais pas comment vous remercier, monsieur Gabriel. Je vois Sophiane plus souvent à la maison avec un livre à la main, la dernière fois il m'a raconté l'histoire d'Ulysse, et un autre jour l'histoire d'un chevalier avec un grand nez qui avait peur de déclarer son amour à la femme qu'il aimait.

— Ah oui, c'est l'histoire de *Cyrano*, annonça Gabriel.

— C'est ça, *Cyrano* ! s'exclama Fouzia.

— Ulysse, c'est moi. Mais pour *Cyrano*… je n'y suis pour rien. »

Les deux adolescents se regardèrent et échangèrent un sourire complice. Puis Sophiane avoua qu'il avait lu *Cyrano* sur les conseils de Maguelone. « C'est donc toi, Maguelone, qui fais lire à mon fils des histoires d'amour avec des chevaliers ? » La jeune fille, confuse, ne savait pas trop quoi répondre à ce qui semblait être un reproche. « Eh bien, je te remercie, ma fille, car depuis qu'il lit ce genre de livres, je le trouve plus affectueux. C'est à se demander pourquoi, non ? dit-elle en se penchant vers Maguelone.

— Maman, arrête de parler de moi comme si je n'étais pas là. C'est gênant.

— Oui, c'est gênant, maman, ajouta Youssef. Tu ne vois pas qu'ils essaient de corrompre notre famille ?

— Je t'interdis de dire ce genre de choses devant nos invités ! s'emporta Fouzia. Pas à ma table !

— Ne le grondez pas, Fouzia. À l'évidence Youssef a beaucoup de choses à dire et j'aime écouter », intervint Gabriel alors qu'il venait de terminer son assiette. Fouzia regarda Youssef et poussa un profond soupir d'exaspération :

« Si cela vous fait plaisir de l'écouter…

« Ma fille, dit-elle en s'adressant à Maguelone, il paraît que tu adores les m'laouis. Suis-moi à la cuisine, nous allons en préparer quelques-unes pour accompagner le thé à la menthe. Comme ça, tu connaîtras la recette et la technique pour les faire à la maison. »

Maguelone accepta avec enthousiasme, trop heureuse de partager ce moment intime avec Fouzia qui de son côté était ravie de lui épargner les élucubrations de son fils aîné et les vérités dogmatiques tranchantes qu'il savait servir.

Ils n'étaient plus que tous les trois dans le salon, les deux frères et Gabriel, qui attendait patiemment que Youssef engage la conversation pour livrer ce qu'il avait sur le cœur. Le silence qui s'était installé autour de la table contrastait avec l'ambiance dans la cuisine, d'où s'échappaient des éclats de rire et de voix qui s'entremêlaient à la musique des ustensiles. Elles riaient et parlaient fort, la mère et l'adolescente avaient allumé un feu de joie qui maintenant se répandait dans toutes les pièces. Gabriel ne put s'empêcher de remarquer qu'elles étaient le véritable foyer de la maison, le feu qui donnait vie à la famille et l'animait.

« Non, l'interrompit Youssef. Leurs rires sont un signe de la corruption qui vous caractérise. Une femme ne doit pas rire ostensiblement dans sa cuisine, surtout en présence d'étrangers.

— C'est curieux ce que tu dis. Car dans la tradition, la cuisine est l'asile qui échappe aux hommes et à leur autorité. Elles sont maîtresses de ce lieu, elles peuvent y parler librement de leur intimité, se moquer des hommes et surtout en rire.

— Vous voyez, vous êtes un innovateur, un corrupteur, aucun lieu n'échappe à Dieu et à l'autorité de l'homme.

— Sauf la cuisine, rétorqua Gabriel avec un brin de malice.

— Vous blasphémez, éructa de colère Youssef.

— Je te parle des traditions au Maghreb, de celles de tes parents et de tes aïeux.

— Ils ne connaissaient rien du vrai islam. Ils étaient ignorants. Mais cela a changé, aujourd'hui nous avons des savants pour nous rappeler le vrai chemin de la foi.

— Et en quoi suis-je un corrupteur ?

— Vous détournez le sacré et les écritures dans leurs interprétations. Vous faites croire à mon petit frère qu'il est permis de jouer aux échecs, de lire des romans, de visiter les musées et d'avoir des amies du sexe opposé. Vous vous servez de votre langue pour semer la graine du doute dans le cœur des croyants pour les détourner de Dieu.

— Rien d'interdit par Dieu dans ce que tu viens de citer, affirma tranquillement Gabriel.

— Encore une fois vous jouez sur les mots. Dieu attend de nous une dévotion totale, chaque instant de notre vie ne doit être qu'adoration. Il n'y a pas de place pour le jeu, la culture et les loisirs. Le seul objectif de cette vie sur terre est de préparer notre vie future et le jour du Jugement dernier. L'épreuve de la mort est pénible à celui qui ne s'est pas préparé à rencontrer son créateur.

— La science n'est-elle pas un don de Dieu ? interrogea Gabriel.

— La seule science possible est celle qui étudie la religion et les écritures.

— La beauté n'est-elle pas un don de Dieu que l'on doit rechercher dans l'art ?

— La beauté est l'un des attributs de Dieu. Aucune beauté en dehors de lui.

— Et l'amour et l'affection entre les hommes ?

— Aucune amitié, aucune affection entre les croyants et les non-croyants.

— Tu dois beaucoup souffrir, mon garçon, lâcha Gabriel dans un profond soupir.

— Je souffre de vivre ici, dans ce pays qui nous opprime. Ils veulent nous humilier parce que nous sommes purs comme le cristal, parce que nous avons été élus au-dessus des autres peuples.

— Je ne te comprends pas, coupa Sophiane qui se permit d'intervenir dans leur échange. Tu avais plein d'amis qui n'étaient pas forcément musulmans, tu avais même une copine l'année dernière au lycée.

— À l'époque, j'étais aveugle et dans l'erreur. Ma vie n'avançait pas, on me refusait même des stages parce que j'avais le malheur d'être musulman ou d'habiter à Saint-Denis. Tout cela est terminé, je suis fier de ce que je suis, et s'ils ne veulent pas de moi, tant mieux, car je ne veux pas d'eux non plus. »

De son côté, Maguelone savourait chaque minute passée dans la minuscule cuisine. Fouzia ôta d'abord ses belles bagues en argent, puis alla chercher un foulard qu'elle offrit à Maguelone : « C'est pour toi, l'un de mes plus beaux foulards, il est à toi, c'est important quand on cuisine », expliqua-t-elle. Elle aida Maguelone à s'en coiffer à la berbère, c'est-à-dire avec un joli nœud devant qui laissait apparaître son cou d'ivoire et sa belle frange sur le front. « Tu es belle ! » lui dit-elle en lui caressant la joue. Puis Fouzia lui lava les mains comme si elle était encore une enfant. Enveloppant ses mains dans les siennes, elle passa ses doigts entre les siens sous le filet d'eau du robinet. L'espace était exigu, la jeune fille ne pouvait rester statique sans gêner la maîtresse des lieux. Alors, comme dans une danse, Fouzia entraîna Maguelone dans chacun de ses pas pour rassembler les ingrédients rangés dans les différents placards. Puis elle posa un énorme plat creux en bois sur le plan de travail, Maguelone n'en avait jamais vu d'aussi grand, et elle demanda ce que c'était. « C'est un gasaa, ce plat sert à tout dans notre cuisine : à préparer le couscous, mais surtout à faire une pâte. » Avec comme seule balance la paume de sa main, Fouzia mélangea les ingrédients en prenant soin de lui expliquer ce qu'elle faisait. Puis, sous l'œil émerveillé de la jeune fille, Fouzia se mit à pétrir la pâte à la main avec une force et une énergie insoupçonnées de ce petit bout de femme. La cuisine méditerranéenne exige une dextérité et une force que les hommes n'ont pas, aucun ne pouvait pétrir une pâte ou former une galette à la circonférence parfaite comme les femmes berbères savent le faire. En ce lieu, la technique, le doigté et l'amour du contact avec les produits se substituaient à la force brute. Ces femmes étaient capables de reconnaître une bonne semoule en laissant rouler les grains entre leurs doigts, ou la qualité et l'origine d'une huile d'olive juste en humant son parfum. « Tu as vu comment j'ai fait. C'est à toi maintenant », dit Fouzia en invitant la jeune fille à prendre sa place.

Maguelone s'avança et plongea ses mains dans la pâte en formation. Mais ses mains s'engluèrent, la pâte s'accrochait à ses doigts, et pourtant elle avait vu Fouzia le faire avec une facilité déconcertante. Fouzia s'approcha et plongea également ses mains dans le gasaa, elles étaient épaule contre épaule, mains contre mains. « Ce ne sont pas que les mains qui bougent lorsqu'on pétrit une pâte. Tu dois te mettre légèrement sur la pointe des pieds et te balancer en faisant rouler tes épaules de l'avant vers l'arrière. Maintenant, tu connais le secret. »

Fouzia était heureuse, mère de deux garçons, elle était condamnée à ne jamais connaître le bonheur de partager cette expérience de cuisiner et de transmettre ce qu'elle avait appris de sa mère. Sur les rives de la Méditerranée, les pères veulent des garçons pour perpétuer le nom et les mères, des filles pour transmettre leur art culinaire, leurs chants, leurs danses et leur joie de vivre. Les noms s'oublient, mais la culture reste.

De ses doigts dorés par l'huile d'olive, Fouzia réalisa le feuilletage et forma, sous le regard admiratif de

Maguelone, des crêpes à la circonférence parfaite qu'elle déposa délicatement au fond d'un plat en fonte brûlant. Fouzia les retournait de ses mains afin qu'elles soient parfaitement dorées et gardent la forme qu'elle leur avait donnée. « Mais vous allez vous brûler, Fouzia ! » s'écria Maguelone, étonnée par ce spectacle où, tel un souffleur de verre, Fouzia jouait avec le feu et la chaleur pour achever son œuvre.

Quel enchantement pour l'adolescente de découvrir cet art culinaire ancestral qui se transmettait sans recette et sans livre, mais de main en main, d'âme en âme, de femme en femme ! Elle fut surprise par la grande sensualité des gestes exécutés par Fouzia. Chacun d'eux, par leur intensité, exprimait l'amour qu'elle avait pour ses hôtes. Fouzia avait terminé de dresser le plateau avec le thé et le miel lorsque Maguelone, sans explication et sans un mot, l'enlaça affectueusement, comme si elle avait enlacé sa propre mère. Fouzia se contenta alors de poser un baiser sur son front. Là était la raison de l'interdiction faite aux hommes, dans la tradition méditerranéenne, de pénétrer dans une cuisine : cet endroit était dangereux pour eux, car les femmes y manipulaient l'amour avec les doigts.

Fouzia et Maguelone firent leur apparition dans le salon ; l'une portant le thé à la menthe et l'autre les crêpes feuilletées. Leur arrivée mit un terme à la discussion animée entre Youssef et Gabriel. « Ta maman est fantastique, elle a fait une pâte feuilletée en quinze minutes, elle a une technique incroyable avec ses mains ! s'exclama Maguelone en s'asseyant.

— Il te va très bien, ce foulard, murmura Sophiane timidement.

— C'est vrai, dit Gabriel, tu le portes comme une vraie femme berbère.

— Merci, dit fièrement Maguelone – qui l'ôta délicatement pour le tendre à Fouzia. Je vous le rends, car je sais que vous y tenez.

— Je te l'ai offert, il est à toi, ce sera un souvenir », lui dit-elle avec une certaine émotion dans la voix. Puis elle servit une tasse de thé à la menthe à chacun des convives qui restèrent étrangement silencieux.

« De quoi avez-vous parlé en notre absence ? J'espère que Youssef s'est tenu correctement ! dit-elle en regardant son fils avec anxiété. Avec Maguelone, nous avons beaucoup papoté. Elle m'a raconté votre visite au Louvre et votre déjeuner avec son père à l'École militaire.

— Ton père travaille à l'École militaire ? s'enquit Youssef en s'adressant directement à Maguelone pour la première fois.

— Oui, il est officier de commandement », répondit-elle fièrement et heureuse que Youssef lui témoigne enfin un peu d'intérêt.

Afin qu'elle n'en dise pas plus à son frère, Sophiane coupa court à la conversation en lui demandant quelles m'laouis avaient été confectionnées de ses mains.

Maguelone servit chaque convive en précisant, dans un échange de sourires avec Fouzia, que celles qui étaient plus petites et de formes aléatoires étaient les siennes. De l'avis de tous, sauf de Youssef qui ne toucha pas à l'assiette posée devant lui, les premières m'laouis de Maguelone étaient délicieuses. Alors que chacun dégustait en silence son verre de thé à la menthe, Fouzia se hasarda à questionner Youssef sur leurs échanges en leur absence.

« Pas grand-chose. J'ai beaucoup parlé et Gabriel a beaucoup écouté sans presque rien dire. C'est difficile de nier la vérité quand elle se présente à vous. »

Fouzia et Maguelone échangèrent un regard d'incompréhension et se tournèrent vers Sophiane qui se contenta de hausser les épaules tout en continuant à boire son thé brûlant. Gabriel prit le temps de terminer son verre, s'essuya les coins de la bouche en remerciant chaleureusement Fouzia de son hospitalité, et ajouta qu'il était maintenant temps pour lui de prendre congé. « Il est l'heure pour moi également de rentrer à la Légion », dit Maguelone, ce qui poussa Fouzia à demander si c'était à cause des paroles de Youssef qu'ils partaient si brusquement.

« Tout a été parfait, dit Gabriel, et j'ai été très honoré de partager ce repas de famille, mais je dois partir parce qu'il est temps de nous séparer, tout simplement. »

Fouzia fit une mine désolée et leur répéta qu'ils seraient toujours les bienvenus à cette table.

« Avant de partir, ajouta Gabriel, j'aimerais te dire quelques mots, Youssef. J'aimerais que tu m'écoutes comme moi je t'ai écouté, sans m'interrompre et en te laissant pénétrer par mes mots pour comprendre ma pensée. Est-ce que tu peux faire cela ? »

Le jeune homme, surpris par le ton calme et bienveillant de Gabriel, se contenta de répondre simplement par un hochement de tête.

« Je vais simplement partager avec toi un conte que j'affectionne particulièrement et qui m'accompagne chaque jour dans ma vie. Certains prétendent que c'est une fable, mais pour ma part je crois que cette histoire est vraie. Cela s'est passé il y a bien longtemps, au IXe siècle. Un grand savant de la foi réputé rigoriste devait se rendre à Bagdad pour rencontrer le calife qui le voulait auprès de lui afin de profiter de sa science et de ses conseils. Il fit donc un long voyage qui l'amena à franchir des montagnes et à emprunter des fleuves. Alors qu'il descendait en barque un cours d'eau, il entendit au loin quelqu'un qui priait et qui récitait les textes sacrés. Les prières de cet homme étaient maladroites, les mots étaient parfois dénaturés par une mauvaise prononciation. Le savant demanda alors au batelier qui le conduisait d'accoster sur la petite île de pêcheurs d'où provenaient ces prières qui lui écorchaient les oreilles. Il trouva alors dans une modeste cabane un vieux pêcheur qui priait et lisait le texte sacré à haute voix. Il se présenta et lui proposa son aide pour lui apprendre à prier et à lire convenablement. Le vieux pêcheur lui expliqua qu'il avait appris à prier comme ses parents et à lire les textes sacrés comme son père les lisait. Et en pleurant à chaudes larmes, il accepta avec joie son enseignement. Quel honneur, se disait-il, pour un ignorant comme moi d'étudier avec une personne aussi érudite ! Le savant apprit au vieil homme la bonne prononciation des mots et la lecture correcte du texte sacré. Au moment de se séparer, le savant lui rappela que la connaissance de la bonne prononciation des mots était la porte vers la béatitude, et qu'il était arrivé que ceux qui avaient atteint ce parfait degré de connaissance accomplissent des miracles. Le vieux pêcheur le remercia de sa patience et de son enseignement, en espérant en être digne. Le savant reprit alors sa barque et s'éloignait doucement de la berge lorsqu'il entendit le vieux pêcheur prier. Il écouta attentivement, et à son grand regret, il constata que celui-ci continuait à commettre les mêmes erreurs qu'avant son enseignement. Il se dit que la science de la foi n'était pas à la portée de tous et demanda à Dieu de pardonner ce pauvre homme ignorant.

« Alors que la barque était au milieu du fleuve, il sentit une main se poser sur son épaule et il entendit une voix lui dire : “Pardonne-moi, mon frère, mais je crois que je prononce mal certains mots que tu m'as appris. Veux-tu bien me les répéter encore une fois même si je n'en suis pas digne ?” Le vieux pêcheur était venu à lui en marchant sur l'eau et il se tenait là en sanglotant, son livre à la main. Le savant était stupéfait, et après quelques instants qui lui permirent de retrouver la raison, il sourit au vieux pêcheur et lui dit humblement : "Sèche tes larmes, car tu les prononces de la meilleure manière qu'il soit. Va en paix." Soulagé et heureux, le vieux pêcheur le remercia encore et s'en alla comme il était venu, en marchant sur l'eau. »

26

Le mardi suivant, Youssef se rendit chez Riad. Celui-ci l'avait invité pour l'entretenir d'un sujet urgent et qui selon lui serait une bonne nouvelle. Sur le chemin, il ne cessait de repenser au repas partagé avec Gabriel et Maguelone, et surtout au conte du vieux pêcheur qu'il avait écouté avec attention. Ce n'était qu'un conte, mais il en avait compris intuitivement tout le sens, et il ne pouvait accepter cette idée que l'amour pouvait se substituer à l'étude et au respect intransigeant des règles et des lois : on ne négocie pas avec Dieu, se disait-il pour achever de s'en convaincre. Lui, appartenait fièrement à la communauté de ceux qui appliquaient strictement les vrais préceptes de la religion, ceux qui étaient inflexibles et qui préféraient la vie de l'au-delà à celle d'ici-bas. Pour Youssef, la vie de l'au-delà avait une qualité que celle d'ici-bas n'avait plus : la justice.

À son arrivée, il trouva la bâtisse étrangement calme, les enfants qui jouaient dans l'escalier étaient cloîtrés chez eux et l'appartement de Lydia, devant lequel il passa rapidement, était vide, au grand dam des clients qui venaient tenter leur chance.

Il entra dans l'appartement de la communauté et vit ses membres qui s'activaient à faire un grand ménage : les tapis où s'asseyaient les adeptes avaient été retirés, le mobilier jeté à la décharge et le peu de livres qui existaient en ce lieu partaient pour être brûlés dans la cour de l'immeuble. Il ne restait plus rien dans l'appartement qui aurait pu laisser croire que s'était réunie à cet endroit une communauté d'adolescents venus chercher un sens à leur vie. Un jeune homme qui nettoyait méticuleusement avec une éponge chaque centimètre carré de mur et de sol s'avança vers lui pour lui demander de patienter, car Riad était en compagnie d'une sœur pour un entretien. Youssef voulut savoir pourquoi il nettoyait ainsi méticuleusement l'appartement. « Faut effacer notre passage à cet endroit, il ne faut rien laisser, pas une empreinte, pas un cheveu. Ces diables peuvent te retrouver avec rien. »

Après quelques minutes d'attente, on le fit entrer dans une chambre où Riad l'attendait en compagnie d'une femme voilée qu'il ne reconnut pas sur l'instant. Le prédicateur lui fit signe d'approcher et de s'asseoir près d'eux. Youssef le salua en lui faisant une accolade et se contenta de marmonner un « Salam » dédaigneux à la jeune fille sans même la regarder. Elle lui répondit « Salam », et il reconnut avec stupéfaction la voix de Lydia.

« Lydia est des nôtres, dit Riad d'une mine réjouie. Sa vie passée de débauche est définitivement oubliée et purgée. C'est une renaissance, c'est une nouvelle vie qui commence pour elle au sein de notre communauté. Félicite-la et souhaite-lui la bienvenue !

— Je te félicite, ma sœur, pour ta décision. Sois la bienvenue parmi nous, dit-il, surpris.

— Merci, Youssef. Je souhaite que ma nouvelle vie soit conforme à la volonté de Dieu, murmure-t-elle.

— Tu peux nous laisser maintenant, Lydia. Va rassembler tes affaires, car nous partons demain. »

La jeune fille s'exécuta et sortit de la chambre les yeux baissés, le dos presque courbé en signe de soumission. Il l'avait accueillie dans sa communauté à bras ouverts, il était maintenant son maître alors qu'il avait été son client les soirs où ses propres démons et ses tentations de luxure le tourmentaient. À cette époque, il descendait la voir quand il s'enfonçait dans sa frustration de ne pas pouvoir jouir de ces adolescentes qui se présentaient spontanément à lui pour l'écouter et qui étaient prêtes à réaliser le moindre de ses ordres. Les rôles s'étaient inversés : Lydia venait maintenant souvent lui rendre visite pour savoir comment elle pouvait mettre sa vie au service de Dieu et de sa cause. Spontanément, elle lui conta ce que Sophiane lui avait confié sur son amour pour cette fille de militaire pensionnaire à la Légion d'honneur, et de ce professeur d'échecs philosophe qu'ils voyaient ensemble tous les mercredis. Espérant peut-être que Riad épouserait sa cause pour toutes les fois où il avait épousé son corps, et qu'ainsi il ferait souffrir Sophiane comme elle avait souffert.

« Où est-ce que vous allez ? demanda Youssef.

— Nous partons combattre avec nos frères au Cham, en Syrie, répondit Riad, joyeux. Tout est prêt, nous partons demain.

— Lydia vient avec nous ?

— Lydia sera une femme de combattant. Elle se mariera sans doute plusieurs fois, autant de fois qu'il y aura de martyrs. Elle va donner sa vie et son corps pour soulager nos combattants qui ont besoin d'épouses pour les accueillir quand ils reviendront épuisés du front.

— Et moi ? Je viens avec vous ?

— Non, tu as une mission à accomplir pour notre cause. Cette mission fera de toi un martyr sublime.

— J'en serai honoré ! s'exclama Youssef, presque tremblant.

— Lydia m'a parlé de ton frère et de sa petite amie. Elle m'a dit que celle-ci était fille de militaire et pensionnaire à la Légion d'honneur. Je veux que tu la tues, dit-il d'une voix ferme et tranquille.

— Que je la tue ? blêmît Youssef. Maguelone, l'amie de mon petit frère ? Mais pourquoi ?

— Le seul fait qu'elle soit fille de militaire français est une raison suffisante. As-tu oublié nos frères qui meurent au Mali, en Irak et en Syrie ?

— Non.

— As-tu oublié les images de nos frères au Sahel démembrés par des missiles français ?

— Non. Mais elle n'a rien fait.

— Mais son père certainement. Et il est de notre devoir de les atteindre là où ils se trouvent, là où sont leurs enfants, là où ils se sentent en sécurité. Et aujourd'hui nous avons une occasion de frapper un grand coup, s'exclama Riad presque avec jouissance.

— Et pour mon frère ? s'inquiéta Youssef.

— Pour ton frère, il est trop tard. Il a été corrompu par son professeur d'échecs, malheureusement. Il n'est pas des nôtres, il est et restera un infidèle.

— Que dois-je faire ? demanda-t-il, convaincu du bien-fondé du crime en se remémorant le repas où il avait été contraint de subir la présence de Gabriel et de Maguelone.

— Tu devras lui ôter la vie avec un couteau. Cela doit se faire au grand jour, c'est un acte de guerre, pas un crime crapuleux. Tu devras le faire rapidement et sans causer de souffrance inutile à la victime. Et quand tu en auras fini avec elle, attaque ceux qui seront autour de toi et à ta portée. Ce sera l'acte fondateur de notre guerre sainte en France, à Saint-Denis, terre des rois de France qui ont mené des croisades contre notre communauté par le passé.

— Où dois-je faire cela ?

— Au parc de la Légion-d'Honneur. Lydia m'a informé que la jeune fille prenait des cours avec son professeur tous les mercredis. Que Dieu te donne la force d'accomplir ta mission qui sera notre vengeance pour tous nos martyrs tués par ces infidèles. Nous nous retrouverons dans l'autre monde, où, comme pour tous les martyrs, ta récompense sera la vie éternelle au milieu de jardins luxuriants et de femmes d'une beauté et d'une pureté sans égales. Va accomplir ton devoir et ton destin. »

27

Youssef arriva au parc de la Légion-d'Honneur un peu avant quatorze heures. Il décida de se poster dans un sous-bois qui lui permettait d'avoir une vue dégagée sur le parc et les bancs. Il remarqua, inquiet, que le grand toboggan et le bac à sable étaient congestionnés d'enfants en ce mercredi après-midi de juin.

Puis il alla s'asseoir sur un banc à l'écart, en prenant soin de retirer discrètement le couteau qu'il avait dissimulé sous sa veste et qu'il portait à la ceinture. Malgré la précaution qu'il avait prise de l'emmailloter dans un linceul blanc, la pointe de la lame lui avait infligé des blessures à la cuisse qui saignaient encore. Il défit le nœud du linceul et contempla son reflet dans cette lame qu'il avait subtilisée dans la cuisine de sa mère. Quelle ironie ! se disait-il. Maguelone avait certainement utilisé ce même couteau pour cuisiner dimanche dernier… Il fut alors traversé d'un remords, le souvenir des éclats de rire de la jeune fille éclairait ses sombres pensées. Sa jambe droite dansait de nervosité, et ses larmes commencèrent à perler sur ses joues et à tomber sur l'arme de cet enfant-soldat. Le doute le dévora davantage lorsqu'il pensait à la tristesse que cela infligerait à sa mère et à son fardeau lorsqu'elle apprendrait son martyre. Puis il essuya ses larmes en se disant qu'il avait une mission à accomplir que seuls les vrais croyants pouvaient comprendre, il n'était que l'instrument d'une justice divine qui avait rendu son verdict.

Et pour s'en convaincre il se répéta en boucle les arguments de Riad sur la guerre qui était livrée aux croyants : une guerre inégale qui imposait l'utilisation de tous les moyens disponibles pour faire vaciller ce colosse qu'était la France. Ils ont des avions et des bombes ; nous, nous avons la détermination et la foi, se disait-il.

Il transpirait à grosses gouttes en raison de la chaleur d'été et du stress de sa traversée de Saint-Denis avec son arme dissimulée sous ses vêtements, il avait dû à plusieurs reprises s'aider de son coude pour empêcher qu'elle ne glisse le long de son pantalon sous l'effet du balancement de ses pas.

La sensation désagréable de la transpiration ruisselant dans son dos le fit se lever à plusieurs reprises pour guetter l'arrivée de Maguelone, mais il n'aperçut que des enfants courant et braillant autour de leurs mères installées çà et là sur la pelouse. Riad avait été très clair dans ses instructions : une fois sa besogne achevée, il devait également s'attaquer aux personnes présentes dans le parc et cela, même si les victimes étaient musulmanes. « Ils ne sont pas des nôtres », avait simplement justifié Riad. Il retourna alors s'asseoir et posa sa lame près de lui. Toutes ces pensées qui le traversaient de manière incessante l'épuisaient. Il oscillait entre sa détermination à accomplir sa mission et cette irrépressible envie de vivre qui ne voulait pas le quitter. Pourquoi tuer ces gens qui sont tranquillement assis sur la pelouse à profiter du soleil ? se disait-il dans son flux de pensées. Puis il ferma les yeux et pencha sa tête en arrière à la recherche d'un sommeil qu'il avait perdu depuis qu'il avait accepté cette mission. Juste quelques secondes, pensa-t-il en se sentant partir.

Un sentiment d'apaisement le parcourut lorsqu'il rouvrit doucement ses yeux sous l'éclat du ciel bleu qui l'éblouissait ; des feuilles de châtaigniers dansaient au soleil comme s'agiterait un mobile suspendu à un berceau. Il trouva cela beau, et il se surprit à vouloir tendre la main pour les saisir tel un nouveau-né voyant des objets colorés flotter au-dessus de lui.

« Cela t'a-t-il fait du bien ? » lança une voix familière près de lui. Il se leva d'un bond et vit Gabriel assis à l'emplacement où était posée son arme. Youssef était stupéfait, et se demanda combien de temps il s'était assoupi.

« C'est cela que tu cherches, mon garçon ? dit-il en lui montrant le couteau. Youssef le lui arracha des mains alors que Gabriel le lui tendait volontairement.

— Vous avez appelé les flics, c'est ça ?

— Non, je n'ai appelé personne.

— Je pourrais vous tuer, là, maintenant, tout de suite, ajouta nerveusement le jeune homme. Pourquoi me l'avoir rendu ?

— Pour que tu exerces ton libre arbitre.

— Mon libre arbitre ? Riad m'avait averti, il m'avait dit de me méfier de vous et de votre langue fourchue, mais en fait vous êtes juste un vieux fou, dit-il alors qu'il se tenait encore debout, le couteau tendu à quelques centimètres du visage de Gabriel qui restait étrangement calme.

— Oui, je suis un vieil homme qui n'a que ses mots. Range cette arme pour l'instant, tu la sortiras lorsque tu devras t'en servir. Tu risques d'alerter des promeneurs si on te voit me menacer avec. »

Ce dernier argument finit par convaincre Youssef de remettre l'arme sous sa veste. Nerveux, il alla vérifier que Maguelone n'était pas encore arrivée, puis il revint vers Gabriel en faisant les cent pas tout en répétant qu'il avait une mission à accomplir. « Et quelle est cette mission ? » interrogea naïvement Gabriel.

Il se mit alors à répéter la question du vieil homme à plusieurs reprises avec une intonation qui montait vers le rire. Youssef paraissait pris de folie, un épouvantable rictus défigurait presque son visage. Il ne reprit ses esprits que lorsqu'il revint s'asseoir près de celui qui le questionnait calmement.

« Faire mon devoir de combattant en appliquant à la lettre les commandements de Dieu.

— De quels commandements parles-tu ?

— Je n'ai pas peur de vous, vous savez ! Je suis armé de la science de la foi et je peux vous affronter. Vous faites peur à Riad, mais pas à moi. Vous avez réussi à entourlouper mon frère, mais avec moi vous n'y arriverez pas. Puis il se mit à réciter mécaniquement :

> *Mettez à mort les idolâtres, partout où vous les rencontrerez. Faites-les prisonniers. Assiégez leurs villes. Tendez-leur des embûches de toutes parts.*

« C'est le verset cinq de la sourate neuf. Et connaissez-vous celui-ci ?

> *Combattez ceux qui ne croient point en Dieu, et au jour dernier, qui ne défendent point ce que Dieu et le Prophète ont interdit, et qui ne professent point la religion véritable des juifs et des chrétiens.*

« Existe-t-il le moindre doute concernant ma mission maintenant ? »

Gabriel se contenta de prendre une profonde inspiration et d'esquisser un sourire plein de compassion qui eut pour effet d'agacer Youssef.

« Vous n'avez rien à dire ! Vous le professeur d'échecs, le philosophe, l'innovateur qui travestissez la tradition et corrompez la communauté, vous restez muet face à ces vérités... Vous voyez, je ne suis pas influençable comme Sophiane.

— J'aurai plein de choses à te dire, Joseph, mais quoi que je dise, tu m'expliqueras que ce ne sont que des artifices et des mensonges pour t'induire en erreur.

— Pourquoi vous m'appelez Joseph, vieux fou !

— Joseph, Youssef, Yosef... Ce sont les mêmes prénoms, mon garçon. Ils parlent tous les trois du fils de Jacob. Mais revenons à ta question. Je ne vois pas en quoi ces versets t'autorisent à venir avec un couteau dans ce parc.

— Vous ne changerez jamais, toujours à jouer sur les mots et sur les interprétations... vous en arrivez à nier des versets évidents.

— Donc tu appliques les versets qui te paraissent évidents ?

— Oui, exactement.

— Et pourquoi n'appliques-tu pas alors ce verset qui prescrit un humanisme universel ?

Celui qui tuera un homme sans éprouver de violence sera coupable du sang de tout le genre humain, et celui qui sauvera la vie à un homme sera récompensé comme s'il avait sauvé tout le genre humain.

« Ou bien celui prescrivant la solidarité et le partage envers son prochain.

S'ils t'interrogent sur le bien qu'ils doivent faire, réponds-leur : "Secourez vos enfants, vos proches, les orphelins, les pauvres et les voyageurs."

« Ou bien celui qui met la justice au-dessus de tout, et qui prescrit de témoigner contre soi-même ou un de ses proches si cela est nécessaire.

Ô croyant ! Que l'équité règle vos témoignages, dussiez-vous témoigner contre vous-même, contre un père, un parent, un riche ou un pauvre. Que la passion ne vous écarte jamais de la vérité, qu'elle ne vous fasse pas refuser votre témoignage.

« Que fais-tu de tous les nombreux versets qui invitent à la fraternité, à la justice, à la tolérance et à la connaissance ?

— Abrogés ! argua Youssef.

— C'est intéressant ! Et où est-il écrit qu'ils sont abrogés ? »

À ces mots, Youssef garda le silence avant de reconnaître en balbutiant qu'effectivement cela n'était écrit nulle part, mais que Riad, comme tous les savants musulmans, l'affirmait.

« Je pense qu'aucun mortel n'a ce pouvoir d'abroger ce qui relève seulement de Dieu. Es-tu d'accord avec cela, mon garçon ?

— Oui… peut-être, enfin je ne sais pas, arrêtez de m'embrouiller !

— Mais qu'en penses-tu, toi, Youssef, qui es à cet instant dans ce parc prêt à commettre l'irréparable ?

— Moi ? Je n'ai pas à penser sur ces choses-là. Qui suis-je, moi, pour prétendre interpréter des versets ?

— Un homme libre ! » s'exclama Gabriel.

Youssef se leva une nouvelle fois pour faire les cent pas avant de s'écrier nerveusement :

« Libre, libre, libre… ça ne veut rien dire la liberté. Ce n'est pas si simple. Ce n'est pas donné à tout le monde d'interpréter les textes sacrés, il faut avoir étudié avec des oulémas, avoir fréquenté les meilleures écoles pour connaître toutes les jurisprudences. Et qu'est-ce que je découvrirais de plus par moi-même que des savants comme Riad n'ont pas compris ? Il m'a aidé à trouver Dieu et cela me suffit.

— Quelle chance tu as d'avoir trouvé Dieu ! Certains le cherchent toute leur vie sans jamais atteindre ce but.

— Vous vous moquez de moi ? cria soudainement Youssef en glissant sa main sous sa veste pour saisir sa lame.

— Non, mon garçon, c'est une affaire trop sérieuse. Mais dis-moi, comment sais-tu que tu as trouvé Dieu ?

— Je le sais parce qu'avant je me sentais rabaissé et méprisé, mais aujourd'hui je suis fier de ce que je suis et de ma religion. Moi et ma communauté, on nous rejette, on nous parque dans des cités immondes en nous faisant croire que notre situation est de notre faute, de la faute aux origines maghrébines et à notre foi. Riad m'a ouvert les yeux et l'esprit ; en vérité nous sommes une communauté opprimée, car notre religion est celle de la vérité. La pureté de notre foi nous met au-dessus des autres communautés, et rien ne doit nous détourner de l'adoration. Si notre vie est conforme aux commandements de Dieu, alors nous connaîtrons la réussite dans cette vie terrestre et dans l'au-delà.

— Je comprends. Ta foi t'a rendu ta dignité.

— Exactement.

— Et l'amour de Dieu dans tout cela ?

— Comment ça ?

— Tu parles de toi et de ta souffrance, mais jamais de l'amour que tu éprouves pour celui que tu adores au point de commettre l'irréparable.

— Quelle question ! Bien entendu que j'aime Dieu, je vais aujourd'hui donner ma vie en prenant celle de Maguelone, et c'est pour lui que je vais faire cela.

— Je connais une histoire qui vient du désert, reprit Gabriel calmement, et qui t'aidera à savoir si tu connais l'amour de Dieu. Ne voudrais-tu pas en être certain avant de commettre l'irréparable ? »

Étrangement Youssef retrouva son calme. Quel genre d'homme, pensa-t-il, pouvait garder ainsi sa sérénité face à la mort et au désespoir ? Contrairement à Riad, il n'argumentait pas, il ne plaidait pas, il ne voulait pas avoir raison et il ne proclamait aucune vérité. Youssef était à cet instant irradié par la béatitude sincère qui rayonnait de ce vieil homme qui n'avait pas peur de lui mais voulait l'aider.

Prenant son silence pour un consentement, Gabriel débuta son récit.

« Un jeune homme était éperdument amoureux d'une jeune fille qui éconduisait tous ses prétendants en leur faisant passer une épreuve assez simple, mais à laquelle ils échouaient tous : elle leur demandait d'aller méditer une année dans le désert avant de se présenter à sa porte. Notre jeune homme alla donc dans le désert et médita sur ce qu'elle attendait et sur cet immense amour qu'il lui vouait. Puis vint le jour où il alla frapper à la porte de celle qu'il aimait, comme l'avaient fait tous les autres prétendants. “Qui est là ? interrogea-t-elle sans ouvrir la porte. — C'est moi, répondit-il simplement. — Alors je ne peux pas t'ouvrir”, dit-elle avant de s'en aller sans ajouter un mot. Le jeune homme en fut affligé et éprouva une grande tristesse. Mais ne pouvant imaginer vivre sans elle, il retourna dans le désert méditer encore un an en se promettant de recommencer autant de fois que nécessaire pour comprendre ce qu'elle attendait. Une autre année de méditation dans le désert s'était écoulée. Les villageois qui le croisèrent en chemin alors qu'il se rendait chez celle qu'il aimait constatèrent que quelque chose en lui avait changé, il avait l'air apaisé, heureux et serein malgré une année terrible passée dans le désert. Avec beaucoup d'humilité, le jeune homme se présenta une nouvelle fois à sa porte et frappa. “Qui est là ? demanda-t-elle. — C'est toi ! répondit son prétendant dans un murmure que laissèrent échapper ses lèvres en effleurant le bois de la porte. — Entre, mon bien-aimé, lui dit-elle, la porte n'a jamais été verrouillée.” »

Un long silence s'installa après les derniers mots de Gabriel. Et, toujours sans rien dire, Youssef sortit le couteau qu'il portait à sa ceinture et put enfin prendre une profonde respiration sans se blesser. Il contempla la lame qu'il tenait entre ses mains et prit conscience alors qu'il en était otage lui-même sans le savoir. Sous la menace de sa pointe, elle l'avait empêché de respirer et de penser librement depuis qu'il était sorti de chez lui avec.

« Le véritable amour, dit Gabriel, demande un effort qui reste insurmontable pour beaucoup d'entre nous, car il faut s'abandonner entièrement pour que la fusion des âmes se réalise : je suis toi et tu es moi, nous ne faisons plus qu'un. La colère, la jalousie, la frustration, la vérité absolue, tous sont des obstacles à cet amour véritable. »

Gabriel, qui regardait au loin, se tourna alors solennellement vers Youssef : « Réponds-moi, mon garçon, toi qui aimes Dieu sans connaître le doute, ressens-tu cet amour infini et cette miséricorde pour les hommes ? »

À ces mots, les yeux du jeune homme s'emplirent de larmes. Prostré et la tête baissée entre ses mains, il pleura silencieusement en regardant ses larmes goutter sur ses baskets. Le vieil homme qu'il méprisait tant venait de balayer en un instant toutes ses certitudes sur sa foi et sur la France. Les arguments et les discours enflammés de Riad étaient maintenant à ses yeux petits et laids, comparés à la profondeur des mots simples de Gabriel qui l'affranchissaient des chaînes de ses certitudes.

Gabriel le regarda avec compassion avant d'ajouter en posant sa main sur sa joue : « Il te faudra te dépouiller de cette colère si tu souhaites que Dieu ou Marianne t'ouvrent leur porte lorsqu'ils te poseront cette même question : "Qui es-tu ?" Seras-tu la miséricorde pour l'un et la fraternité pour l'autre ?

— S'il vous plaît, arrêtez de me regarder ! supplia Youssef.

— Ne sois pas gêné, ces larmes qui jaillissent sont précieuses, elles ont fissuré les strates épaisses de tes souffrances et de tes certitudes. Même la roche la plus dure se fend devant l'eau qui cherche à faire surface. »

Il essuya ses yeux avec la paume de ses mains, puis il prit une profonde respiration, comme pour retrouver son souffle et sa raison avant de donner son couteau à Gabriel, qui le rangea dans sa besace.

« Et maintenant ? demanda Youssef en se levant péniblement, éprouvé par la tempête d'émotions qu'il venait de traverser.

— "Qu'il est vil, ce cœur qui ne sait pas aimer, qui ne peut s'enivrer d'amour ! Si tu n'aimes pas, comment peux-tu apprécier l'aveuglante lumière du soleil et la douce clarté de la lune ?" Rentre chez toi, mon garçon, lui dit-il avec beaucoup d'affection après avoir clamé ces quelques vers d'Omar Khayyâm, et ne t'interdis pas d'aimer. "*Amo ergo sum* !" s'exclama-t-il. Mais avant de nous séparer, ajouta-t-il, viens avec moi et regarde. »

Il entraîna Youssef à l'orée du sous-bois et lui montra du doigt le banc où étaient assis les deux amoureux. Ils discutaient, riaient et ne cessaient de s'embrasser sur les lèvres, sur les joues, sur le front. Le moindre centimètre carré de peau accessible était baigné de baisers. « Je pense que nous pouvons les laisser, dit Gabriel en souriant, la guerre sainte n'aura pas lieu. »

Ce jour-là, les deux adolescents attendirent Gabriel tout l'après-midi. Le parc allait bientôt fermer, mais ils espéraient encore le voir apparaître au bout de l'allée avec sa démarche débonnaire et sa besace en bandoulière. Mais personne ne vint, si ce n'est le gardien du parc faisant sa ronde avec son sifflet pour informer les derniers promeneurs qu'il allait fermer les grilles dans un quart d'heure. Alors, l'allégresse des premières amours qui les possédait s'estompa pour laisser place à une profonde mélancolie en songeant qu'ils ne reverraient plus Gabriel, car tous les deux partageaient le même pressentiment : leur maître était sorti de leur vie.

Sophiane ouvrit son carnet Moleskine et feuilleta avec nostalgie ses premières notes, et il sourit en reconnaissant à certains endroits la belle écriture de son maître et ses croquis. « Je rêve de le feuilleter depuis le jour où je t'ai aperçue à la librairie. Je peux ? » demanda Maguelone en le lui prenant délicatement des mains. Elle tournait les pages en s'attardant sur les citations d'Omar Khayyâm qu'elle connaissait également, et se moqua parfois de son orthographe pour le distraire.

« Cette citation de Rûmî à la dernière page de couverture de ton carnet est magnifique, lui dit-elle.

— Mais il n'y a rien à cette page », répondit-il, certain de lui.

Elle lui tendit alors le carnet, et Sophiane reconnut immédiatement la belle écriture de son maître :

Ainsi, l'être humain est une auberge.
Chaque matin, un nouvel arrivant.
Une joie, un découragement, une méchanceté,
une conscience passagère se présentent,
comme un hôte qu'on n'attendait pas.
Accueille-les tous de bon cœur !

Même si c'est une foule de chagrins
qui saccage tout dans ta maison,
et la vide de ses meubles,
traite chaque invité avec honneur.
Il fait peut-être de la place en toi pour de nouveaux plaisirs.
L'idée noire, la honte, la malice,
accueille-les à ta porte avec le sourire
et invite-les à entrer.
Sois reconnaissant à tous ceux qui viennent,
car chacun est un guide
qui t'est envoyé de l'au-delà.

Djalâl Ad-Dîn Rûmî

« Tu ne me croiras pas, dit Sophiane, mais cette citation n'y était pas la dernière fois que j'ai consulté mon carnet. Gabriel va me manquer », ajouta-t-il la gorge nouée.

Les deux amoureux se promirent alors de se donner rendez-vous sur ce même banc tous les mercredis après-midi pour lire, jouer aux échecs et s'aimer.

Pour en savoir plus
sur les Éditions Plon
(catalogue, auteurs, vidéos, actualités…),
vous pouvez consulter
www.plon.fr
www.lisez.com

et nous suivre sur les réseaux sociaux

Editions Plon

@EditionsPlon

@editionsplon

MIXTE
Papier issu de
sources responsables
FSC® C003309

L'éditeur de cet ouvrage s'engage dans une démarche
de certification FSC® qui contribue à la préservation
des forêts pour les générations futures.

Pour en savoir plus :
www.editis.com/engagement-rse/

Achevé d'imprimer en avril 2022
dans les ateliers de Normandie Roto Impression s.a.s.
61250 Lonrai
N° d'impression : 2201564

Imprimé en France